KiWi

1820

W0402766

**Das Buch**

Der von Léon Duval sehr geschätzte Richter Dussolier wird auf den Stufen des Landgerichts in Grasse erschossen. Duval kannte den Richter gut, schließlich haben sie seinerzeit gemeinsam den Gangsterboss Cosenza dingfest gemacht. Alle Zeichen deuten auf einen Racheakt desselben, doch Cosenza streitet alles ab. Duval glaubt ihm, denn er erfährt, dass der Richter sich die Akte »Malpasset« hatte kommen lassen, in der es um die Staudammkatastrophe von 1959 bei Fréjus, nicht weit von Cannes, geht, bei der 423 Menschen ihr Leben verloren. Offenbar wollte der Richter diesen Fall wieder aufrollen. Musste er deshalb sterben? Duval arbeitet sich in den Fall ein, der schnell sehr kompliziert wird. Bald weiß auch der erfahrene Kommissar nicht mehr, was oder wem er glauben soll, sieht sich mit unguten Verstrickungen von Staat und Justiz konfrontiert – und mit realen Bedrohungen gegen sich und seine Familie.

**Die Autorin**

Christine Cazon, Jahrgang 1962, hat ihr altes Leben in Deutschland gegen ein neues in Südfrankreich getauscht. Sie lebt mit ihrem Mann und Katze Pepita in Cannes, dem Schauplatz ihrer Krimis mit Kommissar Duval. »Verhängnisvolle Lügen an der Côte d'Azur« ist ihr neunter Roman in dieser Reihe.

Christine Cazon

# Verhängnisvolle Lügen an der Côte d'Azur

Der neunte Fall für Kommissar Duval

Kiepenheuer & Witsch

Die Handlung des vorliegenden Romans spielt in Cannes und an anderen Orten in Südfrankreich.
Die Stadt und manche der erwähnten Örtlichkeiten sind real, die Geschichte hingegen ist fiktiv. Sie ist jedoch inspiriert von einem Ereignis, das noch immer Rätsel aufgibt.
Die in der Geschichte vorkommenden Personen, ihre beruflichen und privaten Handlungen und Konflikte sind frei erfunden. Jede Ähnlichkeit mit lebenden oder verstorbenen Personen wäre rein zufällig und ist nicht beabsichtigt.

Aus Verantwortung für die Umwelt hat sich der *Verlag Kiepenheuer & Witsch* zu einer nachhaltigen Buchproduktion verpflichtet. Der bewusste Umgang mit unseren Ressourcen, der Schutz unseres Klimas und der Natur gehören zu unseren obersten Unternehmenszielen.
Gemeinsam mit unseren Partnern und Lieferanten setzen wir uns für eine klimaneutrale Buchproduktion ein, die den Erwerb von Klimazertifikaten zur Kompensation des $CO_2$-Ausstoßes einschließt.

Weitere Informationen finden Sie unter *www.klimaneutralerverlag.de*

FSC www.fsc.org MIX Papier aus verantwortungsvollen Quellen FSC® C083411

1. Auflage 2022

© 2022, Verlag Kiepenheuer & Witsch, Köln
Alle Rechte vorbehalten
Covergestaltung: Barbara Thoben, Köln
Covermotiv: © veesaw / Shutterstock
Foto der Autorin: © Stephan Gabriel
Karte: Oliver Wetterauer
Gesetzt aus der Scala Pro und der Copperplate Gothic
Satz: Wilhelm Vornehm, München
Druck und Bindung: CPI books GmbH, Leck
ISBN 978-3-462-00261-4

à Thierry

# 1

Richter Dussolier erhob sich mühsam. Das lange Sitzen hatte seinen Körper steif werden lassen. Er warf einen Blick auf das Smartphone. Kurz vor achtzehn Uhr. Er war noch nicht zu spät dran. Noch könnte er einen Strauß Blumen besorgen und wäre rechtzeitig zu Hause. Anne-Laure hatte ein Diner im Garten vorbereitet. Seit Monaten plante sie es. Es war ihr 60. Geburtstag und gleichzeitig ihr 40. Hochzeitstag. Seit Wochen bestürmte sie ihn immer wieder: »Sei bitte einmal da!« Nachdem er ihr den Ring, einen Rubin-Solitär umrahmt von Diamanten, in einem kleinen edlen Kästchen heute früh bereits neben ihre Tasse gelegt hatte, schien sie aufzuatmen. »Du hast daran gedacht«, lächelte sie ihn erfreut an. Wie sollte er nicht daran gedacht haben, fragte er sich, bei all den Planungen, die seit Wochen im Gang waren. Auch die Kinder sandten ihm beinahe täglich Vorschläge, was er Anne-Laure ihrer Ansicht nach schenken könnte. Die Kinder wollten ihnen beiden gerne eine gemeinsame Reise schenken. Eine Art zweite Hochzeitsreise auf den Spuren ihrer Jugend. Alles, nur das nicht, dachte er, aber er drückte sich etwas diplomatischer aus.

»Ist das wirklich eine gute Idee«, zweifelte er, »Stätten aufzusuchen, an denen man vor vierzig Jahren glücklich gewesen war und die Hotels von damals in einem desolaten

Zustand und die seinerzeit leeren und unentdeckten Strände voller Touristen vorzufinden?«

»Du bist immer so negativ, Papa«, ärgerte sich seine Tochter. »*Maman* würde wirklich gerne eine schöne Reise unternehmen.«

»Ja, ja«, hatte er abgewinkt. Als hätten sie in all den Jahren immer noch nicht verstanden, dass er sich unwohl fühlte auf Reisen. Weder mochte er organisierte Gruppenreisen noch Reisen zu zweit, bei denen erwartet wurde, dass man wie ein frisch verliebtes Paar durch unbekannte Straßen unbekannter Städte lief und etwas »entdeckte«. Er hasste das alles. Das Einzige, was er in seiner Freizeit wollte, war ruhig im Garten sitzen und lesen. Und dann vielleicht in einem guten Restaurant etwas essen. Er aß gerne im Restaurant *l'Amandier.* Die Karte bot Bewährtes, aber auch immer wieder Überraschungen für Anne-Laure, alles in gewohnter erstklassiger Qualität.

»Wir dachten an einen Segeltörn. Es wäre eine Reise mit nur sechzehn Personen, und ihr bliebt hier im Mittelmeerraum. Entweder Sizilien und die Liparischen Inseln oder die Kykladen. Es gibt viel zu besichtigen, ihr hättet keine klimatischen Umstellungen, das Essen bleibt auch mediterran. Das wird bestimmt nett, und es würde dir guttun, Papa, tritt mal ein bisschen kürzer«, redete auch sein Sohn auf ihn ein und ließ absichtsvoll einen Prospekt mit dem verheißungsvollen Titel »Segeltörn zu den Inseln des Lichts« herumliegen.

Dussolier stopfte einen Teil der umfangreichen Akte in seine Tasche und packte den Rest, einen hohen Stapel an Aktenordnern und Dokumenten auf den Tisch seines *Greffier,* des Gerichtsassistenten. Er wusste, was damit zu tun war.

Anne-Laure hatte ihre deutsche Freundin Gisèle mit ihrer Familie eingeladen. Gisela hieß sie eigentlich, aber sie ließ sich gerne Gisèle nennen. Mitte der Siebzigerjahre hatten beide Frauen, damals noch verlegen kichernde Mädchen, an einem deutsch-französischen Schüleraustausch im Rahmen der seinerzeit noch recht neuen deutsch-französischen Freundschaftsbewegung teilgenommen, und aus der ersten unsicheren Begegnung der vierzehnjährigen Mädchen hatte sich im Laufe der Jahre eine tiefe Freundschaft entwickelt. Mit größeren Lücken hier und da, aber sie hatten sich nie wirklich aus den Augen verloren. Er hatte in seiner Rede, die er selbstverständlich vorbereitet hatte, auch auf diesen Aspekt im Leben von Anne-Laure eingehen wollen und hatte die eine oder andere Dokumentation über die deutsch-französische Annäherung angesehen.

Das Smartphone vibrierte. Es war Cécile, seine Tochter. »Du hast es nicht vergessen, Papa? Du wirst pünktlich da sein?«

»Ich bin schon unterwegs«, antwortete er knapp.

»Du weißt, wir haben eine Überraschung vorbereitet!«

»Ich weiß, ich weiß. Ich komme, ich gehe jetzt los«, versicherte er ihr.

»Super. Dann bis gleich, Papa!«

»Bis gleich.«

Was für eine Überraschung hatten sie sich jetzt ausgedacht? Er mochte keine Überraschungen. Er konnte sich nicht spontan freuen, vor allem nicht über Dinge, die er im Grunde hasste.

Er warf sich das Sakko über, griff nach seiner Tasche, steckte das Telefon ein und verließ sein Büro. Er verschloss die Tür sorgfältig zweimal und eilte durch den langen leeren Flur.

*»Au revoir, Madame Poirier«,* grüßte er die Empfangssekretärin in ihrem gläsernen Pavillon.

*»Au revoir, Monsieur le Juge«,* rief sie ihm hinterher. »Schönen Abend! Schönes Fest und grüßen Sie Ihre Frau ganz herzlich!«

»Wird gemacht«, nickte er. Woher wusste sie es? Er konnte sich nicht erinnern, die Sache mit ihr erörtert zu haben.

*»Au revoir«,* nickte er ebenso dem Sicherheitsbeamten an der Eingangspforte zu, der mit dem klirrenden Schlüsselbund herumwedelte.

*»Au revoir, Monsieur le Juge.«*

Richter Dussolier eilte die lang gezogenen Stufen hinab. Er hatte seinen Wagen auf dem Parkplatz gegenüber geparkt und suchte den Schlüssel in seiner Jackentasche. Er blieb kurz stehen und tastete die Taschen des Sakkos ab. Wo hatte er den Schlüssel hingesteckt? Er hatte abgeschlossen, daran erinnerte er sich ... er öffnete die Aktentasche und wühlte suchend mit einer Hand darin herum.

Ein Motorrad jaulte auf und schoss in rasendem Tempo auf der Avenue Pierre Semard heran. Richter Dussolier blickte auf, sah das Motorrad mit den zwei schwarz behelmten Gestalten und wusste in dieser Millisekunde, dass es ihm galt. Nein, dachte er noch. Nein. Er hörte das Rattern des Maschinengewehrs und sah noch das Blitzen des Mündungsfeuers, sein Körper krümmte sich unter den Kugeln, dann brach er auf den Stufen zusammen.

»Monsieur, MONSIEUR!« Der Sicherheitsbeamte brüllte, flog die Stufen hinunter und warf sich nun schützend über den Richter, für den Fall, dass das Motorrad noch einmal auftauchte oder dass es Schüsse aus einer anderen Richtung geben sollte. Es gab keine weiteren Schüsse, doch für den Richter Dussolier kam jeder Schutz und jede Hilfe zu spät. Er war tot. Daran konnte weder der Sicherheitsbeamte, der ihn nun anschrie und versuchte, ihn mit leichten und weniger leichten Schlägen auf die Wangen zurückzuholen und gleichzeitig in sein Walkie-Talkie brüllte, etwas ändern noch das hysterische Kreischen von Madame Poirier, die am oberen Ende der Treppe aufgetaucht war. »MONSIEUR LE JUGE!«, schrie der Sicherheitsbeamte noch einmal verzweifelt und dringlich und schüttelte den Richter. »Wo bleibt ihr denn? Verdammte Scheiße!«, brüllte er dann in das Walkie-Talkie.

---

Kaum eine Stunde später waren bereits hundert Menschen in und um das Gerichtsgebäude versammelt. Die Staatsanwältin des Landgerichts, der Präfekt und der Bürgermeister von Grasse waren herbeigeeilt, ebenso waren knapp 50 Polizisten präsent, Feuerwehr, Notarzt und bereits jede Menge Journalisten, man sah bereits die Logos von FR 3 und BFMTV, Kameras und Mikrofone wurden installiert. Trotz des abgelegenen Ortes, an dem es kaum Wohnbebauung gab, und obwohl die Polizei die Szene großräumig abgesperrt hatte, standen bereits viele Schaulustige herum. Telefone wurden hochgehalten, und es wurde damit wild geknipst oder gefilmt. Man wusste nicht genau, was passiert war. Jemand war erschossen worden auf den Stufen des Gerichts, raunten die Menschen. Aber wer? Ein Politiker? Ein Krimineller?

Fabienne Attal, die Oberstaatsanwältin, ergriff das Wort und wandte sich an die versammelten Journalisten.

»Richter Dussolier, ein Mann, der sein Leben der Justiz

verschrieben hatte, wurde hier und heute ermordet. Es ist eine schwerwiegende Tat«, sagte sie mit ernster Miene. »Sie sehen mich gleichzeitig erschüttert und zornig, dass so etwas am helllichten Tag an diesem Ort, in dieser Stadt, in diesem Land geschehen konnte.« Sie machte eine dramaturgische Pause. »Richter Dussolier war ein geschätzter Kollege, er war einer von uns. Alle Richter von Grasse, alle Staatsanwälte, die gesamte Justiz wurde heute tödlich getroffen. Wir sind, ich glaube, ich kann das so in unser aller Namen sagen, *Wir sind Richter Dussolier!*«, griff sie den Slogan auf, der seit dem Attentat auf Charlie Hebdo immer wieder verwendet wurde. *Je suis Charlie.* Ich bin Charlie. Heute »waren wir« Richter Claude Dussolier. »Alles, was in unserer Macht steht, wird getan werden, um den oder die Schuldigen zu finden«, fuhr sie fort.

In diesem Moment fuhr ein Wagen vor. Eine zierliche Frau in einem rubinroten Sommerkleid entstieg ihm, Anne-Laure Dussolier, sie wurde gestützt und begleitet von ihrem Sohn und ihrer Tochter. Einen Moment wurde es still. Aber dann setzten das Geraune »Wer ist das? Seine Frau? Ist das seine Frau?« sowie die Fotoapparate, Telefone und Kameras umso heftiger wieder ein. *Klack, klack, klack* machten die Fotoapparate. Die Polizisten schirmten die drei Personen ab und schlugen ihnen eine Bresche durch die Menge und öffneten die Absperrung. Langsam stiegen sie die Stufen hinauf.

Man sah, wie die Oberstaatsanwältin sich mit leiser Stimme an Madame Dussolier wandte und ihr und den Kindern die Hand reichte. Madame Dussolier näherte sich dem abgedeckten Körper, und man sah, wie sie sich herabbeugte. Noch einmal wurde es ganz still. Ein kleiner Schrei, Schluchzen. Dann aufgeregtes Raunen, und Menschen liefen hin und her. »*Maman!*«, schrie die Tochter. »Ein Arzt! Wo ist der Arzt?«, wurde gerufen. Anne-Laure Dussolier hatte auf den Stufen neben ihrem Mann einen Schwächeanfall erlitten und war zusammengesackt.

---

»Einen integreren Menschen gab es in der ganzen Justiz nicht«, sagte Duval mit rauer Stimme. Er faltete *Nice-Matin* zusammen, der dramatisch groß »Richter Claude Dussolier ermordet!« titelte und ein älteres Foto des kleinen mageren Mannes in seiner Richterrobe zeigte.

Der Artikel wiederholte, was Duval schon wusste, und ergänzte abschließend mit der privaten Geschichte, die die Leser vermutlich am meisten berührte: Der Richter war auch Ehemann und Vater gewesen. Der Tag, an dem man ihren Mann ermordet hatte, war Madame Dussoliers Geburtstag und Hochzeitstag gewesen. Ein erstaunlich unscharfes Foto zeigte Anne-Laure Dussolier, die auf den Stufen zusammengebrochen war. Das große Fest hatte sich in eine Tragödie verwandelt.

Am Montag sei eine ehrende Würdigung des Richters Dussolier vonseiten der Justiz geplant, las er.

»Warum also?«, fragte Annie. »Wer wollte ihm dann etwas?«

»Ha!«, machte Duval bitter. »Er hat jede Menge Leute gestört, denen das Gemauschel in der Justiz in den Kram passt.«

»Aber er stand kurz vor der Pensionierung, oder?«

»Ja, es war auch sicher keiner seiner Kollegen«, sagte Duval. »Beamte legen sich auf administrativen Wegen Steine in den Weg, wenn sie sich rächen wollen. Aber auf den letzten Metern macht das auch keinen Sinn mehr. Die Art, wie sie ihn eliminiert haben, das weist ganz klar ins Milieu. Ich tippe da auf Cosenza, der sich gerächt hat.«

»Oh!«, machte Annie erschrocken. »Cosenza, meinst du wirklich?«

Duval nickte.

»Aber dann hättest du genauso dran sein können!«

»Hm«, brummte Duval zustimmend.

»Léon!«, rief Annie, der die Tragweite gerade erst bewusst wurde. »*Mon Dieu,* dann STEHST du vielleicht auch auf der Abschussliste?« Sie riss die Augen auf, als fiele ihr eben erst auf, dass Duval einen nicht gerade ungefährlichen Beruf ausübte.

»Glaube ich nicht.«

»Glaubst du nicht?« Annie wurde laut. »Aber wenn Cosenza sich dafür rächt, dass ihr ihn ins Gefängnis gebracht habt, dann bist du auch dran! Daran warst du genauso beteiligt wie der Richter!«

»Sie haben sich für den Richter entschieden, das ist ein schweres Vergehen und wirbelt viel Staub auf. Viel höher können sie nicht zielen. Sie werden nicht noch zusätzlich einen weniger wichtigen *Flic* abknallen, um noch mehr Eindruck zu machen.«

»Na, du hast gut reden.«

---

Am folgenden Montag um elf Uhr versammelte sich die gesamte Gerichtsbarkeit von Grasse in ihren Roben zu einem Schweigemarsch vom Landgericht bis in die Innenstadt auf die *Place aux Aires.* Die Staatsanwältin erinnerte dort kurz an den Richter Claude Dussolier und bat um eine

Schweigeminute, in die sie auch die anwesenden Fußgänger, Ladenbesitzer und Gastronomen miteinbezog.

Anwälte, Notare, Staatsanwälte und Richter von Cannes liefen vom Gerichtsgebäude am Boulevard Carnot bis zur Kreuzung Pont Carnot und blockierten dort ebenfalls für eine Schweigeminute den Verkehr, unterstützt und begleitet von einigen Männern und Frauen der *Police Municipale* ebenso wie von der *Police Nationale*. Duval betrachtete sie vom Fenster aus und hielt seine eigene Gedenkminute ab.

Vor dem Gerichtsgebäude in Nizza, mit seiner theatralischen Freitreppe im Zentrum der Altstadt, füllten sich die Stufen mit sämtlichen Justizangestellten in ihren schwarzen und roten Roben, wo sie dramatisch und schweigend den Platz mit seinem geschäftigen Treiben, seinen Terrassen, Cafés und Restaurants für eine Minute ebenfalls mit einer, zumindest annähernden, Stille überzogen. Die Touristen hoben verzückt ihre Smartphones und Kameras in Erwartung eines Flashmobs, eines Chors, wie er neulich abends vor der Oper stattgefunden hatte. Was würde man ihnen hier heute bieten? Den Gefangenenchor aus Nabucco vielleicht? Atemlos warteten sie, die Kameras auf die vermeintlichen Sänger gerichtet. Aber nichts dergleichen passierte. Niemand sang, niemand deklamierte. Nach einer Minute verschwanden die Männer und Frauen in ihren Roben so still, wie sie gekommen waren. Verständnislos, enttäuscht und verdrossen zogen die Touristen weiter. Komisches Volk, diese Franzosen.

»Mit äußerster Entschlossenheit« würden sie vorgehen, wiederholte der Polizeidirektor in offensivem Ton vor den Polizeibeamten während der Versammlung, die er einberufen hatte. Mit der Untersuchung würde eine Spezialeinheit aus Paris betraut. Alle Mittel würden den Kollegen aus Paris zur Verfügung gestellt, und er bat darum, dass man sich ihnen gegenüber kooperativ zeige.

Alle Hypothesen seien offen, wobei die Art der Tat ganz klar in die Unterwelt weise. Und ein Racheakt im Zusammenhang mit unliebsamen Urteilen, die der Richter gefällt hatte, sei nicht auszuschließen.

Louis Cosenza, der Name fiel, sei die Spur, der man als Erstes und mit großer Dringlichkeit nachgehen würde.

In der Nacht hatte man bereits die Altstadt von Grasse durchkämmt, hier lebten seit Jahrzehnten nordafrikanische Einwanderer in ungeregelten Verhältnissen, sprich, illegal. Häufig hausten sie ohne gültige Mietverträge unter miserablen Bedingungen in heruntergekommenen Häusern, schlugen sich mit Schwarzarbeit durch und waren nur allzu bereit, sich für alle möglichen Tätigkeiten, die ihnen Geld und damit eine trügerische Sicherheit vermittelten, zu verdingen. Aufgrund von Zeugenaussagen hatte man dort drei verdächtige Jugendliche in Gewahrsam genommen, sie am Morgen jedoch wegen erwiesener Unschuld wieder freigelassen.

Dass die Ermittlung einer speziellen Einsatzgruppe aus Paris übertragen wurde, die noch im Laufe des Tages anreisen würde, machte Duvals Hoffnungen zunichte, dass man ihn mit der Aufklärung des Falls betrauen würde. Ein paar Namen von Kollegen fielen, die direkt mit der Einsatzgruppe zusammenarbeiten sollte. Duval gehörte nicht dazu. Was war da los? Hatte jemand gegen ihn intrigiert?

Wollten sie ihn schon aufs Abstellgleis schieben? Verärgert und gekränkt verließ er die Versammlung. In seinem Büro lief er unruhig hin und her. Schließlich nahm er die Stufen bis in den fünften Stock und bat die Sekretärin, ihn beim Direktor anzumelden. Er musste nicht lange warten.

»Duval, setzen Sie sich«, begrüßte ihn der Direktor mit ernster Miene.

»*Monsieur le Directeur«,* begann Duval, »bei allem Respekt, ich verstehe Ihre Entscheidung nicht. Ich möchte, ich *will«*, betonte er, »bei der Ermittlung um Richter Dussolier mitarbeiten. Die Spur führt zu Cosenza, da bin ich sicher, und ich glaube, dass ihn niemand besser kennt als ich.«

»Es ist noch zu früh, um sich festzulegen, aber unter uns, ich stimme Ihnen zu, Duval, Cosenza ist meiner Ansicht nach der Urheber dieses Mordes, und es mag durchaus sein, *Commissaire,* dass Sie ihn am besten kennen, es gibt aber auch niemanden, der so gefährdet ist wie Sie in diesem Fall. Ich kann Ihnen keinen Personenschutz geben, ich brauche im Moment jeden fähigen Mann. Was ich tue, ist, Sie buchstäblich aus der Schusslinie zu nehmen.«

»Wenn mich jemand erschießen will, kriegt er mich so oder so«, entgegnete Duval. »Ich glaube aber nicht, dass sie es auf mich abgesehen haben.«

»Darauf möchte ich es nicht ankommen lassen«, entgegnete der Direktor.

»Bitte«, insistierte Duval. »Ich möchte Richter Dussolier meine Ehre erweisen. Unsere Zusammenarbeit war immer«, er zögerte, »von Vertrauen und Respekt geprägt. Ich schulde es ihm. Ich käme mir vor wie ein Drückeberger, wenn ich hier drinnen am Schreibtisch sitze und Akten bearbeite.«

»Auch das ist eine ehrenvolle Aufgabe, Duval. Vielleicht

entdecken Sie in den Akten etwas, was uns in diesem Fall weiterbringt. Sie sollten das nicht unterschätzen.«

»Bitte«, rang Duval sich ein zweites Mal ab.

Der Direktor überlegte einen Moment, dann nickte er. »Gut, Duval. Wir machen es ein wenig anders. Sie kümmern sich als Erstes um Cosenza. Und Sie berichten mir direkt, in Ordnung?«

»Danke, *Monsieur le Directeur.*«

»Schon gut, Duval.«

---

»Ausgerechnet Sie!« Louis Cosenza sah Duval mit unverhohlener Abneigung an. Der einst so muskulöse und stets braun gebrannte Mann war immer noch massig, aber in einer eher fett-schwammigen Art. Außerdem war er blass geworden. Auch wenn Cosenza sich Essen liefern lassen konnte und sich vermutlich zusätzlich den einen oder anderen Service erkaufte, so hatte der Aufenthalt im Gefängnis doch Spuren hinterlassen.

»Wie geht es Ihnen?«, fragte Duval ungerührt.

»Pah! Als würde Sie das interessieren. Was wollen Sie?«, schnauzte Cosenza.

»Sie wissen nicht, weshalb ich hier bin?«

»Machen wir jetzt ein Ratespiel?«

»Der Richter Dussolier«, begann Duval und ließ den Satz in der Luft hängen.

»Ah«, machte Cosenza.

»Sie wussten es schon«, stellte Duval fest.

Cosenza breitete die Hände in einer gespielt resignierten Art aus und verzog grimmig das Gesicht. »So ist es nun mal. Hier drinnen verbreiten sich die Nachrichten rasant.

Bizarrerweise ist dies hier der Ort, wo man am besten informiert ist, zumindest was diese Art von Informationen angeht«, sagte Cosenza. »Ich werde ihm nicht nachweinen. So ein hinterfotziger Drecksack!«

»Er machte seine Arbeit.«

»Jaja. Auf meine Kosten. Und was wollen Sie jetzt?«

Duval starrte Cosenza stumm an.

»Was?«, polterte Cosenza erneut. »Was schauen Sie mich so an? Was ist los?«

»Sie wissen doch sicherlich auch, wie er ums Leben kam?«

»Ach so«, machte Cosenza langsam und leise. Er sah Duval aus schmalen Augen an. »Deshalb.« Er hatte sich gut unter Kontrolle. »Sie glauben, dass es jemand von meinen Leuten war.«

»Alles weist darauf hin.«

»Alles weist darauf hin«, wiederholte Cosenza spöttisch. »Sie täuschen sich, *Commissaire*. Ich habe damit nichts zu tun.«

Duval verzog gespielt ungläubig das Gesicht.

»Sie glauben mir nicht?«

»Sie haben allen Grund, nicht wahr? Gerade haben Sie ihn einen ›hinterfotzigen Drecksack‹ genannt.«

»Ach herrjeh, ja, das habe ich gesagt, aber man sagt viel, wenn der Tag lang ist. Man verroht hier drinnen und wird schnell ein bisschen vulgär, muss ich Ihnen das erklären? Aber Worte sind nur Worte, *Commissaire*. Sie nennen sicher auch mal jemanden einen Drecksack, ohne ihn deshalb gleich töten zu wollen.«

»Vielleicht wünschten Sie sich seinen Tod und haben das einmal laut ausgesprochen? Und jemand tat Ihnen den Gefallen?«

»Wer sollte denn so etwas tun?« Cosenza tat ungläubig überrascht.

»Ach«, machte Duval, im gleichen leicht spielerischen Ton, »da gibt es bestimmt den einen oder anderen, der unter Umständen dazu bereit ist. Wie geht es eigentlich Ihrem Sohn?«, fragte er unvermittelt. »Wie hieß er noch? Giorgio?«

»Na, nun reicht es aber! Lassen Sie meine Familie aus dem Spiel. Wie können Sie nur denken, dass mein Sohn so etwas täte!«

»Um die Familienehre und die Ehre seines Vaters im Besonderen zu verteidigen, halten Sie das für so ausgeschlossen?«

»Hm«, brummte Cosenza unbestimmt. Tatsächlich war er sich nicht so sicher, ob Giorgio die Geschäfte so führte, wie er sich das wünschte. »Hören Sie«, sagte er dann unvermittelt, »ich werde mich erkundigen. Ich mach mich schlau. Kommen Sie in ein paar Tagen noch einmal. Vielleicht weiß ich dann was.«

»Ich werde das Gefühl nicht los, dass er damit wirklich nichts zu tun hat«, endete Duval seinen Rapport beim Direktor.

Der sah ihn bekümmert an. »Lassen Sie sich nicht von ihm hinters Licht führen, Duval. Cosenza ist ein gewiefter Schauspieler, das müssten Sie doch wissen. Der wird Ihnen was erzählen, von der Konkurrenz, die seine geschwächte Situation im Gefängnis nutzt, um sich Vorteile auf dem Drogenmarkt zu verschaffen oder so etwas in der Art.«

»Das ist ja nicht auszuschließen.«

»Möglich. Nehmen Sie Kontakt mit Martinez von der STUP auf und hören Sie mal ein bisschen rum, was gerade so los ist, bleiben Sie dran an Cosenza und berichten Sie mir wieder.« Er öffnete eine Akte, die auf seinem Schreibtisch lag.

Duval verstand und erhob sich.

»*Au revoir, Monsieur le Directeur.*«

»*Au revoir,* Duval.«

Duval war schon an der Tür, als der Direktor noch einmal anhob: »Lassen Sie sich nicht einwickeln, Duval.«

»Bitte?«

»Von Cosenza, meine ich.«

»Natürlich nicht, *Monsieur le Directeur.*«

»Gut.« Der Direktor vertiefte sich in die Papiere.

Mit Louis Martinez von der *Brigade des Stupéfiants,* dem Drogendezernat, kurz STUP genannt, war Duval nicht mehr zusammengetroffen, seit ihnen bei einer Razzia sein Bruder mit Drogenbesitz in die Fänge geraten war. Die STUP war ein eingeschworener Haufen, die Kollegen von außerhalb nichts oder nur gegen eine Gegeninformation etwas preisgaben. Es war gut, bereits informiert zu sein, um nicht ganz dumm dazustehen. Man war außerdem gut beraten, so zu tun, als wüsste man noch mehr.

Ungeschickt nur, dass er bei Martinez wegen Fréd noch in der Kreide stand.

Was machte der eigentlich? Der meldete sich nur, wenn ihm das Wasser bis zum Hals stand. Duval wählte seine Nummer.

»Fréd?«

»Wer will das wissen?«, fragte sein Bruder unwirsch zurück.

»Ich bin's, Léon.«

»Léon«, es hörte sich nicht erfreut an. »Was gibt's?«

»Ich wollte mal hören, wie es dir geht?«

»Ach was.«

»Ja, wie geht's dir? Was machst du?«

»Wie, was ich mache? Ich telefoniere mit dir«, gab er rotzig zurück.

»Was machst du beruflich? Kutschierst du noch diesen Winterstein herum?«

»Hmm«, brummte Frédéric zustimmend.

»Und das läuft gut?«

»Ganz okay.«

»Sag mal, fährst du eigentlich noch Motorradrennen?«

»Hin und wieder.«

»Wie viele Maschinen hast du?«

»Drei. Eine Motocross-Maschine, eine Enduro und eine schwere BMW. Warum interessiert dich das? Willst du eine kaufen?«

»Nein. Bist du in den letzten Tagen damit gefahren?«

»Was? Was fragst du denn da für einen Scheiß?«

»Hör zu Fréd, vielleicht hast du davon gehört, ein Richter wurde erschossen«, begann Duval. »Und du weißt vermutlich, dass es zwei Typen auf einem geländegängigen Motorrad waren?«

»Nee, das gibt's doch echt nicht!«, fiel ihm Frédéric ins Wort. »Du verdächtigst mich? Deinen Bruder?«

»Ich will nur wissen, ob deine Maschinen noch an ihrem angestammten Ort stehen«, unterbrach Duval ihn wiederum.

Für einen Moment schwieg Frédéric.

»Wann hast du sie zum letzten Mal gesehen oder bewegt?«, insistierte Duval.

»Schon eine Weile her.«

»Kannst du nachsehen, ob sie noch an ihrem Platz stehen?«

»Jetzt?«

»Wenn's geht, jetzt.«

»Okay, ich geh runter, bleib dran.«

Duval hörte, wie sein Bruder eine Tür öffnete, mehrere Treppen hinablief, wieder eine Tür öffnete, er hörte knirschende Schritte auf Kies, ein Garagentor öffnete sich quietschend.

»Bist du noch da?«, fragte Fréd.

»Ja.«

»Alles okay hier.« Er klang erleichtert. »Die stehen noch exakt so, wie ich sie zuletzt hingestellt habe.«

»Gut.« Duval war ebenfalls erleichtert. »Weißt du sonst etwas?«

Fréd zögerte.

»Fréd!«

»Ich weiß gar nix«, murrte er. Aber sein Ton klang weniger feindselig.

»Sicher?«

»Driss Abidi«, warf Fréd ihm zu.

»Driss Abidi? Der Schrotthändler?«

»Jo.«

»Den kennst du?«

»Ich finde bei ihm manchmal Ersatzteile.«

»Aha. Das ist alles?«

»Na ja«, murmelte Fréd halblaut, »ich hab auch schon mal Koks bei ihm gekauft.«

Duval schwieg. Das war nicht die Antwort, die er erwartet hatte.

»Mann, Léon! So ist es heute. Du bist so spießig! Alle ziehen sich was rein«, verteidigte sich Frédéric.

»Okay, vergiss es. Was ist mit Driss Abidi?«

»Keine Ahnung. Aber die Winterstein-Söhne sind nervös und telefonieren den ganzen Tag hin und her. Sie haben Angst, dass man ihnen die Sache anhängen will. Sie glauben, dass es im Auftrag von Driss Abidi geschehen ist. Ich habe das zufällig so aufgeschnappt, als ich auf den Alten gewartet habe und vor dem Wohnwagen von Jacky eine rauchte.«

»Jacky Winterstein?«

»Jo.«

»Okay, Fréd. Ich muss mich in den nächsten Tagen mit der STUP kurzschließen. Ich weiß nicht, was die wissen, aber du tust gut daran, für alle Fälle *clean* zu sein. Schmeiß alles, was bei dir von diesem Dreckszeug herumfliegt, ins Klo und spül es weg.«

Fréd schwieg.

»Mach, was du willst, Fréd. Es geht mich nix an, aber heul nicht nach mir, wenn sie dich wieder in Gewahrsam nehmen.«

»Wichser«, zischte Frédéric.

»Was?«

»Nix.«

»Na dann … tschau.«

»Tschau.«

Duval schnaufte. Was für ein beschissenes Verhältnis er zu seinem Halbbruder hatte. Sie hatten nicht einmal die üblichen Höflichkeitsfloskeln ausgetauscht.

»Was wissen wir denn über Driss Abidi?« Er steckte den Kopf in das Büro, das sich seine Mitarbeiter teilten.

»Der Schrotthändler?«, fragte LeBlanc zurück.

»Ebender.«

»Das haben wir gleich«, LeBlanc gab den Namen im System ein.

»Driss Abidi, geboren in Tunis, über Marseille und Toulon bis nach Cannes gekommen, angeblich, um aus der Marseiller Kriminellen-Szene zu entkommen, die ihm mehrere Aufenthalte in *Les Baumettes* beschert hat, hat hier in Cannes erst eine heruntergekommene Werkstatt in La Bocca gekauft, dann auf einem Gelände am Rande von *Les Tourrades,* gleich hinter der Mülldeponie, einen Schrottplatz aufgemacht. Dort hat er jetzt auch eine Werkstatt eingerichtet. Alles legal, wenn man den Informationen hier glauben kann.«

»Sagen wir, er hat zumindest eine legale Fassade. Vielleicht lässt er geklaute Autos verschwinden und dergleichen.« Duval betrachtete das Foto des dunkelhäutigen Mannes im Computer. »Da ist ein bisschen Schwarzafrika mit drin, oder?«

»Vater Tunesier, Mutter aus dem Senegal. Richtig.«

»Keine Drogen?«, fragte Duval.

»Doch, doch«, mischte sich Villiers ein. »Ich glaube, er hat die Finger nach Ranguin ausgestreckt. Seit ich bei diesem Einsatz damals dabei war, kriege ich immer mal was mit aus den Kreisen der STUP. Die sind ja sonst sehr verschwiegen.«

Die Hochhaussiedlung in Ranguin, einem sozialen Brennpunkt-Vorort von Cannes, war ein bekannter Drogenumschlagplatz, immer noch, selbst nachdem man den letzten großen Drogenhändler festgenommen und einen Teil seines Netzes zerschlagen hatte.

»Sieh an«, sagte Duval. »Halten Sie doch ein bisschen die Ohren offen«, bat er. »Ich will Louis Martinez aufsuchen, und es ist immer gut, nicht ganz unwissend zu sein.«

»Mach ich«, nickte Villiers.

»Dieser Driss Abidi hat vor einiger Zeit den Boxclub im Suquet übernommen«, ließ sich Léa Leroc hören. »In der Rue Hibert.«

»Ach so? Woher wissen Sie das denn?«

Léa grinste. »Am Kaffeeautomaten erfährt man so einiges. Ihre Anschaffung der Kaffeemaschine hat zwar zu einem qualitativ besseren Kaffee geführt, aber zu einem gewissen Informationsverlust, was den Flurfunk angeht. Hin und wieder ist es gut, am Kaffeeautomaten einen Kaffee zu trinken, auch wenn der Kaffee, zugegeben, ekelhaft ist.« Sie verzog das Gesicht zu einer Grimasse. »Einer der Kollegen boxt in diesem Club«, erklärte sie. »Er hat dort angefangen, als er noch dem alten Besitzer gehört hat. Mit dem Verkauf habe sich die gesamte Szene geändert, sagte er. Ein paar sind geblieben, die meisten sind gegangen, wenn ich es richtig mitbekommen habe. Ist jetzt eher in arabischer Faust, um im Bild zu bleiben.«

»Das ist nicht gerade politisch korrekt ausgedrückt, liebe Léa«, witzelte Villiers.

»Ich drücke mich so aus, dass ihr mich versteht«, gab sie zurück.

»Und der Kollege ist noch dort?«, fragte Duval.

»Ja, so habe ich das verstanden. Es scheint ihm einen besonderen Spaß zu machen, sich mit Arabern zu boxen, wenn auch unter geregelten Bedingungen.« Sie verzog abschätzig das Gesicht.

»Wer ist es?«

»Paul Garcia von der STUP.«

»Ach der.« Villiers machte ein verächtliches Gesicht. »Wundert mich nicht.«

»Was haben Sie gegen ihn?«

»Mit manchen Kollegen komme ich nicht klar. Das ist der Liebling von Martinez, und darauf bildet er sich was ein. Falscher Fuffziger.«

»Das beruhigt mich«, sagte Léa. »Ich kann ihn nicht ab, weil er jedes Mal, wenn er mich sieht, schmierige Witze erzählt.«

»Das passt zu ihm.«

»Ich geh mir den mal anschauen«, entschied Duval.

»Paul Garcia?«, fragte LeBlanc irritiert.

»Nein, den Boxclub, Michel«, erklärte Léa, »oder?« Sie sah Duval an, der bestätigend nickte. »Wollen Sie, dass jemand von uns mitgeht?«

Duval schüttelte den Kopf. »Nicht nötig. Wenn ich nicht wiederkomme, wissen Sie, wo Sie mich suchen müssen«, witzelte er.

---

Im Boxclub in einer Seitenstraße des Suquet war so früh am Nachmittag noch nicht viel los. Rapklänge hallten ihm schon auf der Straße entgegen, die großen Glastüren waren weit geöffnet. Zwei bärtige junge Männer in schwarzen T-Shirts und Shorts dribbelten und droschen mit eingezogenem Kopf und bulligen Boxhandschuhen abwechselnd auf einen schweren Boxsack ein, der an der linken Wand an einem Eisengalgen hing. Sie schwitzten, und ihre feuchten Ausdünstungen vermischten sich mit dem beißenden Geruch von Chlorreiniger. An den weißen

Wänden rote und schwarze Graffiti, dazu der Kopf eines schwarzen Boxers, dessen überdimensionierte Faust den Betrachter auf Kopfhöhe zu treffen schien. Der Boxring aber war leer.

Die beiden jungen Männer waren kurz irritiert, als Duval neben ihnen auftauchte. »Eh, Driss!«, rief einer von ihnen keuchend, zwischen zwei Schlägen. »Du hast Besuch!«

Ein großer und bulliger Mann erschien. Er füllte die Türöffnung mit seinem Körper aus, stand etwas gebeugt, um sich nicht den Kopf am Türrahmen anzuschlagen. Duval erkannte den Mann vom Foto wieder, er war allerdings deutlich massiger geworden. Driss Abidi war ein *métisse,* sein tunesischer Vater hatte ihm seinen Namen und den Körperbau, seine schwarzafrikanische Mutter die dunklere Hautfarbe und die krausen Haare mitgegeben. Diese Afrohaare, die er hasste und sie daher regelmäßig auf drei Millimeter abrasierte. Das Weiße in seinen Augen war leicht gerötet, und er strahlte eine nur mühsam gezähmte Aggressivität aus.

»Monsieur Driss Abidi?«

»Wer will das wissen?«

»Duval, *Police Nationale*«, Duval zeigte seinen Dienstausweis.

Die Jungs am Boxsack rumorten und pfiffen durch die Zähne.

»Eh oh!«, machte Driss Abidi in ihre Richtung, und sie kuschten wie brave Hunde, ließen Duval aber nicht aus den Augen und hämmerten demonstrativ verächtlich auf den Boxsack ein.

»Ihre Kollegen waren schon da«, knurrte Driss Abidi. »Ich habe damit nichts zu tun. Das habe ich doch schon gesagt.«

Duval hörte, wie im Raum, dessen Zugang der bullige Mann mit seinem Körper versperrte, eine Tür geöffnet und geschlossen wurde.

»Womit haben Sie nichts zu tun?«

Fast zeitgleich sprang ein Auto an. Ein Alfa Romeo. Schon als kleiner Junge hatte Duval, zum Stolz seines Vaters, der leidenschaftlich Autoralleys fuhr, den Motorsound sämtlicher Automarken auseinanderhalten können. BMW, Mercedes, Porsche, Alfa, Lamborghini, Maserati. Eine Sekunde später röhrte ein hochgetunter knallroter Alfa am Boxclub vorbei. Den Fahrer, er ging davon aus, dass es ein Mann war, konnte er nicht erkennen.

»Ich habe Sie gestört, Sie hatten Besuch?«, fragte Duval.

Driss Abidi sah ihn aggressiv an, schwieg aber.

»Womit also haben Sie nichts zu tun?«, wiederholte Duval.

»Mit dem Richter. Das wollen Sie doch wissen, oder? Deswegen sind Sie doch da?«

Duval nickte.

»Das war der alte Italiener, der mir den Schwarzen Peter zuschiebt. Der ist schlau!«

»Der alte Italiener«, wiederholte Duval langsam. »Sie meinen Cosenza? Louis Cosenza, der zurzeit in Nizza im Gefängnis einsitzt?«

»Ach, jetzt tun Sie doch nicht so scheinheilig! Sie wissen genau, wen ich meine. Und Sie wissen auch genau, Sie am allerbesten, dass der mit Ihrem Richter noch eine Rechnung offen hatte.«

Zusammen mit Richter Dussolier hatte Duval damals Nicki, die junge Frau von Louis Cosenza, als Hauptverdächtige im Mordfall an ihrem Geliebten in Untersuchungshaft gesteckt. Nur um sie zu entlasten, hatte Cosenza, dem der perfekte Mord, den er begangen hatte, nicht nachzuweisen war, sich damals gestellt. Dass Cosenza von Rachegelüsten heimgesucht wurde, wäre nur zu verständlich. Dennoch hatte Duval das unbestimmte Gefühl, dass Cosenzas Unschuldsbeteuerungen diesmal glaubwürdig waren.

»Im Gegensatz zu Ihnen«, wandte er sich wieder an Driss Abidi. »Sie sind ja ein ganz unbescholtener Bürger, der nur seinen Geschäften nachgeht und sich nichts vorzuwerfen hat.«

»Sie sagen es, *Monsieur le Commissaire*«, grinste Abidi. »Ich sehe, wir verstehen uns. Ich habe rein gar nichts mit dieser Sache zu tun, egal, was dieser krumme Hund Cosenza meint. Und wenn Sie sonst keine Fragen haben –«

»Danke, das reicht fürs Erste«, sagte Duval. »Aber das heißt noch lange nicht, dass wir uns in dieser Sache das letzte Mal gesehen haben.« Mit diesen Worten wandte er sich um und verließ den Boxclub, in dem fast gleichzeitig die Musik laut gedreht wurde. *»Oh oh contrôle de police, monsieur, systématique est la façon dont l'histoire se complique«* dröhnte es über die Straße. Duval erkannte den Text eines Rap-Songs, der die verhasste Polizei zum Thema hatte. Er zog es vor, es nicht zur Kenntnis zu nehmen.

---

Später sah Duval einen roten Alfa, der über den Pont Carnot rauschte und in einer rasanten Linkskurve zur Tiefgarage des Kommissariats einbog. Zufall? Wie viele rote Alfas gab es in Cannes? Würde ein *Flic,* der vielleicht in unsaubere

Geschäfte verwickelt war, ausgerechnet einen roten Alfa fahren, mit dem man ihn an jeder Straßenecke wiedererkennen könnte? Da musste er schon sehr dämlich sein. Oder sich sehr sicher fühlen.

---

»*Bonjour,* Louis«, grüßte Duval, »alles klar?«

»Sieh an, der *Commissaire* mit dem kriminellen Bruder. Alles gut mit dem Kleinen?«

»Halbbruder«, konnte Duval sich nicht verkneifen richtigzustellen.

»Ah ja, Halbbruder. Die schlechten Gene hat er von der Mutter, richtig?« Martinez lachte rau.

Da wäre ich nicht so sicher, dachte Duval, aber er verzog nur das Gesicht. »Er ist kein schlechter Kerl«, verteidigte er seinen Bruder gegen seine Überzeugung. »Verwöhnter Bengel, der zu jung zu viel Geld geerbt hat«, er zuckte mit den Schultern.

»Was verschafft uns die Ehre? Hast du was oder willst du was?«

»Teils, teils, hoffe ich.«

»Schieß los.«

»Driss Abidi ist im Drogenbusiness angekommen.«

Louis Martinez winkte ab. »Geschenkt. Damit erzählst du mir nichts Neues. Der hat Ranguin übernommen, kaum hatten wir den letzten Caïd festgesetzt, *Tartar,* du erinnerst dich?«

»Sicher«, nickte Duval. »Villiers war damals dabei.«

»Aber es war vorauszusehen. Die Jungs im Viertel haben sich gegenseitig bekriegt, aber keiner konnte sich wirklich durchsetzen. Die haben sich einen langen, aber unergiebigen Kampf geliefert. Es hat sich schon kaum noch einer der Kunden in das Viertel gewagt, aus Angst, selbst Ziel einer verirrten Kugel zu werden. Das Geschäft war rückläufig, und wir rieben uns schon die Hände, einmal etwas erreicht zu haben, bis Driss Abidi kam und in einer kurzen und ultragewalttätigen Aktion sämtliche Anwärter auf den verlassenen Thron eliminierte und selbst das umkämpfte Erbe von *Tartar* übernommen hat.«

»Und jetzt hast du einen *Flic* auf ihn angesetzt«, fragte Duval.

»Einen?« Louis Martinez lachte. »Alle!« Dann lachte er nicht mehr. »Hast du mir was zu sagen?«

»Ich weiß nicht, fährt einer deiner Leute einen roten Alfa?«

Louis Martinez sah Duval finster an. »Was weiß ich«, sagte er ausweichend. »Ich kann nicht das Privatleben aller meiner Leute kennen.«

»Natürlich nicht«, stimmte Duval zu. »Ich war nur heute am frühen Nachmittag bei Driss Abidi, und jemand mit einem roten Alfa fuhr gerade vom Hof. Denselben Alfa sah ich vorhin hier in die Tiefgarage fahren. Zufall?«

»Es wird sicher nicht nur einen roten Alfa geben in dieser Stadt«, wiegelte Louis Martinez ab. »Was wolltest du dort?«

»Kontakt aufnehmen. Ich ermittle wegen des Mordes an Richter Dussolier.«

»Erledigt das nicht diese Brigade aus Paris?«

»Ja. Aber ich auch.«

»Ach so. Und?«

»Und was?«

»Hat Abidi was mit dem Mord am Richter zu tun?«

»Er sagt Nein. Aber er hat jede Menge ›Personal‹ an der

Hand, die sich mit so einem Auftrag vielleicht was dazuverdienen wollen. Er sagt, Cosenza will ihm das in die Schuhe schieben.«

»Nicht unwahrscheinlich«, befand Martinez.

Duval machte ein skeptisches Gesicht.

»Bist du nicht der Ansicht? Weißt du was?«

»Irgendwas läuft da mit Cosenza, das stimmt. Wir wissen, dass Driss Abidi den Boxclub in der Rue Hibert übernommen hat. Das ist eigentlich Cosenzas Kiez, und es wird ihm nicht gefallen haben.«

»Möglich, dass Driss Abidi sich auf Cosenza-Gebiet breitmachen will.« Louis Martinez sah Duval nachdenklich an. »Der rote Alfa, den hast du im Boxclub gesehen? Oder in der Werkstatt auf dem Schrottplatz?«

»Der fuhr aus einem Hof neben dem Boxclub.«

»Gut«, Louis Martinez klopfte ihm kumpelhaft auf die Schulter und schob ihn abschließend Richtung Tür. »Wir sollten mal was zusammen trinken, bei Gelegenheit.«

»Immer gerne«, stimmte Duval zu.

---

»Hélène hat gerade angerufen«, sagte Annie ihm abends zur Begrüßung. »Sie wollte sichergehen, dass du nicht vergessen hast, dass deine Kinder über Pfingsten kommen.«

»Hm«, nickte Duval unbestimmt. Ja, er hatte das ausgemacht. Aber er wusste nicht mehr, wann Pfingsten eigentlich war.

»Kommendes Wochenende«, kam ihm Annie zu Hilfe.

»Schon?«

»Ja, schon«, bestätigte Annie trocken. »Wie stellst du dir das vor?«

»Wie stelle ich mir was vor?«

»Wie es mit deinen Kindern ablaufen soll.«

»Das sehen wir, wenn sie da sind«, sagte Duval leichthin. »Sie sind ja keine Kleinkinder mehr.«

»Na eben. Die wollen was unternehmen, und zwar mit dir! Sie kommen, um ihren Vater zu sehen.«

»Jaja, schon klar.«

»Ich sage dir das nur, weil *ich* nicht die ganze Zeit und vor allem nicht allein für sie da sein kann. Ich bin froh, dass Julie diesen Krippenplatz hat …«

»Ich hab's verstanden, Annie. Ich werde da sein. Ich nehme mir ein paar Tage frei, versprochen. Wo ist Julie?« Er sah auf die Uhr. Es war kurz vor halb sieben. »Soll ich sie abholen?«, schlug er vor.

»Gute Idee«, stimmte Annie versöhnlich zu.

Knapp fünf Minuten später klingelte er an der Pforte der kleinen Montessori-Krippe. »Lollipop« stand in bunten Buchstaben auf dem großen Tor.

»Ja bitte?«, krächzte es aus dem Lautsprecher.

»Léon Duval, der Papa von Julie«, antwortete Duval in die Gegensprechanlage und blickte betont freundlich in die Kamera, die weit oben an der Hauswand angebracht war.

Mit einem leisen *Klack* öffnete sich das Tor, und er trat in den Innenhof, in dem sich ein zusätzlich mit einem grün gestrichenen Zaun gesicherter Spielplatz befand.

Die Tür zur Erdgeschosswohnung, in der sich die Kinderkrippe befand, öffnete sich mit einem Summton.

Eine Geräuschkulisse aus Kindergeschrei, Geplapper

und Geklapper empfing ihn und eine der Erzieherinnen, die Julie an der Hand hatte. Wie hieß sie noch? Melanie? Magali? Irgendetwas mit »M«.

»Schau mal, wer da ist, Julie, dein Papa!«, sagte sie in einem süßlichen Ton und lächelte dabei Duval an.

»Papa!« Julie lächelte ihn so bezaubernd an und streckte ihre Arme in seine Richtung, dass ihm für einen Herzschlag lang heiß wurde, so viel Liebe durchflutete ihn.

»Na, hallo, meine Kleine«, sagte er viel sanfter, als er wollte, ging in die Knie und streckte die Arme ebenso aus. Julie machte ein, zwei tapsige Schritte und ließ sich dann juchzend in seine Arme fallen. Duval küsste sie und richtete sich mit Julie in den Armen auf.

»Alles in Ordnung?«, erkundigte er sich dann mit normaler Stimme.

»Alles bestens. Sie hat fein gegessen, einen Mittagsschlaf gemacht, allerdings nur kurz, und am Nachmittag hat sie mit den anderen Kindern draußen gespielt. Sie kann schon ein paar Schritte allein machen und steht auch immer sicherer. Es wird nicht mehr lange dauern, dann läuft sie komplett allein.« Sie blickte auf Julie. »Nicht wahr, Julie? Bald läufst du uns davon!«

Aber Julie, die sich in die Arme von Duval geschmiegt hatte, reagierte nicht.

»Ich denke, sie ist ziemlich müde, das Schläfchen am Mittag war nicht lang genug.« Die Erzieherin drückte Duval einen Zettel in die Hand. »Das ist das, was wir nächste Woche brauchen.«

Duval warf einen Blick auf den Zettel, nickte und steckte ihn ein.

»Ich freue mich, dass ich Sie mal wieder sehe«, wagte sich die Erzieherin vor.

»Bitte?« Duval fragte sich, ob es sich um einen Annäherungsversuch handelte.

»Ich meine, wir haben Sie schon lange nicht gesehen. Die Papas kommen nach wie vor viel seltener, um ihre Kinder zu bringen und abzuholen.«

Duval entspannte sich wieder. Die übliche Litanei.

»Manche Väter sehen wir gar nicht«, plapperte die Erzieherin weiter. »Wir haben gerne Kontakt zu beiden Eltern, verstehen Sie? Also, wenn es zwei Eltern gibt, meine ich.«

»Verstehe«, sagte Duval. »Ich kann es mir nicht immer einrichten«, bemühte er sich zu erklären. »Ich bin Polizist mit häufig unvorhersehbaren Arbeitszeiten.«

»Ach so«, machte die Erzieherin, aber Duval sah ihr an, dass sie keine Ahnung hatte, wie sehr sein Job sich von ihrem unterschied.

»Ich bin Kommissar bei der *Police Nationale*«, setzte er hinzu. »Manchmal bin ich tagelang im Einsatz – manchmal auch nächtelang. Ich kann nicht …«, er brach ab, als er ihren Blick sah.

»Aha«, machte sie. Es gibt nichts Wichtigeres, als sein Kind zu umsorgen, schien sie zu denken, und es pünktlich aus der Krippe abzuholen.

»Sagst du ›Auf Wiedersehen‹«, wandte Duval sich an Julie.

Sie drehte unwillig den Kopf und sah die Erzieherin an.

*»Au revoir, Julie«,* die junge Frau winkte mit der Hand. *»Bisou, bisou!«* Sie machte einen Kussmund. »Bis morgen!«

Julie hob ungelenk die Hand, drehte sich sofort wieder um und drückte ihren Kopf an Duvals Schulter.

»Sie ist wirklich müde«, bestätigte Duval. »Wir gehen schnell nach Hause und schauen, was es zu essen gibt, und dann gehen wir bald ins Bett, meine Kleine«, redete Duval auf sie ein. »Danke, schönen Abend und bis morgen«, verabschiedete er sich nun eilig und trug Julie auf dem Arm nach Hause.

# 2

»Und wenn wir Cosenzas Sohn mal auf den Zahn fühlten?« Schlug LeBlanc vor. »Wenn ich richtig informiert bin, hat er während der Abwesenheit seines Vaters die Geschäfte übernommen. Es gab da neulich einen Artikel in *Nice-Matin,* da stand etwas im Sinne von ›Giorgio Cosenza, der junge Geschäftsführer der SA Riviera, engagiert sich jetzt auch im Sport‹. Er hat für den Volleyballclub AS Cannes Volley einen neuen Trainer engagiert. Einen Serben oder Tschechen. Irgendjemand aus dem Osten auf jeden Fall. Ich erinnere mich nicht genau. Ich habe die Zeitung wegen einer Todesanzeige durchgesehen und blieb beim Blättern an diesem Bild hängen. Giorgio Cosenza breit strahlend mit dem neuen Trainer von AS Cannes Volley, beglückwünscht vom Bürgermeister, weil sie gleich irgendeinen Titel gewonnen haben.«

»Hm«, machte Duval. »Suchen Sie mir den Trainer mal. Dem fühlen wir auch mal auf den Zahn. Aufenthaltsgenehmigung, Trainerlizenz und solche Scherze. Wann ist denn das nächste Match des AS Cannes Volley?«

»Das haben wir gleich«, sagte Léa und tippte auf ihrem Smartphone herum. »Branko Ivanovitch ist der neue Trainer der Pro-Mannschaft Herren«, bestätigte sie. »Hat ein nettes Gesicht«, befand sie, »vielleicht nicht unbedingt ein Krimineller, nur weil Cosenza ihn bezahlt. Ivanovitch, das ist serbisch, oder?«

»Keine Ahnung«, bekundete Duval, und auch LeBlanc zuckte mit den Schultern.

»Ivanovitch, Branko Ivanovitch«, las sie vor. »Mit ihm sind sie immerhin *Champions de France* geworden! Der neue Star des Vereins. Kein Wunder, dass der Bürgermeister stolz ist. Wollen Sie ein paar Überschriften?«, fragte sie rein rhetorisch, denn schon las sie sie vor. »›Die *Dragons* sind zurück, dank Branko Ivanovitch. Spannendes Duell geht in die nächste Runde! Die *Dragons* knacken die Bank und ziehen ins Finale ein!‹ Was ist das denn für eine Überschrift«, schüttelte sie den Kopf. »Die Spielsaison ist aber gerade zu Ende gegangen. Am 31. Mai war die Pokalübergabe. Also kein Match in nächster Zeit. Aber vielleicht können wir mal bei einer Trainingsstunde vorbeischauen?«, schlug sie vor. »Das *Palais des Victoires* in La Bocca ist Dreh- und Angelpunkt des Volleyballclubs.«

»Sehr schön«, sagte Duval. »Dann schauen Sie doch mal beim Training vorbei. Und ich werde Giorgio Cosenza einen morgendlichen Besuch abstatten.«

---

Giorgio Cosenza, der, anders als sein Vater, wie mit einer Leuchtspur versehen durchs Cannoiser Nachtleben rauschte und sich darin gefiel, jeden Abend unter großem Tamtam nicht nur in seinem eigenen Nachtclub Champagnerflaschen zu köpfen, großzügig auszuschenken und sich ungeniert vor aller Augen mit einem Strohhalm weißes Puder in die Nase zu ziehen, das ihn unverwundbar und großartig machte, zumindest gab es ihm eine Zeit lang das Gefühl – Giorgio Cosenza also sah frühmorgens weit weniger großartig aus, daran konnte auch der schwarze seidene Bademantel nichts ändern. Er dünstete Alkohol und Nikotin aus jeder Pore und sah Duval aus verquollenen Augen an.

»Was wollen Sie?« Auch die aggressive Autorität wirkte morgens etwas weniger überzeugend.

»Mit Ihnen reden.«

»Jetzt?«

»Ja, jetzt und hier. Wenn Sie es vorziehen, können wir Sie auch vorladen.«

Giorgio Cosenza schnaubte kurz wütend, dann winkte er den Kommissar nachlässig hinein, lief breitbeinig vor ihm in den Salon und warf sich dort auf die weiße Sitzlandschaft. Die vieleckige, exzentrisch wirkende Wohnung, die zur Meerseite vollkommen verglast war, bot ein atemberaubendes Panorama auf das Mittelmeer, vom Cap d'Antibes über die Îles de Lérins bis zum Esterelgebirge. Was für ein Aufstieg, von dem ärmlichen Wohnhaus im Suquet, in dem er gelebt hatte, als Duval ihn das erste Mal aufgesucht hatte, zu dieser Luxuswohnung am Cap Croisette. Und das sagte er dann auch.

»Schön haben Sie's hier.« Der Satz, so banal, wie er schien, und ob es nun stimmte oder nicht, schmeichelte noch jedem Besitzer und war eine geschickte Gesprächseröffnung.

»Nicht schlecht für den Anfang.« Giorgio Cosenza machte da keine Ausnahme. Er WAR stolz auf seine Immobilie und konnte es nicht verbergen. Mit einer einladenden Geste bot er Duval an, Platz zu nehmen.

»Kaffee?«, fragte er gleichzeitig.

»Danke«, Duval schüttelte den Kopf.

»*Bébé*«, rief Giorgio Cosenza in die hinteren Räume der Wohnung. Eine junge Frau mit verwuschelten langen dunklen Locken erschien, schloss gerade noch ihren ebenfalls schwarzen Seidenmorgenmantel, der aber einen tiefen Einblick auf zwei perfekte Brüste gab, und warf die langen Haare mit einer Kopfbewegung lässig nach hinten. Sie näherte sich Cosenza und umarmte ihn lasziv und warf Duval dabei einen offen verführerischen Blick zu. Cosenza drehte sich zu ihr und küsste sie demonstrativ und besitzergreifend. Meine Wohnung, meine Frau. Duval sah der Inszenierung ungerührt zu und fragte sich, was als Nächstes käme. Der Hinweis auf ein Boot? Dann ließ Cosenza von ihr ab. »Mach mir einen Kaffee, *Bébé*«, forderte er sie auf.

»Cappu?«, fragte sie.

»Ja.«

»Nur einen?« Sie blickte Duval an.

»Einen«, bestätigte Cosenza.

Sie machte sich in der offenen Küche an einer vollautomatischen Kaffeemaschine zu schaffen, und kurz darauf durchzog der Geruch nach köstlichem Kaffee die Wohnung. Duval lief das Wasser im Mund zusammen, aber keinesfalls hätte er hier einen Kaffee angenommen. Die junge Frau schäumte Milch auf und goss Milch und Milchschaum in die Tasse. Klirrend legte sie einen Löffel auf den Unterteller, servierte den Cappuccino und stellte einen Behälter mit Zuckertütchen auf den Glastisch. *»Voilà Cheri«,* säuselte sie.

*»Merci, Bébé.«* Er gab ihr einen Klaps auf den Po. »Au«, kiekste sie und wandte ihr attraktives Hinterteil gespielt gekränkt hin und her.

»Komm, verzieh dich«, Giorgio Cosenza gab sich großmännisch, und sie tänzelte davon.

»Also«, wandte er sich an Duval, während er ein Tütchen Zucker in den Kaffee rieseln ließ und dann umrührte.

»Sie führen die Geschäfte Ihres Vaters offensichtlich erfolgreich«, begann Duval. Giorgio Cosenza war nicht halb so intelligent wie sein Vater und saugte die Schmeicheleien auf wie ein Schwamm. »*Bébé*«, rief er, »meine Zigaretten!«

Seine Gefährtin hatte ihren zweiten Auftritt, nicht weniger aufreizend als beim ersten Mal, und reichte ihm ein Zigarettenetui und ein Feuerzeug. »Brauchst du mich noch?«, gurrte sie.

»Im Moment nicht.« Sie verschwand, erneut den Hintern schwenkend. Cosenza junior schnippte mit dem Feuerzeug, zündete sich eine Zigarette an und inhalierte tief.

»Wo waren wir?«

»Sie führen die Geschäfte erfolgreich«, wiederholte Duval und ließ diesmal bewusst »Ihres Vaters« unter den Tisch fallen.

»Klar«, sagte Cosenza junior. »Ich bin jünger, dynamischer, verstehen Sie? Man muss mit der Zeit gehen.«

»Sicher«, sagte Duval unverbindlich. »Monsieur Cosenza, Sie wissen, warum ich Sie aufsuche?«

»Natürlich, *Commissaire*«, Cosenza gab sich verächtlich-nachsichtig, »die Nachrichten verbreiten sich schnell in Cannes. Sie waren schon bei meinem Vater, denken Sie, ich wüsste das nicht?«

»Ihr Vater sagt, dass er mit dem Mord an Richter Dussolier nichts zu tun hat.«

»Wie sollte er auch. Er sitzt im Knast«, empörte sich Cosenza junior. »Weil ihn dieser Drecks-Richter dorthin gebracht hat. Dabei hätte mein Vater allen Grund ...«, er stockte.

»Ja, sehen Sie, das dachte ich auch. Er hätte allen Grund.«

»Mein Vater hat damit nichts zu tun!«

»Und wissen Sie was? Ich glaube ihm das.«

»Ach!« Cosenza junior zog lange an seiner Zigarette. »Na also«, sagte er zufrieden. Dann verstand er. »Nein!«, empörte er sich. »Sie glauben doch nicht im Ernst ...«

Duval verzog zustimmend das Gesicht. »Wäre das so ungewöhnlich?«

Cosenza junior zog intensiv an seiner Zigarette und schnaubte gleichzeitig. Dann hustete er. »Was soll das heißen?«, brachte er schließlich hervor.

»Ich meine, es ist doch nicht so ungewöhnlich in einer Familie mit italienischen Wurzeln. Manches geht an die Familienehre, und dann muss man die Dinge eben in die Hand nehmen, nicht wahr?«

Cosenza sah ihn arrogant an, wie um seine Unsicherheit zu überspielen. »Was wissen Sie schon von italienischen Familien«, raunzte er. Er zog noch einmal an seiner Zigarette, blies wütend den Rauch aus Mund und Nase und drückte den Stummel der bis zum Filter abgerauchten Zigarette energisch auf dem Unterteller des Cappuccinos aus. Sofort zündete er sich eine neue an und lehnte sich nun demonstrativ und raumgreifend in die unschuldig weiße Sofalandschaft.

Duval sah ihm amüsiert zu. Giorgio Cosenza war kein kalter und hartgesottener Bursche. Er spielte eine Rolle, die er in jeder Menge schlechter Filme gesehen hatte. Die Rolle des jungen aufsteigenden Mafioso, aber er war nur der Sohn des Mafioso. Er hatte eine große Klappe, konnte seine Freundin und Untergebene herumkommandieren, aber er war ein Weichei, ein Bübchen, der es sich gern gut gehen ließ, feierte, Mädchen vögelte und das Geld seines Vaters verprasste. Er hatte sicher nicht den Mumm, kaltblütig einen Richter abzuknallen. Trotzdem fragte Duval nun: »Wo waren Sie denn vergangenen Freitagabend gegen achtzehn Uhr?«

Cosenza verschluckte sich am Rauch seiner Zigarette.

»Das ist jetzt nicht Ihr Ernst, *Commissaire.*«

»Das ist mein voller Ernst, Monsieur Cosenza. Sie besitzen doch ein Motorrad? Ich habe mich erkundigt, Sie sind früher Motocross-Rennen gefahren. Nicht ohne Erfolg, zumindest auf regionalem Niveau.«

Cosenza sah ihn spöttisch an. »Nur weil ich ein Motorrad besitze und fahren kann, muss ich noch lange nicht herumfahren und einen Richter abknallen.«

»Nein, natürlich nicht. Wo waren Sie also?«

»Am Freitag, lassen Sie mich überlegen. *Bébé*«, rief er zum dritten Mal. »Bring mal mein Handy.«

Aber *Bébé* reagierte nicht. Den Geräuschen in einem der angrenzenden Räume nach zu urteilen, stand sie unter der Dusche.

»Ah verdammt«, knurrte Cosenza, »alles muss man selbst machen.« Er erhob sich und verschwand. Als er wiederkam, scrollte und suchte er in seinem Smartphone herum. »Freitag. Da war Cocktail-Happy-Hour in Harry's Bar im Port Canto«, nuschelte er. »Da musste ich mich sehen lassen. Wir waren da bis gegen neun. Und danach waren wir am Strand essen. Am Strand vom Martinez«, ergänzte er. »Mit Mila«, er machte eine Geste mit dem Kinn dorthin, wo man die junge Frau trällern und plätschern hörte, »und ein paar Freunden. Und später waren wir im Bâoli tanzen und ein bisschen Stimmung machen.« Er drehte das Smartphone in Richtung Duval und zeigte ihm vage ein paar Fotos. »Können Sie sich erkundigen.«

»Das werden wir«, bestätigte Duval.

»Wenn Sie keine Fragen mehr haben …« Cosenza erhob sich.

Auch Duval erhob sich, und Cosenza begleitete ihn bis zur Tür. »Danke, Monsieur Cosenza.«

»Keine Ursache«, knurrte er und öffnete die Tür.

»Ach, eine Frage hätte ich doch noch.«

Unwillig sah Cosenza ihn an.

»Branko Ivanovitch.«

»Branko Ivanovitch was? Das ist die Frage?«

»Wie ist Ihr Verhältnis?«

»Verhältnis! So ein Quatsch. Branko ist ein international gefragter Trainer. Er war vorher in Mailand. Ich habe ihm ein gutes Angebot gemacht, und jetzt ist er hier. Es hat sich gelohnt. Wir haben auf Anhieb den Pokal geholt mit den *Dragons!*«

»Mit einer komplett neuen Mannschaft. Macht man das heute so?«

»*Putain!*«, begann Cosenza und riss sich dann zusammen.

»Ich meine ja nur«, ließ Duval nicht locker. »In der Mannschaft eines Cannoiser Vereins spielt heute kein einziger Cannois mehr, nicht mal besonders viele Franzosen.«

»*What the fuck!* So ist das heute«, raunzte Cosenza. »Wollen Sie gewinnen oder nicht? Und wir haben die französische Meisterschaft gewonnen! Basta!«

»Und jetzt wird die Hälfte der Spieler weiterverkauft. Mit Gewinn, vermute ich.«

»Sie verstehen nichts vom Sport. So ist das heute.«

»Ja, so ist das vermutlich heute. Und sicher alles legal«, Duval hatte einen leicht süffisanten Ton.

»Wie jetzt?« Cosenza regte sich auf. »Wollen Sie mir Doping unterstellen?«

»Ach«, machte Duval gespielt überrascht. »Dopen Sie die Mannschaft denn?«

Cosenza hustete. »Keinesfalls!«, sagte er dann.

»Na, dann ist ja alles in Ordnung. Auf Wiedersehen, Monsieur Cosenza!«

Cosenza knallte wortlos die Tür zu.

---

»Es ist amüsant, ich habe gar nicht an Doping gedacht«, Duval zuckte mit den Schultern. »Ich dachte, er nutzt den Verein zur Geldwäsche, meine Anspielung bezog sich darauf.«

»Das tut er sicher auch.«

»Vermutlich.«

»Frankreich hat die meisten wegen Doping gesperrten Volleyballspieler«, verkündete Léa das Ergebnis ihrer Internetanfrage. »Und wisst ihr, mit was die meisten sich dopen?«

»Kokain?«, schlug Duval vor.

»Cannabis!«

»Ist ja nicht so weit weg davon«, meinte LeBlanc. »Ich bin wirklich enttäuscht, ich hätte gedacht, Volleyball wäre noch ein sauberer Sport.«

»Ach was, wenn es um etwas geht, Geld vor allem, dann wird gedopt! Ob Volleyball, Tennis oder Tour de France.«

»Tennis auch?«

»Michel, wo lebst du?« Léa verdrehte die Augen.

»Macht Cannabis nicht eher müde?«

»Richtig. Cannabis hat eine sedierende und eine angstlösende Wirkung, insofern nehmen Sportler es, um vor einem Wettkampf ruhig zu schlafen.«

»Und Cannabis hat ja zig Derivate, die tauchen in Nahrungsergänzungsmitteln auf – also diese Eiweiß- und Energy-Drinks, die man in bestimmten Läden kaufen kann, um Muskelaufbau zu fördern, zum Beispiel«, ergänzte Villiers und zeigte grinsend auf seinen angespannten Bizeps.

»Du nimmst das doch nicht etwa?«, fragte Léa schockiert.

»Ah, wer weiß«, frotzelte Villiers. »Quatsch«, winkte er dann ab, »alles braver klassischer Muskelaufbau in der Muckibude.«

Léa schnaufte und sah Villiers halb verzweifelt und halb belustigt an. »Du bist und bleibst ein Spinner, Noah.«

»Wenn du es sagst.«

»Können wir mal sachlich weitermachen«, unterbrach Duval.

»*Pardon*«, sagte Léa und gab die Informationen aus dem Internet weiter: »Da Cannabis neuerdings auch in der Medizin eingesetzt wird, ist es so ein bisschen im Zwitterstadium, was Legalität und Illegalität angeht. Und, Achtung! Hört mal, Cannabis, Marihuana, Haschisch und das synthetische Tetrahydrocanna... – herrje«, unterbrach sie sich, »das kann ja kein Mensch aussprechen, Tetra-hydrocanna-binol«, versuchte sie es zum zweiten Mal, »kennt man eher unter der Abkürzung THC«, fügte sie hinzu, »stehen auf der ›*in-competition*‹-Dopingliste der WADA. Das heißt, während des Wettkampfs dürfen diese Substanzen nicht eingenommen werden, aber in der Trainingsphase sind sie hingegen nicht explizit verboten! Und wann die Trainingsphase aufhört, ist nicht definiert.«

»Was ist WADA?«

»Die *World Anti-Doping Agency*. Die sitzen in Kanada«, ergänzte Léa.

»Und die Sportler müssen nicht alle zur Dopingkontrolle?«

»Das kommt drauf an. In der Regionalliga nicht. National gibt es Dopingtests, aber auch nur Stichprobenartig. Und da wird auch viel gemauschelt, man gibt eine saubere Urinprobe von jemand anderem ab. Und manchmal genügt es auch, jemanden zu schmieren, damit er das Ergebnis fälscht. Die sind ja nicht auf den Kopf gefallen.«

»Wenn ich es richtig verstanden habe, ist sein Alibi so dermaßen zementiert, dass es schon wieder verdächtig ist«, sagte Villiers.

»Was wollen Sie machen«, Duval zuckte mit den Schultern.

»Der Trainer übrigens hat eine legale Aufenthaltsgenehmigung«, sagte LeBlanc. »Trainerlizenz ist auch *en règle*. Er hat ein Alibi für Freitagabend, das haben wir gleich mal überprüft. Sie hatten ein leichtes Trainingsspiel mit einer regionalen Mannschaft. Er war die ganze Zeit anwesend.«

»Schön für ihn.«

---

Nachmittags stattete Duval der Familie des Richters seinen Kondolenzbesuch ab.

»*Commissaire* Duval«, stellte Duval sich vor. »Ich habe mehrfach mit Ihrem Mann zusammengearbeitet. Ich habe ihn sehr geschätzt, als Jurist und – viel wichtiger noch – als Mensch. Mein aufrichtiges Beileid, Madame!«

Madame Dussolier war blass, und sie hatte tiefe Ringe unter den Augen. Sie nickte nur müde. »Danke.«

»Darf ich vielleicht einen Moment hereinkommen?«

»Ich habe Ihren Kollegen schon alles gesagt«, wehrte sie ab.

»Wer ist es, *Maman?*«, hörte er eine Stimme rufen.

Stumm und unentschlossen stand Madame Dussolier da.

Eine junge Frau näherte sich. »Guten Tag«, sagte sie autoritär. »Ich bin Cécile Dussolier. Was können wir für Sie tun?«

»*Commissaire* Duval, *Police Nationale*«, stellte Duval sich erneut vor.

Die junge Frau sah ihn misstrauisch an. »Wir hatten schon Kollegen von Ihnen hier. Arbeiten Sie nicht zusammen?«

»Die Kollegen wurden aus Paris herangezogen«, erklärte Duval. Er zeigte für alle Fälle seinen Dienstausweis. »Ich habe mit Richter Dussolier, mit Ihrem Vater«, ergänzte er, »mehrfach zusammengearbeitet. Ich sagte es bereits Ihrer Mutter. Ich habe ihn sehr geschätzt. Mir war es ein Bedürfnis, Ihnen mein Beileid persönlich auszusprechen.«

»Sie haben mit ihm zusammen diesen König der Unterwelt festgesetzt, nicht wahr?«

»Richtig.«

»Kommen Sie einen Moment herein«, entschied die Tochter nun. »Wenn es dir zu viel ist, *Maman,* dann leg dich einen Moment hin«, wandte sie sich an ihre Mutter.

»Nein, nein«, wehrte Madame Dussolier ab, »es ist schon in Ordnung. Bitte, kommen Sie.« Sie führte ihn in ein hallenartiges Wohnzimmer mit sichtbaren Deckenbalken, das ein paar Stufen niedriger lag und in dem drei kleine Sofas um einen niedrigen Tisch gruppiert waren. An der Wand befand sich ein offener Kamin. Bodentiefe doppelflügelige Fenstertüren führten auf eine Terrasse, die von einer herausgelassenen Markise beschattet wurde. Dahinter sah man ein baumbestandenes Grundstück, etwas blitzte türkisblau zwischen den Bäumen hervor, vermutlich gab es den obligatorischen Pool.

Eine Holztreppe führte in den ersten Stock und zu einer den Wohnraum umlaufenden Empore, von der man zu mehreren Zimmern gelangte.

Der bourgeoise Landhausstil mit schweren dunklen provenzalischen Holzmöbeln, ein paar antiken Stücken und Orient-Teppichen, die auf den rötlich braunen Fliesen lagen, entsprach dem Geschmack der Achtzigerjahre.

»Bitte«, Madame Dussolier bat ihn auf eines der Sofas. »Kann ich Ihnen etwas anbieten?«

»Machen Sie sich keine Umstände«, lehnte Duval höflich ab.

Sie lief dennoch in einen angrenzenden Raum, und kurz darauf erschien sie in Begleitung einer rundlichen Dame, die ein schwer beladenes Tablett mit mehreren Gläsern, einer Karaffe Wasser und Eiswürfeln sowie einem Tellerchen mit Knabbergebäck trug und alles auf dem Tisch anrichtete. Sie goss Wasser in eines der Gläser und reichte es Duval.

»Bitte schön.«

»Danke, *Madame.*«

»Gisèle, lass, es ist gut«, unterbrach Cécile Dussolier. »Gisèle Ahnn, eine Freundin meiner Mutter«, stellte sie die Dame vor.

»Hh-ahn«, korrigierte ihre Mutter und warf Cécile einen strengen Blick zu.

Die verdrehte nur leicht die Augen. »Es ist schwierig für mich«, sie zuckte die Schultern und sah Gisèle Hahn entschuldigend an. »Anders als meine Mutter habe ich nie gerne Deutsch gelernt.«

»Es ist nicht schlimm«, beschwichtigte Gisèle Hahn.

»Sehr erfreut«, murmelte Duval höflich in ihre Richtung und trank einen Schluck Wasser.

»Bleib bei uns Gisèle«, entschied Madame Dussolier, und Gisèle Hahn setzte sich neben Madame Dussolier, die neben ihr schmal und zerbrechlich wirkte.

»Sie haben also mit meinem Vater zusammengearbeitet?«, wandte Cécile Dussolier sich an Duval.

»Ja, ich habe Ihren Vater, Ihren Mann«, wandte er sich an Madame Dussolier, »sehr gemocht.«

»Und Sie haben mit ihm diesen Unterwelt-König festgesetzt, und jetzt hat er sich gerächt. Haben Sie nicht Angst um Ihr Leben?«, fragte Cécile Dussolier.

»Wenn ich in meinem Beruf Angst hätte, wäre das fatal. Wieso glauben Sie, dass Cosenza sich gerächt hat?«

»Ah, Cosenza, das war sein Name. Na, das ist doch wohl offensichtlich. Die Art, wie man meinen Vater«, sie zögerte kurz, »hingerichtet hat. Glauben Sie nicht?«

»Ich weiß es nicht«, wich Duval aus.

»Aha.« Cécile Dussolier blickte ihn nachdenklich an. »Haben Sie zufällig etwas über den Verbleib der Aktentasche meines Vaters in Erfahrung gebracht?«, fragte sie dann unvermittelt.

»Ist sie denn verschwunden?«, fragte Duval hellhörig zurück.

»In seinem Büro im Gericht war sie nicht, im Auto auch nicht, und der Notarzt und die Sanitäter des Krankenwagens erinnern sich nicht, sie gesehen zu haben. Verschwunden!«

»Wissen Sie, was darin war?«

»Sein Terminkalender, sein Adressbuch und vermutlich irgendwelche Akten. Was uns mehr Sorgen macht, ist, dass seine Schlüssel nicht aufgetaucht sind, also vermutlich sind sie auch in der Aktentasche. Wir haben ein bisschen Angst, dass plötzlich irgendjemand mit den Schlüsseln hereinspaziert und sich bedient oder …« Sie brach ab.

»Ich würde Ihnen auf alle Fälle raten, so schnell wie möglich die Schlösser auszutauschen.«

»Siehst du!« Cécile Dussolier sah ihre Mutter streng an.

»Ach«, seufzte Madame Dussolier. »So ein Aufwand. Wir haben ein so kompliziertes Schloss in dieser Tür. Außerdem ist es eine Tür aus einem alten Kloster, verstehen Sie. Ich möchte sie ungern beschädigen.«

»*Maman,* am Ende ist es nur eine Tür!«, ereiferte sich Cécile Dussolier. »Es geht um unsere, um deine Sicherheit! Wenn Gisèle und ich wieder weg sind, bist du hier ganz alleine!« Sie hielt inne und sah ihre Mutter bekümmert an. »Entschuldige, *Maman,* aber du hast gehört, was der Kommissar gesagt hat! Er bestätigt nur, was ich dir sage! Ich rufe nachher noch einen Schlüsseldienst an!«

»Haben Sie eine Ahnung, an welchen Fällen Ihr Mann, Ihr Vater«, Duval sah von Mutter zu Tochter, »gearbeitet hat? Gab es einen, der ihn besonders beschäftigte?«

»Keine Ahnung«, Cécile Dussolier zuckte mit den Schultern. »Er hat nie mit uns über seine Arbeit gesprochen.«

»Madame?« Duval sah Madame Dussolier an. »Wissen Sie etwas?«

»Nein. Er wollte mich damit nicht belasten. Wir haben das zu Beginn unserer Ehe so ausgemacht, dass er das Berufliche nicht mit nach Hause bringt. Das bedeutet aber auch, dass er oft nicht präsent war, weil er noch bis spät am Gericht arbeitete. Später, als die Kinder größer waren, hat er das nicht mehr so penibel eingehalten. Er hat dann häufiger Akten mitgenommen und zu Hause in seinem

Zimmer gearbeitet, aber er hat uns nie etwas darüber erzählt.«

»Das war sicher nicht einfach«, mutmaßte Duval, der an seinen eigenen Familienalltag dachte. Er spürte, wie unzufrieden er wurde, wenn er sich über wichtige Themen nicht mit Annie austauschen konnte. Unzufrieden auch mit ihr, dass sie sich zunehmend auf ein »ich will, dass die Welt heil ist« zurückzog.

Anne-Laure Dussolier aber sah es aus ihrer Sicht. »Nein, nicht leicht, da haben Sie recht. Er entglitt mir, uns. Oft hatte ich das Gefühl, nur mit der Hülle meines Mannes am Tisch zu sitzen. Die Person war woanders. Immer in einem seiner Fälle.« Sie schluchzte wieder auf, und Gisèle strich ihr zart und beruhigend über den Rücken.

»Es gab eine Zeit, als Cécile und ihr Bruder Teenager waren, da machten sie allerhand Dummheiten. Ich war heimlich froh darüber, weil er sich so ausnahmsweise mal mit uns beschäftigen musste.«

»Oh, *Maman,* bitte«, unterbrach Cécile.

»Ihr Mann, Ihr Vater«, er sah Cécile an, »hat also zu Hause gearbeitet. Und das Büro«, begann Duval.

»Er hat sich für Malpasset interessiert«, unterbrach Gisèle Hahn mit einer vor Aufregung vibrierenden Stimme.

»Wofür bitte?«, fragte Duval nach.

Anne-Laure und Cécile Dussolier starrten sie an.

Gisèle war rot geworden und stammelte vor Aufregung, »Malpasset, der Staudamm, oder ist es eine Talsperre? Entschuldigen Sie, ich bin Deutsche, das haben Sie sicher verstanden, ich kenne nicht alle Wörter, und mein Französisch ist etwas eingerostet. Claude hat mich angerufen, eines Abends, weil er an einer Rede zum 60. Geburtstag von Anne-Laure arbeitete und weil auch unsere Freundschaft darin vorkommen sollte. Anne-Laure und ich, wir kennen uns, seit wir fünfzehn sind. Wir haben an einem deutsch-französischen Schüleraustausch zwischen Nürnberg und Nizza teilgenommen. Ich stamme aus Nürnberg«, erklärte sie. »Das Band der Verschwisterung ist sehr stark zwischen den beiden Städten, es begann schon in den Fünfzigerjahren und hält bis heute! Wir haben uns Mitte der Siebzigerjahre kennengelernt, nicht wahr, Anne-Laure?« Sie sah ihre französische Freundin an.

Die nickte und lächelte schwach.

»Damals schrieb man sich noch Briefe – ich musste auf Französisch schreiben und Anne-Laure auf Deutsch. Die meisten Freundschaften, die damals entstanden sind, sind schnell wieder eingeschlafen, weil es so mühsam war, in der anderen Sprache zu schreiben. Aber zwischen uns war jenseits dieser in holprigem Französisch und Deutsch verfassten Briefe etwas entstanden, nicht wahr, Anne-Laure?«

Anne-Laure lächelte freundlich. »Ja«, stimmte sie zu. »Ich habe sogar alle deine Briefe noch aufbewahrt!«

»Ich deine auch, du hast immer auf zartviolettem Papier geschrieben, in das deine Anschrift eingedruckt war. So edel! So etwas hatte ich nicht.«

Duval wagte nicht zu unterbrechen, während die beiden Frauen in Erinnerungen schwelgten, aber er wurde zunehmend nervös. Er trank einen weiteren Schluck Wasser und bediente sich mehrfach am Knabbergebäck.

»Du hast dir immer Mühe gegeben, und du hast so schön und deutlich geschrieben!«, sagte Anne-Laure Dussolier gerade. »Wir sahen uns jedes Jahr, manchmal sogar zweimal im Jahr«, erzählte sie weiter. »Meine Eltern haben das unterstützt, weil meine Deutschnoten sich nach dem Aufenthalt in Deutschland rasant verbessert hatten. Ich sagte nicht mehr ›iesch 'offe‹, sondern ›ich h-offe‹«, sie lächelte kokett, während sie das »h« sehr betont aussprach. »Meine Deutschlehrerin, Frau Winter hieß sie, hat mich zusätzlich gefördert.«

»Und ich habe plötzlich Französisch mit einem richtigen französischen Akzent gesprochen«, fiel ihr Gisèle ins Wort, »das hat meinen Französischlehrer geradezu gekränkt, er war nämlich Deutscher und sprach nicht so besonders schön, aber das habe ich erst nach meinem zweiten Frankreichaufenthalt gemerkt; herrje, er sprach französisch mit so einem harten Akzent. Er hat mich dann sehr gequält, um mir wenigstens Grammatikfehler anzukreiden, aber mündlich konnte er mir keine schlechte Note geben.«

Beide Frauen hielten sich an den Händen und schienen sich in ihren Erinnerungen verloren zu haben.

»Und weiter, Gisèle«, unterbrach Cécile ungeduldig. »Was ist das für eine Geschichte mit Malpasset?«

Duval war ihr dafür dankbar.

»Ach, Claude bat mich um Informationen aus der Zeit, Namen und Orte und Zahlen, was wir damals gemacht haben und so weiter. Ich hatte ihn in diesem Zusammenhang auf eine Fernsehsendung aufmerksam gemacht, über die Geschichte der deutsch-französischen Freundschaft. Und darin ging es überraschenderweise um diesen Staudamm, oder ist es eine Talsperre? Auf jeden Fall gab es ein Unglück, und der Staudamm ist gebrochen irgendwann in den Fünfzigerjahren.«

»1959«, warf Anne-Laure ein.

»Claude rief mich ganz aufgeregt an, ob ich die Sendung verfolgt hätte, das hatte ich zwar, aber ich muss sagen, dass ich diese Episode mit diesem Staudamm nicht verstanden habe und daher auch nicht so richtig zugehört hatte. Ich verstand nicht, was das alles mit der deutsch-französischen Freundschaft zu tun hatte. Die ganze Sendung war sehr politisch, ich war ein bisschen enttäuscht, ich hatte etwas anderes erwartet.«

»Interessant«, sagte Duval, der jetzt aufmerksam zuhörte.

»Ja, aber mehr kann ich Ihnen wirklich nicht sagen. Claude rief mich immer wieder an und wollte wissen, welche Reaktionen diese Sendung in Deutschland hervorgerufen habe. Es war mir unangenehm, weil er so aufgeregt war, und in Deutschland gab es dazu überhaupt keine Reaktion. Also, ich kann mich zumindest nicht erinnern, etwas darüber in der Presse gehört oder gelesen zu haben.«

»Malpasset«, wiederholte Duval langsam. »Wieso interessierte er sich dafür?«

»Ach«, seufzte Anne-Laure Dussolier. »Das ist eine tragische Geschichte. Ein Teil der Familie seiner Mutter ist bei dieser Katastrophe ums Leben gekommen. Die Zwillingsschwester seiner Mutter, sie waren sich sehr nah, hatte einen Obstbauern geheiratet. Sie hatten ein landwirtschaftliches Unternehmen und eine große Obstbaumplantage in der Tiefebene bei Fréjus«, erklärte Anne-Laure.

Sie stockte kurz. »Niemand von ihnen hat diese Katastrophe überlebt. Francine, so hieß die Schwester, sie hatte wiederum Zwillinge bekommen, es ist eine Zwillingsfamilie, wissen Sie«, wandte sie sich an Duval, sah dabei aber ihre Tochter leicht lächelnd an, als wollte sie sagen, ›du wirst vielleicht auch Zwillinge bekommen‹. Einen Moment schwieg sie und wirkte verloren in Erinnerungen. »Wo war ich?«, fragte sie dann.

»Francine hatte Zwillinge«, half Cécile aus.

»Richtig, sie hießen Jules und Josiane und der Vater Sylvain. Sie sind alle – ich weiß gar nicht, ob man wirklich ertrunken sagen kann.« Sie stockte erneut und sprach mit leiser Stimme weiter. »Es muss ganz grauenhaft gewesen sein. Mitten in der Nacht. Die armen Kinder.« Sie begann still zu weinen.

»Ach, *Maman*«, begann Cécile, aber Anne-Laure sprach schon weiter. »Claudes Mutter Lucette, also die Schwester von Francine, sie war damals schwanger mit Marie-Ange. Claude selbst war noch ein Kleinkind. Es gab Komplikationen bei der Geburt, Marie-Ange war zu früh gekommen und sehr schwach. Sie nannten sie dann auch Marie-Ange, als sei sie ein Engel. Aber Lucette, ihre Mutter, wurde nach der Geburt depressiv. Sie konnte sich auch später nicht um ihre Tochter kümmern. Und auch nicht mehr um Claude. Kein Wunder eigentlich. Aber damals wusste man damit nicht umzugehen. Wenn man nicht funktionierte, pumpte man die Menschen mit Medikamenten voll, und schließlich vegetierte sie aufgedunsen und apathisch in einer psychiatrischen Klinik vor sich hin; so habe ich sie kennengelernt.« Sie seufzte. »Schrecklich, was die Medikamente mit einem machen. Nun ja, so lebte sie, bis sie irgendwann an Herzversagen gestorben ist.« Sie seufzte wieder. »Es war vor allem die Großmutter, Colette, die Mutter von Francine und Lucette, die sich um Claude und Marie-Ange kümmerte, und der Vater natürlich.«

»Das wusste ich alles gar nicht, *Maman*.« Cécile starrte ihre Mutter betroffen an.

»Papa hat nicht darüber gesprochen. Er sagte, dass seine Mutter krank war und in einem Heim gelebt hat. Sie lebte ja auch schon nicht mehr, als ihr beide auf die Welt gekommen seid.« Sie sah Cécile an. »Nun, das wäre vielleicht auch ohne diese Katastrophe passiert, aber Papa hat das doch immer mit sich herumgetragen. Und Marie-Ange hat diesen Hang zur Depression geerbt.« Sie schluchzte auf. »Also, ich glaube, dass sie sich unbewusst schuldig fühlte am Zustand ihrer Mutter, weil deren Depression durch ihre Geburt ausgelöst wurde. Aber ich glaube, es war allein diese Katastrophe schuld daran.«

»Ach, *Maman*«, Cécile stand nun auf, setzte sich auf die andere Seite ihrer Mutter und legte den Arm um sie.

»Hast du das gewusst?«, wandte sich Cécile an Gisèle.

Sie schüttelte den Kopf. »Nein, sonst hätte ich mir vielleicht etwas mehr Mühe gegeben und nachgefragt oder etwas mehr recherchiert.«

»Ihr Mann hat doch bestimmt ein Arbeitszimmer hier?«, erkundigte sich Duval.

»Ja sicher, aber Ihre Kollegen waren schon da«, sagte Anne-Laure. »Sie haben alles mitgenommen, was ihnen wichtig erschien. Auch seinen PC.«

»Verstehe«, sagte Duval. Er hätte es genauso gemacht.

Die Kollegen der Brigade aus Paris hatten wirklich so gut wie alles mitgenommen, was ihnen zur Aufklärung nützlich sein konnte. Duval sah sich im mit dunklen Möbeln eingerichteten Büro um, durch dessen Fenster man in den leuchtend grünen Garten blickte. Ein Busch Strelitzien stand vor dem Fenster, und die orange-blauen Blüten sahen aus wie kapriziöse Reiher, die hochmütig und neugierig in alle Richtungen starrten. Er lief am Bücherregal entlang, besah die Buchrücken, alles juristische Bände, ein alter Schreibtischstuhl mit glatt gescheuertem Lederbezug stand vor dem verwaist wirkenden Schreibtisch. Duval betrachtete ein Familienfoto, das gerahmt auf dem Schreibtisch stand, Vater, Mutter und zwei Kinder, alle lächelten freundlich den Fotografen an. Cécile stand schräg hinter ihrem Vater, der Sohn neben seiner Mutter. Sie waren auf dem Foto vielleicht zehn und zwölf Jahre alt. Duval hob einen Briefbeschwerer und blätterte durch Papiere, die die Pariser Brigade übrig gelassen hatte: Rechnungen für die Wartung des Boilers, die Lieferung eines Kühlschranks, ein Kostenvoranschlag für die Reparatur der Solaranlage auf dem Dach.

Duval starrte in den Garten. Malpasset, dachte er. Malpasset.

---

»Malpasset«, wandte Duval sich an Annie. »Weißt du da was drüber?«

*»Ça c'est mal passé à Malpasset«,* witzelte Annie mit dem sprechenden Namen des kleinen Dorfes Malpasset, machte aber sofort ein ernstes Gesicht. »Du meinst den Staudammbruch, oder?«

»Ja.«

»Ich weiß nur, was allgemein bekannt ist. Die Staumauer der damals nagelneuen Talsperre ist gebrochen, und eine gigantische Flutwelle hat alles mitgerissen. Autos, Häuser, Menschen und Tiere. Das muss noch dramatischer gewesen sein als dieses Unwetter, das vor zwei Jahren die Täler im Hinterland und St-Martin-Vésubie und Breil-sur-Roya verwüstet hat. Das war irgendwann in den Fünfzigerjahren.«

»Ja, so viel weiß ich auch schon«, sagte Duval.

»Warum interessierst du dich dafür?«

»Weil Dussolier sich dafür interessiert hat«, sagte Duval ausweichend.

»Ach so?«

»Ja.«

»Gibt es einen Zusammenhang mit seinem Mord?«

»Ich weiß es nicht. Sag mal, hast du etwas von einer Fernsehsendung mitgekriegt, die Malpasset als Thema hatte?«

»Nein.« Sie schüttelte den Kopf. »Wann soll das gewesen sein?«

»Keine Ahnung.«

»Malpasset«, gab Duval ins Internet ein und las als Erstes den nüchternen Wikipedia-Eintrag:

Die Staumauer von Malpasset, eine Bogenstaumauer, heute eine Ruine, staute den Reyran, den letzten linksufrigen Nebenfluss des Argens. Der Stausee sollte das Ballungsgebiet Fréjus / Saint-Raphaël (Var), die umliegenden Gemeinden und deren landwirtschaftliche Ebene mit Wasser versorgen. Am 2. Dezember 1959, fünf Jahre nach seiner Fertigstellung, führten starke Regenfälle zu einer Überflutung des Stausees und zum Bruch der Staumauer. Die flussabwärts gerichtete Flutwelle von etwa fünfzig Millionen Kubikmetern Wasser verursachte 423 Todesopfer und erhebliche Sachschäden, wobei Straßen, Eisenbahnlinien, Bauernhöfe und Gebäude zerstört wurden. Es war eine der größten französischen Zivilkatastrophen des 20. Jahrhunderts.

Da haben sie vermutlich irgendeinen Trottel von Bauingenieur genommen, der glaubte, er könne das, dachte Duval verärgert. Den Bruder des Bürgermeisters oder einen Cousin. So ist es ja immer. Hoffentlich war er im Gefängnis vermodert.

Er suchte den Namen des Bauingenieurs im Artikel. André Coyne. Kein Hinweis auf einen Prozess. Das war doch merkwürdig. Er scrollte den Artikel nach unten: Geschichte, geografische Lage, Geologie, Planung, Konstruktion der Staumauer, der Stausee, der Staumauerbruch, Ursachen. Aha.

»Wenn du erlaubst«, unterbrach Annie seine Lektüre, setzte ihm wie nebenbei Julie auf den Schoß und scrollte durch ihr Mobiltelefon.

»Annie«, beschwerte sich Duval.

»Was denn? Ich suche dir etwas im Internet, aber ich ziehe es vor, das ohne Julie im Arm zu tun, denn Mademoiselle hat mir heute schon das Telefon runtergeworfen.«

»Oh!«, machte Duval und ließ Julie ein bisschen auf seinen Knien hopsen. Sie juchzte und lachte. »Kaputt?«, fragte er.

»Nur der Bildschirm ist etwas gesprungen. Funktioniert aber noch.«

»Glück gehabt«, sagte er und hielt spielerisch Julies Hände fest, mit denen sie alles auf dem Schreibtisch zu erhaschen versuchte, nur um es sofort hinunterzuwerfen. »Ich glaube, wir müssen die Wohnung noch mal umräumen, wenn sie richtig anfängt zu laufen.«

»Das denke ich auch«, murmelte Annie. »Hier, da hab ich's, hör mal. Eine tektonische Störung wurde als Ursache für den Bruch gefunden, heißt es.«

»Ja, das steht überall. Irgendwie war das Gestein durchlässig, und das Wasser, das unter der Mauer durchsickerte, staute sich im Untergrund und baute einen zusätzlichen Druck auf. Das ist wohl dieser sogenannte Kluftwasserdruck.«

»Die Lage für die Talsperre soll aber nach geologischen und hydrologischen Gutachten als geeignet beurteilt worden sein«, Annie sah von ihrem Smartphone auf.

»Nein, Julie«, Duval wand ihr einen Kugelschreiber aus der Hand und legte ihn außerhalb ihrer Reichweite auf den Schreibtisch. Sofort begann sie sich danach zu strecken, nörgelte und strampelte. »Julie, nein!«, wiederholte er.

Annie seufzte. »Ist es nicht frustrierend, dass das erste Wort, das sie lernt, ›nein‹ ist?«

»Dann suchen wir mal ein ›Ja‹«, ergab sich Duval, stand auf und trug Julie auf der Suche nach einem Quietschtier herum. »Wo haben wir denn die kleine Sophie?«, murmelte er. »Da ist sie ja!« Er drückte auf den Bauch der Giraffe und ließ sie quietschen. Julie streckte ihre Hände danach aus. »Siehst du, die ist für dich«, säuselte Duval und küsste Julie und wurde dabei von der heftig herumgewirbelten Giraffe geohrfeigt. »Weißt du, dass ich bereits mit der Giraffe Sophie groß geworden bin?«, fragte er. Es war nicht ganz klar, ob er es Annie oder Julie erzählte.

»Ich auch«, nickte Annie, »ich glaube, es gibt keinen französischen Haushalt mit Kindern, der um *Sophie la girafe* herumkommt.«

Julie biss der kleinen Gummigiraffe in den Hals und ließ sie zufrieden quietschen.

»Und es gab zu viel Regen«, ließ Annie sich hören. »Durch starke Regenfälle war der Stauspiegel auf 28 cm unter der Überlaufkante angestiegen. Der Stausee war vorher noch nie so voll gewesen. Dies hat wohl zusätzlich den Druck auf die Mauer erhöht. ›Der Grundablass war fünf Stunden zuvor geöffnet worden, um die Talsperre zu entlasten‹«, las sie vor.

»Da bauen sie einen Staudamm, der dafür gemacht ist, Wasser zurückzuhalten, und der beim ersten starken Wasserdruck zusammenbricht. Das ist doch unglaublich«, empörte sich Duval.

»Was mich wundert«, sagte Annie nachdenklich, »es gab wohl keinen Verantwortlichen.«

»Ja, da bin ich vorhin auch schon hängen geblieben. Ich verstehe das nicht. Hunderte von Menschen sind dabei elend ums Leben gekommen, eine ganze Region wurde zerstört, und niemand wird dafür zur Rechenschaft gezogen? Weder der Experte, der das Gelände als geeignet ausgewiesen hatte, noch der Ingenieur?«

»Nach längerem Prozess entschied ein Kassationsgericht 1967, es könne niemandem strafbares Verhalten zur Last gelegt werden«, las sie vor. »Der Hammer, oder?«

»Ich fasse das nicht«, sagte Duval. »Hier«, Duval reichte Julie an Annie, »nimm sie mal wieder, ich will das noch mal in Ruhe nachlesen.«

»Du willst was lesen, ich will was kochen«, seufzte Annie, »na komm, kleine Maus«, sagte sie zu Julie, »wir legen dich in unsere super Babyschaukel, und du schaust der *Maman* beim Kochen zu.«

Duval las den Text erneut und klickte anschließend die angegebenen Links an. Zeitungsartikel, alte Fernsehsendungen, Bilder, die die Welt bewegten. Klar, Katastrophen kommen immer gut, dachte er grimmig. Gern gruselte man sich über das Unglück anderer, während man selbst sicher zu Hause auf seinem Sofa saß. Er klickte darauf, kam aber nur zu einer Liste, die die Katastrophen der Welt aufführte: Brückeneinsturz, Schiffsuntergang, Minenunglück, Vulkanausbrüche, Feuersbrunst, Tornado. Und natürlich der Staudammbruch. Aber die Sendungen aus den Achtzigerjahren waren nicht mehr abrufbar.

Er suchte den Ingenieur im Internet. Coyne. André Coyne. Sieh an, dachte er. Das Büro arbeitet immer noch und sogar unter demselben Namen, obwohl André Coyne in der Zwischenzeit verstorben war. Nicht einmal den Namen hatten sie geändert. Das war schon dreist, dass man diese unfähigen Ingenieure einfach weiterarbeiten ließ. Coyne tauchte noch immer in der Liste bedeutender Ingenieure auf. Verrückt.

»Léon, deckst du schon mal den Tisch?«, rief Annie aus der Küche.

»Ich komme!«

---

Erst am nächsten Tag kam Duval dazu, über den Bauingenieur und Malpasset weiterzulesen:

André Coyne, 1891 in Paris geboren und im Alter von 69 Jahren in Neuilly-sur-Seine verstorben, war Ingenieur für Brücken und Straßen und hatte siebzig Staudämme in vierzehn Ländern entworfen.

Anscheinend nicht der Bruder des Bürgermeisters, dachte Duval, na gut. Siebzig Staudämme in vierzehn Ländern immerhin. Vielleicht am Ende doch nicht so unfähig.

Die Talsperre Malpasset wurde geplant, um die Wasserversorgung des Départements Var sicherzustellen, da der Fluss Reyran, bislang ungezähmt und launisch, im Frühjahr zu viel Wasser führte und die Ebene überschwemmte, den Rest des Jahres aber litt das Land unter Trockenheit, was den vielen Obstbauern, allen voran den Pfirsichanbauern, eine stete Sorge war, erfuhr er.

Man hatte sich entschieden, den Reyran aufzustauen, und man hatte dafür das Gelände hinter dem Dorf Malpasset gewählt. Geologische Gutachten wurden eingeholt, und man entschied sich für die Errichtung des Projektes für den namhaften Bauingenieur Coyne, der zu diesem Zeitpunkt überall auf der Welt Staudämme erbaut hatte, darunter so riesige wie in Kanada. Duval wurde klar, dass die Talsperre in Malpasset für Coyne ein eher kleines Bauprojekt war.

Er klickte sich von einem Link zum nächsten und besah Brückenkonstruktionen und versuchte zu verstehen, wie die Staumauer von Malpasset konstruiert worden war: »als doppelt gekrümmte Gleichwinkel-Bogenstaumauer mit variablem Radius über der Gründungssohle etwa 66 m hoch, an ihrer Krone rund 222 m lang«, las er, ohne sich wirklich etwas darunter vorstellen zu können.

Wiederholt erfuhr er von einem unterdimensionierten Ablassventil, dem ungeeigneten Gestein, dem hydraulischen Druck, der zum Versagen des Bauwerks führte. Es wurde nicht klarer, nur weil er es öfter las.

Wie konnte ein Ingenieur von Weltruf ein unterdimensioniertes Ablassventil einsetzen? Warum wurde es zu spät geöffnet? Und wer war dafür verantwortlich gewesen? Und wenn das Gestein nicht geeignet gewesen war, wie konnte ein Experte eine ungenügende Expertise erstellen? Und gab es vom Ingenieurbüro nach siebzig gebauten Staudämmen keine Rückfragen? Oder fühlten sie sich so großartig, dass sie das nicht brauchten? Ging es um Geld? Wer wollte dieses Prestigeobjekt Staudamm unbedingt haben? Warum?

Das Telefon klingelte.

Duval hatte das Gefühl, aus den türkisfarbenen Fluten eines Stausees aufzutauchen.

»Ja?«, meldete er sich knapp.

»Der Direktor würde sich gerne mit Ihnen austauschen«, flötete die Sekretärin des Chef-Chefs.

»Jetzt gleich?«

»Wenn Sie es einrichten können.«

»Ich bin schon unterwegs.«

»Nun, Duval«, begann der Direktor, ohne mit ihm die üblichen Höflichkeitsfloskeln auszutauschen. »Was haben Sie herausgefunden, Sie wollten mich doch auf dem Laufenden halten, oder?«

»Selbstverständlich, *Monsieur le Directeur,* verzeihen Sie. Ich habe Giorgio Cosenza einen Besuch abgestattet«, begann er, »das führte uns zum AS Cannes Volley, den *Dragons,* die dank Cosenza junior einen neuen Trainer haben, einen gewissen Branko Ivanovitch. Cosenza junior befasst sich jetzt mit Volleyball«, erläuterte er. »Der Trainer ist *en règle.* Aufenthaltsgenehmigung, Trainerlizenz, alles okay. Wir haben das Alibi von Cosenza junior ebenso wie das Alibi des Trainers überprüft. Die sind so wasserdicht, zu schön, um wahr zu sein.«

Der Direktor nickte und notierte sich etwas. »Noch etwas?«

»Es gibt vermutlich Spannungen zwischen zwei Clans, Cosenza und Driss Abidi.«

»Der Schrotthändler?«

»Ebender, der ist nämlich auch ins Drogenbusiness eingestiegen. Dazu kann Ihnen Martinez sicher ausführlicher berichten. Und Driss Abidi hat einen Boxclub übernommen.«

Die Miene des Direktors blieb unbewegt. »Und weiter?«

»Der Boxclub liegt im Revier von Cosenza. Ich vermute, dass es dem alten Cosenza nicht gefallen hat, das zu erfahren.«

»Sehen Sie! So etwas dachte ich mir schon.« Der Direktor sah zufrieden aus. »Driss Abidi expandiert. Das riecht doch deutlich nach einer feindlichen Übernahme. Driss Abidi begeht diesen Mord an Richter Dussolier, damit wir den Clan von Cosenza verdächtigen. Während wir uns auf Cosenza konzentrieren, bereitet er seine Übernahme vor.«

»Nicht unwahrscheinlich«, stimmte Duval zu, »allerdings gibt Driss Abidi an, mit diesem Mord nichts zu tun zu haben.«

»Das würde ich an seiner Stelle auch sagen«, gab der Direktor lakonisch zurück. »Diesen Kerlen glaub ich kein Wort. Die lügen, wenn sie den Mund aufmachen.« Er verzog abschätzig die Mundwinkel nach unten. »Gute Arbeit! Bleiben Sie dran, Duval! Bleiben Sie dran!« Der Direktor nickte Duval zufrieden und abschließend zu.

Duval zögerte, bevor er sich erhob.

»Ist noch etwas?«

»Na ja«, sagte Duval. »Es ist vielleicht noch etwas unausgegoren, aber Richter Dussolier hat sich kurz vor seinem Tod mit dem Staudammbruch von Malpasset beschäftigt«, setzte Duval an.

»Wie bitte?« Der Direktor sah ihn perplex an. »Womit hat er sich beschäftigt?«

»Mit dem Staudammbruch von Malpasset«, wiederholte Duval, »1959«, fügte er hinzu. »Ich habe mich ein bisschen eingelesen und habe den Eindruck, es gibt da durchaus Ungereimtheiten.«

»Eingelesen haben Sie sich?« Der Direktor sah ihn befremdet an. »Und was soll das heißen, Ungereimtheiten? Haben Sie denn die Akten aus der Zeit vorliegen?«

»Nein«, wehrte Duval ab. »Verzeihen Sie, es war vielleicht auch zu früh, schon darüber zu sprechen, ich wusste gar nichts über diese Katastrophe, ich habe gerade erst angefangen, mich zu informieren.«

»Aber wie kommen Sie denn darauf?«

»Ich habe das von der Familie des Richters erfahren. Es hat ihn wohl sehr beschäftigt, er hat einen Teil seiner Familie bei dieser Katastrophe verloren.«

»So«, machte der Direktor. »Hat er das. Das wusste ich nicht. Nun«, sagte er, »das ist natürlich sehr bedauerlich, aber ich glaube nicht, dass das Wissen um diese Katastrophe dabei hilft, den Mord an Richter Dussolier in irgendeiner Form zu erhellen. Verschwenden Sie nicht Ihre Zeit, Duval, schauen Sie diesem Driss Abidi auf die Finger und bleiben Sie an Cosenza dran. Ich denke, wir werden den Fall schneller aufklären als gehofft. Ich kann Ihnen sagen, dass die Brigade aus Paris so ziemlich am selben Punkt angekommen ist. Mich stimmt das zufrieden, um nicht zu sagen stolz, dass wir es mit dieser Eliteeinheit aufnehmen können. Gut, also, an die Arbeit«, sagte er abschließend.

»Jawohl, *Monsieur le Directeur*«, begann Duval, »eine Sache noch ...«

»Ja?« Unwillig sah der Direktor noch einmal auf. Er hatte schon den Telefonhörer in der Hand und legte ihn wieder auf.

»Ich habe drei Tage Urlaub beantragt. Pfingsten«, erklärte er achselzuckend. »Meine Kinder kommen.«

Der Direktor winkte nur ab.

---

Trotz des verbalen Schulterklopfens seitens des Chef-Chefs und der Aufforderung, an Driss Abidi und Cosenza »dranzubleiben«, versank Duval sofort wieder in den Tiefen des Stausees.

Es passierte in der Nacht vom 2. Dezember 1959 um 21.13 Uhr, las er. Der Zeitpunkt des Bruches ließ sich genau rekonstruieren, weil bekannt ist, wann der Strom durch die Flutwelle ausgefallen war. Die Mauer wurde durch die

Kraft des Wassers fast vollständig abgetragen. Nur wenige Mauerteile des rechten Ufers blieben stehen. Mauerbruchstücke, teilweise in der Größe eines Hauses, liegen heute noch auf einer Strecke von mehreren Hundert Metern flussabwärts verteilt.

Die Flutwelle soll zu Beginn bis zu vierzig m hoch und siebzig km / h schnell gewesen sein. Zuerst erreichte sie die Weiler Malpasset und Bozon, die vollständig zerstört wurden. Etwa zwanzig Minuten nach dem Mauerbruch erreichte sie Fréjus, wo die Welle noch drei Meter hoch war und weite Teile der Stadt unter Schlamm begrub. Unfassbar. Vierzig Meter hoch.

Es starben 423 Menschen; die Zahl der Toten wird gelegentlich auch anders angegeben, da Bauarbeiter der Autobahn A8, die damals gerade gebaut wurde, ums Leben kamen. Außerdem wurden nicht alle Opfer gefunden, weil die Flutwelle bis ins Mittelmeer lief und einige Opfer mitgespült wurden.

Das Gelände mit den Resten der Staumauer war zu einem Gedenkort umgewandelt worden, erfuhr er. Das wäre doch mal einen Ausflug wert, überlegte er. Vielleicht könnte er an Pfingsten mit Matteo und Lilly dort wandern gehen.

Und wieder stolperte er über den Satz, dass das Gericht nach längerem Prozess 1967 entschieden hatte, es könne niemandem strafbares Verhalten zur Last gelegt werden.

Der Bauingenieur, dessen Büro bis auf den heutigen Tag tätig ist, starb wenige Monate nach dieser Katastrophe an einem Krebsleiden. Er soll gesagt haben »es ist meine Schuld, es ist allein meine Schuld«. Dennoch war das Bauingenieurbüro nicht zur Rechenschaft gezogen worden. Im Gegenteil, man sprach bis heute nur lobend und ehrenvoll von Coyne. Erstaunlich. Es wäre interessant, die Prozessakten einzusehen. Wo hatte der Prozess stattgefunden? Draguignan? Aix-en-Provence?

»LeBlanc?«

*»Oui, Commissaire?«*

»Michel, Sie sind doch fit in diesem administrativen Labyrinth und dem Internet, würden Sie mir mal eine Prozessakte anfordern«, bat Duval.

»Aber sicher«, LeBlanc nickte eifrig. Tatsächlich bevorzugte er den Innendienst, und die Suche nach verloren gegangenen Dokumenten oder das Ausfüllen des Formulars 2401A, sei es in Papierform oder als Online-Dokument, war für ihn kein Problem. Ganz anders Duval, der dafür zu ungeduldig war, oder Villiers, der zwar im Außendienst in seinem Element war, für den aber das Tippen seines Berichts danach fast unmöglich war. »Um was geht es genau?«

»Malpasset.«

»Malpasset?«

»Malpasset!«

»Ich verstehe nicht«, setzte LeBlanc an. »Meinen Sie die Prozessakte zu dem gebrochenen Staudamm?«

»Richtig, die meine ich.«

»Aber warum? Gibt es einen Zusammenhang mit der aktuellen Ermittlung?«

»Um ehrlich zu sein, ich weiß es nicht, Michel«, bemühte Duval sich um ein paar erklärende Worte, »vielleicht, vielleicht nicht. Richter Dussolier hat einen Teil seiner Familie bei dieser Katastrophe verloren. Das Unglück hat ihn wohl kurz vor seinem Tod wieder beschäftigt, das habe ich bei der Familie erfahren. Ich dachte, ich schau mir das mal näher an, das ist alles.«

»Verstehe«, nickte Michel LeBlanc, aber man sah ihm an, dass er es nicht ganz verstand. »Ich klemm mich dahinter!«

»Danke, Michel.«

---

»Giorgio«, Cosenza senior musterte seinen Sohn. Giorgio sah ihn aus leicht verquollenen Augen an. »Giorgio, mein Sohn«, wiederholte er. »Was machst du? Wie gehen die Geschäfte?«

»Gut, Papa, alles gut«, Giorgio gab sich zuversichtlich. »Mach dir keine Sorgen. Alles läuft. Ich hab's im Griff.«

Allerdings machte Cosenza sich Sorgen. »Du hast es im Griff, so,so. Gut. Erzähl mir mal, was ist los draußen? Was ist das für eine Sache mit dem Richter?« Er sah Giorgio kritisch an.

»Das war keiner von uns, Papa«, sagte Giorgio schnell.

»Ich weiß, ich weiß. Aber sie wollen es uns in die Schuhe schieben.«

»Können Sie ja versuchen. Du hast ein Alibi«, lachte Giorgio Cosenza, »und ich auch. *So what?*«

»*So what*«, wiederholte Cosenza unwillig. »Was soll das denn heißen?«

»Was kümmert's uns, Papa, du solltest ein bisschen Englisch lernen, du hast doch jetzt Zeit«, schlug Giorgio wenig respektvoll vor.

Cosenza senior sah seinen Sohn verärgert an. »Wie ist denn dein Verhältnis zu diesem Driss?«, fragte er ihn übergangslos.

Giorgio zuckte mit den Schultern.

»Giorgio!«, polterte Cosenza senior.

»Der macht seine Geschäfte, wir machen unsere«, sagte

Giorgio eine Spur zu lässig. »Ich wüsste nicht, was dessen Schrottplatzbusiness unseren Luxuslimousinen anhaben könnte.«

»Giorgio!« Cosenza war wütend. »Siehst du nicht, dass er ein zweites Standbein aufgebaut hat? Der ist nicht mehr nur Schrotthändler, der Autos verschwinden lässt und geklaute Motorräder frisiert, der ist über Nacht zum Drogenkönig von Ranguin aufgestiegen, sagen sie hier. Und ich glaube, dass Driss uns das Wasser abgraben will!« Er schnaufte.

Giorgio fühlte sich unbehaglich und rutschte auf dem Besucherstuhl herum.

»Darf man erfahren, warum *du* eigentlich diesen Boxclub in der Rue Hibert nicht gekauft hast, Giorgio? Du hast ihn Driss überlassen. Das war eine falsche Entscheidung.«

»Papa, bitte, ich werde doch keinen schmuddeligen Boxclub kaufen, außerdem wollte der Alte viel zu viel Kohle für diese heruntergekommene Bruchbude. Ein totales Verlustgeschäft, wenn du mich fragst.«

»Ich frage dich aber nicht, Giorgio! Das ist UNSERE Straße, Giorgio! Das ist unser Viertel, da kommen wir her! Und wenn es da etwas zu kaufen gibt, dann kaufen wir es, ist das klar?«

»Papa!«, gab Cosenza junior nun heftig zurück. »Ich kümmere mich um die *Dragons* von Cannes, die Volleyballmannschaft! Denen habe ich zur Meisterschaft verholfen! Verstehst du das nicht? Der Bürgermeister persönlich hat mir gratuliert! Wir sind damit in der Zeitung! Ich mache andere Geschäfte!«

»Andere Geschäfte! Mit Volleyball«, Cosenza senior legte seine ganze Verachtung in das Wort.

»Ja, Volleyball. Was soll ich denn mit einem Boxclub?«

»Einen Boxclub, in dem man ein paar tüchtige Jungs finden kann, braucht man immer. Jetzt hast du dir Driss wie eine Zecke selbst ins Fell gesetzt.«

Er musterte Giorgio bei diesem Vergleich. Das Haar und den Kinnbart trug er kunstvoll frisiert, das eng geschnittene Oberhemd spannte etwas, die Knöpfe klafften, und man sah etwas braun gebrannte Haut hindurchblitzen, aber kein einziges Brusthaar, denn Giorgio rasierte sich, oder vermutlich ließ er seinen haarigen Körper epilieren. Bärte waren *in,* Körperbehaarung jedoch war *out*. Manchmal verstand Cosenza die heutigen Männer nicht mehr. Alle trugen Bärte und sahen dennoch aus wie Weicheier. Wo war all die raue Virilität geblieben?

»Aber ...«, begann Giorgio.

»Es war eine falsche Entscheidung, basta!«, wiederholte Cosenza scharf.

Es war eine falsche Entscheidung. Giorgio Cosenza hatte es so satt, sich von dem Alten herunterputzen zu lassen wie ein Kleinkind. Der Alte, der sogar im Knast noch glaubte, immer den Ton angeben zu können. Mürrisch sah er vor sich hin.

»Hör zu, Giorgio!«, riss Cosenza senior ihn aus seinen düsteren Gedanken. »Ich habe mich informiert. Es gibt da einen *Flic,* der bei Driss mit drinsteckt, sagen sie hier. Ich hab's im Urin, dass der Mord an dem Richter eine abgekartete Sache ist, und jemand will uns ans Bein pissen.«

»Welcher *Flic*? Der, der dich in den Knast gebracht hat?«

»Nein«, Cosenza winkte ab, »nicht der. Einer von der STUP.« Er sah seinen Sohn streng an. Aber Giorgio reagierte nicht.

»Du weißt wirklich gar nichts, scheint mir. Ein gewisser Garcia. Paul Garcia.«

»Paul Garcia?«, echote Giorgio Cosenza.

»Ja.« Cosenza sah seinen Sohn missmutig an. »Klingelt's jetzt?«

Nein, es klingelte nicht, der Name sagte Giorgio überhaupt nichts, aber er machte sein schönstes Pokerface. »Paul Garcia, jetzt!« Er schlug sich an die Stirn, als verstünde er urplötzlich Zusammenhänge. »Klar!«

»Na also.« Cosenza senior wirkte zufrieden. »Kümmer dich um den.«

Giorgio starrte seinen Vater erschrocken an. Der begann wirklich, den Verstand zu verlieren. »Aber der ist *Flic!* Papa!«

»Na und? Ein *Flic* ist auch nur ein Mensch. Mach ihm ein bisschen Angst. Herrgott, Giorgio, was glaubst du denn? Quetsch ihn ein bisschen aus und ...« Er sah seinen Sohn an. Giorgio hatte nicht den Mumm dazu, richtig durchzugreifen. Es wurde Zeit, dass er wieder aus dem Knast kam, sonst ging alles den Bach runter. »Keine Sorge, ich werde dir Alfonso schicken«, beruhigte er ihn dann.

»Alfonso?« Giorgio Cosenza wurde unruhig. »Meinst du wirklich?«

Alfonso Zingarello war, seit dem Unfalltod von Cosenzas Schwager vor ein paar Jahren, der Mann fürs Grobe geworden, und er war Cosenza senior treu ergeben. Giorgio ging ihm aus dem Weg. Ein brutaler Kerl, mit dem er nicht aneinandergeraten wollte.

»Bist du sicher, Papa? Für einen *Flic* von der STUP?«

»*Bah oui,* mit dem fangen wir an«, raunzte Louis Cosenza grimmig. »Wir müssen uns wieder Respekt verschaffen, verstehst du das? RESPEKT! Die Bedeutung dieses Wortes verstehst du hoffentlich«, knurrte er. »Du hast die harten Anfangszeiten nicht erlebt, Giorgio. Dir und deinen Brüdern, euch ist alles in den Schoß gefallen. Es war harte Arbeit, sich durchzusetzen und sich Respekt zu verschaffen! Und leider kann man sich nicht ewig darauf ausruhen. Die Konkurrenz schläft nicht, und jetzt haben wir diesen Driss an den Hacken, und glaube mir, ich habe keine Lust, mir von so einem hergelaufenen Arabo-Nigger ohne jegliche Kultur mein Geschäft abjagen zu lassen. Dem müssen wir zeigen, wer die Hosen anhat. Ist das klar?«

# 3

»Los, los«, trieb Duval seine beiden großen Kinder zur Eile an. »Wenn wir den Tag nutzen wollen, dann müssen wir beizeiten losfahren!«

»Ich will aber lieber ans Meer«, quengelte Lilly.

»Lilly, das hatten wir doch schon geklärt. Wir können anschließend ans Meer fahren, aber erst mal gehen wir wandern.«

»Wandern«, wiederholte Matteo gedehnt, band sich aber dennoch die Turnschuhe zu.

»Ja, wandern. Es ist ein spannender Ort, ihr werdet sehen. Und wir werden irgendwo picknicken.« Duval schulterte den Rucksack und deutete auf die beiden leichten Rucksäcke für Matteo und Lilly. »Wasser und Sandwich tragt ihr selbst. Ich nehme den Rest.«

»Welchen Rest?«, erkundigte sich Lilly.

»Überraschung«, sagte Annie, die Julie auf dem Arm hatte.

»Kann ich nicht bei dir und Julie bleiben«, bat Lilly, »und Matteo und Papa gehen allein wandern?«

»Nein, Lilly, du kommst mit uns«, unterbrach Duval sie sofort. »Ich will gern mit euch beiden Zeit verbringen. Ich sehe euch so wenig. Jetzt seid ihr da, das Wetter ist zum Wandern wie gemacht, und ein bisschen Laufen und Klettern wird uns allen guttun.«

»Klettern?« Matteo horchte auf.

»Ja, ich bin nicht sicher, aber ich denke, es gibt dort herausfordernde Stellen.«

Lilly verzog das Gesicht. »Muss ich auch klettern?«

»Ach, Lilly, das siehst du dann, ob du das willst oder nicht. Lasst uns jetzt losfahren!«

---

Nach einer halben Stunde über die A8 nahm Duval die Ausfahrt Fréjus und folgte den Hinweisschildern zum ehemaligen Stausee Malpasset. Nach einem Kreisverkehr fuhren sie eine kleine Straße parallel zur Autobahn in die entgegengesetzte Richtung, als Duval plötzlich stoppte. »Na, so was«, sagte er.

»Was ist los?«, fragte Lilly vom Rücksitz.

»Die Straße ist überflutet«, erklärte Matteo.

»Echt? Wo?« Lilly versuchte zwischen den Sitzen durchzuschauen.

In der Tat führte die kleine Straße vor ihnen durch eine Senke, und diese war überspült von einem kleinen Fluss. Wie hoch das Wasser stand, konnte man jedoch nicht sehen.

»Und jetzt?«, fragte Lilly bang.

»Und jetzt sehen wir mal, wie tief es ist«, schlug Duval vor und machte Anstalten loszufahren.

»Neiiiin«, schrie Lilly auf.

»Angsthase«, zischte Matteo verächtlich.

»Keine Sorge!« Duval stieg aus und näherte sich der Furt. Es war vermutlich nicht sehr tief, aber er konnte es nicht abschätzen, und sein kleiner Fiat war nun mal kein Geländewagen. Ob sie barfuß durchwaten könnten? Auf diese Art Wanderung waren sie nicht vorbereitet.

In diesem Moment fuhr ein Motorrad von der anderen Seite hügelab, näherte sich bedächtig und rollte dann langsam, aber entschlossen durch den Fluss. Seine Räder versanken zu einem Viertel im Wasser, das Motorrad hinterließ kleine Wellen und rauschte zischend an Duval vorbei.

»Habt ihr das gesehen?« Duval stieg wieder ins Auto und startete. »Wenn das Motorrad durchkommt, dann können wir das auch!«

Matteo starrte begeistert aus dem Fenster und filmte ihre Flussdurchfahrt mit dem Smartphone, aber Lilly hielt den Atem an.

»Es hat nicht mal geschlingert«, sagte Matteo enttäuscht. »Kannst du auf der Rückfahrt schneller fahren?«

»Mal sehen«, sagte Duval.

Etwas später fuhren sie unter der an dieser Stelle hochgeständerten Autobahn hindurch, parkten auf einem großen Parkplatz, schulterten ihre Rucksäcke und liefen los. Die Landschaft, die vor ihnen lag, war staubig und felsig.

Die Sonne schien verhalten, manchmal brach sie für ein paar Augenblicke durch die Wolken, und dann war es mit einem Schlag sehr warm. Aber schon trieb der Wind die Wolken wieder vor die Sonne, und es wurde kühl.

»Ist es noch weit bis zum See?«, fragte Lilly.

»Mann, Lilly, es gibt überhaupt keinen See«, schnaubte Matteo. »Der ist explodiert, der See. Du kapierst auch gar nichts!«

»Och nööön!«, heulte Lilly los und stampfte mit dem Fuß, wie immer, wenn Matteo sich über sie lustig machte.

»Hört auf, alle beide!«, mischte sich Duval ein.

»Aber wie kann denn ein See explodieren?«, fragte Lilly.

»Explodiert ist nicht der See, sondern die Mauer, die den See gehalten hat«, erklärte Duval. »Es war ein Stausee, verstehst du, aber die große Staumauer, die den See an einer Seite begrenzte, ist vor vielen Jahren gebrochen«, erklärte Duval, »und das Wasser, das in dem See gehalten wurde, überschwemmte in einer gigantischen Welle die ganze Landschaft und alle Häuser und Bauernhöfe, die es hier gab. Die Welle schwappte bis hin nach Fréjus und sogar bis ins Meer.«

»Wie ein Tsunami?«, fragte Matteo.

»So ähnlich vielleicht, so genau weiß ich gar nicht, wie ein Tsunami entsteht«, gab Duval zu.

»Durch ein Erdbeben«, wusste Matteo. »Das hatten wir gerade in Geografie«, erklärte er lässig.

»Aha, na, siehst du. Die Welle ist eine andere und hat andere Ursachen. Die Zerstörung, die sie dabei anrichtet, ist aber vielleicht vergleichbar mit dem, was damals hier geschehen ist.«

»Es war also kein Erdbeben, das die Mauer zum Einsturz gebracht hat?«

»Nein. Das haben die Geologen und Experten ausgeschlossen.«

»Und warum ist sie dann gebrochen?«

»Ich glaube, das Gestein, in das man die Staumauer verankert hatte, war zu porös und damit nicht stabil«, versuchte Duval das, was er sich angelesen hatte, wiederzugeben. »Und es war zu viel Wasser im See, weil es wahnsinnig viel geregnet hatte. Das Wasser hat zu viel Druck ausgeübt, und dann hat die Mauer irgendwann nachgegeben. In der Nacht des 2. Dezember 1959 war das.« Er wurde sich bewusst, dass das für seine im 21. Jahrhundert geborenen Kinder etwa genauso weit weg war wie die letzten Weltkriege. Aber ihm ging es nicht viel anders. Vielleicht konnte sich seine Mutter noch daran erinnern, dachte er und nahm sich vor, sie anzurufen. Er tat es ohnehin viel zu selten.

Matteo war schon vorausgelaufen, und sie sahen ihn von Weitem ameisenklein neben einem haushohen Betonklotz stehen.

»Siehst du, da wo Matteo steht, das ist ein Stück der Mauer, die mit dem Wasser weggespült wurde«, zeigte Duval. »Es war eine Katastrophe. Ganz viele Menschen und Tiere sind dabei ertrunken, und die ganze Landschaft war verwüstet. Man hat diesen Ort so belassen, wie er war, und die Leute sollen sich, wenn sie hier wandern, daran erinnern, was geschehen ist.«

Als sie näher kamen, sahen sie die verbogenen Eisenstangen aus dem Betonklotz ragen, die einstmals die Konstruktion verstärkt hatten.

»Schau«, Duval zeigte in die nördliche Richtung, »da hinten siehst du den Rest, der stehen geblieben ist.« Er zeigte auf die Ruine der Staumauer, die von Weitem steinern und grau emporragte.

»Gehen wir bis dahin?«

»Ja. Auf jeden Fall!«

»Kann man dort klettern?« Matteo schien jetzt vor Energie zu bersten.

»An der Mauer?«

»Ja, gibt es einen Kletterparcours? Weißt du, so mit Griffen und so.«

»Nein«, sagte Duval. »Das glaube ich nicht. Die Mauer ist eine Art Denkmal, kein Kletterpark.«

»Hast du nicht gesagt, man kann klettern?«

»Ich meinte die Hänge, da kann man überall hochklettern.« Duval zeigte auf die steilen Wände, die die steinige und staubige Ebene umgaben, und einen kleinen Pfad, der sich nach oben schlängelte. »Aber lass uns erst mal zur Mauer hinlaufen, dann schauen wir, was man machen kann.«

Sie kamen an weiteren haushohen Betonbrocken vorbei, aus denen bizarr verbogene verrostete Eisenstangen in die Höhe ragten. Hier und da hatten sich Pflanzensamen eingenistet, und aus Beton und Eisen wuchsen zarte grüne Halme und Blätter.

»Oh, wie schön! Schau mal!« Lilly hielt ihm einen Stein entgegen, der von glitzernden silbrigen Schuppen bedeckt war. »Noch einer!«, rief sie beglückt und bückte sich erneut, um einen weiteren Stein aufzuheben. Sie drehte sie hin und her, je nachdem, wie das Licht darauf fiel, schimmerten sie wie Perlmutt.

»Das ist Mica«, erklärte Duval. »Daraus hat man früher Spiegel gemacht. Aber du wirst nicht alle mitnehmen können«, versuchte er sie zu überzeugen, denn bald schon rutschte der Rucksack schwer nach unten, so viele Steine hatte sie darin versammelt. Einer schöner als der andere, sie konnte sich von keinem trennen.

In der Mitte der Ebene plätscherte unschuldig und ungezähmt der Reyran, man konnte nicht glauben, dass dieses Flüsschen, das man hier zu Fuß über ein paar hingeworfene Steine überqueren konnte, einstmals die gewaltige Staumauer zum Einsturz gebracht hatte.

Lilly balancierte mit angestrengtem Gesichtsausdruck, wackelte hin und her, wurde vom Gewicht ihres kleinen Rucksacks fast nach hinten gezogen, sprang beherzt vom letzten Stein zum Ufer und war außerordentlich stolz, dass sie keine helfende Hand gebraucht hatte. Matteo war bereits langbeinig darübergesprungen, den kleinen Pfad vorangeeilt und hinter den gigantischen Resten der Mauer verschwunden. Kurz darauf sahen sie ihn darauf stehen. Er winkte und war sichtlich stolz.

Duval machte ein paar Fotos. Wie winzig Matteo auf dieser gigantischen Staumauer wirkte. So gigantisch war sie, und dennoch war sie geborsten.

»Ich will da auch hoch«, rief Lilly und unterbrach seine Gedanken. Sah die Mauer von der vorderen Seite unbezwingbar aus, so war sie von der Rückseite an einer Stelle mit etwas Geschick zu erklimmen. Erlaubt war es nicht, aber fast niemand im Kletteralter widerstand der Versuchung, sich dort hochzuziehen, um das Bauwerk selbst zu erspüren. Duval half Lilly hinauf und kletterte hinterher. Schließlich standen sie alle drei auf der Ruine der Staumauer.

»Boah«, machte Lilly und war ergriffen von der Aussicht, und das, obwohl sie im Grunde genommen nur am unteren Ende der Konstruktion standen. Wie beeindruckend musste der Blick von ganz oben sein. Matteo machte bereits Anstalten, die Mauerreste, die an einer Seite noch bis nach oben führten, zu besteigen.

»Matteo!« Duval rief ihn streng zurück, während er von sich und Lilly mit dem Smartphone Selfies machte. Und da Matteo so tat, als hörte er ihn nicht, rief Duval nun mit einem schärferen Ton. »MATTEO!«

»Was denn?«, rief Matteo etwas trotzig, als verstünde er nicht.

»Komm runter! Das ist kein Kletterpark«, ermahnte ihn Duval. »Und wir gehen jetzt auch wieder runter, es ist zu gefährlich.«

»Meinst du, die Mauer bricht noch einmal zusammen?«, fragte Lilly deutlich besorgt.

»Nein, bestimmt nicht, aber wenn du runterfällst, brichst du dir sicher mehr als nur ein Bein.«

»Runterfallen. *Phh*«, machte Matteo. »Da muss man aber schon selten dämlich sein, um von so einer breiten Mauer runterzufallen.«

»Es reicht, wenn du zu nah am Rand stehst und dir plötzlich schwindlig wird«, erklärte Duval, während er Lilly half, durch die Gesteinsbrocken hinabzuklettern. Matteo selbst sprang von halber Höhe hinunter. »Gehen wir jetzt da hoch?« Er zeigte zu dem verbliebenen Rest der Staumauer, wo sich ganz oben eine kleine Aussichtsplattform fand.

»Ja«, nickte Duval.

Von der kleinen Plattform überblickte man das gesamte Gelände: Lieblich und grün wirkte die Ebene, die vormals der Stausee gewesen war, man konnte den Spaziergang entlang des Flüsschens auf der anderen Seite der Staumauer in nördliche Richtung fortsetzen. Von hier oben sahen sie nun auch, dass sie nicht allein waren. Andere Gruppen spazierten durch die bizarre Landschaft, die die Katastrophe diesseits der Mauer hinterlassen hatte. Unförmige Betonklötze, teilweise groß wie Häuser, lagen wie hingeworfen herum. Auch wenn die Sonne gerade warm vom Himmel strahlte und die Schrecken dieser Nacht schon so lange zurücklagen, schien diesen Ort, obwohl er zum Wandern und Entdecken einlud, zum Hundeausführen und sogar zum Radfahren, eine besondere Atmosphäre zu umgeben. Das Dunkle und Schwere war nicht mehr spürbar und doch … Die Menschen waren stiller und bewegten sich verhaltener, so schien es.

Auf einem Baumstamm picknickten sie, dokumentierten es für Hélène und Annie, denen sie die Fotos schickten. Mehrfach *plingte* das Smartphone, als begeisterte Smileys und Küsschen-Nachrichten hin- und hergeschickt wurden.

Und zum Schluss holte Duval eine Dose mit Schokoladenkuchen hervor, den Annie in aller Frühe gebacken hatte. *Moelleux au chocolat* ging schnell, und nicht nur die Kinder liebten diesen intensiv schokoladigen Kuchen mit dem saftig-weichen Kern.

»Toll!«, nuschelte Matteo mit vollem Mund und griff schon nach einem zweiten Stück.

Duval machte ein Foto von beiden Kindern, die mit vollen Backen und schokoladenverschmiertem Mund Grimassen zogen, schrieb »Überraschung gelungen« und schickte es an Annie. *Pling,* machte es umgehend, und Annie hatte einen breit grinsenden Smiley geschickt.

Zurück fuhren sie später an der Küste entlang, immer wieder blitzte verlockend das türkisfarbene Meer zwischen den Villen hindurch, die sich dort aneinanderreihten.

»Gehen wir jetzt noch an den Strand«, bettelte Lilly bei jeder Bucht, die sie entdeckte.

»Da! Da ist das Meer!« Jedes Mal wurden ihre Rufe dringlicher. »Warum hältst du nicht an, Papa?«

»Weil ich hier nicht halten kann«, seufzte Duval und fuhr schließlich auf einen großen und ausgeschilderten Parkplatz.

»Was bedeutet denn *Plage du Débarquement?*«, fragte Lilly und besah kritisch all die Schilder.

»Oh Mann, noch ein Gedenkort!«, stöhnte Matteo auf. »Heute ist Tag der Geschichte, oder was? Wir haben doch Ferien, Papa!«

»Weißt du, was hier passiert ist? Und was *débarquement* bedeutet?«, fragte Duval ihn ungerührt zurück.

»Zweiter Weltkrieg«, gab Matteo großzügig Auskunft.

»Richtig.«

»Die Alliierten sind hier gelandet, ist es das?«

»Richtig.«

»Ich dachte, das war in der Normandie«, wunderte sich Matteo.

»In der Normandie *und* hier, und noch an ein paar anderen Stränden.«

»Was sind die Allidingsbums?«, fragte Lilly.

»Alli-ierte«, wiederholte Duval das Wort. »Es heißt so viel wie Verbündete. So nennt man die anderen Länder, die sich im Zweiten Weltkrieg zusammengeschlossen hatten, um Deutschland zu besiegen und um zunächst Frankreich von den deutschen Besatzern zu befreien.« Duval fragte sich, ob er nicht etwas zu viel verlangte von seiner elfjährigen Tochter. Was waren Besatzer? Was war ein Weltkrieg? Aber sie sah ihn interessiert an, also sprach er weiter. »Amerikanische Soldaten sind hier an diesem Strand heimlich gelandet, das war am 15. August 1944, deshalb hat man die Schilder mit den Erklärungen angebracht«, er zeigte auf die in mehreren Sprachen abgefassten Tafeln. »Und schau, da vorne wehen die Flaggen der anderen Länder, um zu zeigen, dass hier nicht ein x-beliebiger Strand ist, sondern ein geschichtsträchtiger Ort.«

»Sag ich doch, Tag der Geschichte«, brummelte Matteo und kickte einen Stein weg.

»Darf man dann nicht baden?« Lilly sah schon enttäuscht aus.

»Doch, ich denke schon.« Duval war keinesfalls sicher. »Schau mal, da sind auch Picknicktische«, rief er erleichtert aus. Also doch nicht nur ein heiliger Ort. Sie balancierten über den Strand, der, beinahe wie in Nizza, aus großen hellen Kieselsteinen bestand, und ließen sich in der Nähe des Wassers nieder. Das Meer war hier klar und sauber und schimmerte türkisblau, ein leichter Wind war aufgekommen, die Wellen rauschten gemächlich, aber beharrlich über die Steine, die mit einem hellen klackernden Geräusch aneinanderschlugen.

Matteo und Lilly schnorchelten, und während Lilly im Sekundentakt mit Steinen und Muscheln auftauchte, die bewundert werden wollten, und aufgeregt berichtete, was sie sah, folgte Matteo Fischen und schwamm weiter hinaus. Später baute Lilly aus den Kieselsteinen Türme mit waghalsiger Statik und beobachtete, wie lange die Konstruktion den Wellen widerstand.

Duval dachte wieder an Malpasset und die vierzig Meter hohe Welle. Auf der Höhe von Fréjus soll sie immer noch zwölf Meter hoch gewesen sein. Unvorstellbar. Dort, wo das Wasser durchgerauscht war, hatte es alles mitgerissen und Verwüstung hinterlassen. Verwüstung, Schlamm, Geröll, zerstörte Existenzen und Tote. Tiere und Menschen waren jämmerlich ertrunken.

»Neiiiin«, schrie Lilly, als eine Welle über ihr Steinmännchen schwappte und es unter sich begrub.

»Wie wäre es, wenn wir zusammen auf den Antikmarkt gingen?«, schlug Annie vor. »Gleich kommt Jeanne und kümmert sich einen Moment um Julie, dann gehen wir in die Stadt, und später essen wir ein Sandwich am Strand?«

»Was ist denn ein Antikmarkt?«, fragte Lilly.

»Das ist eine Art Flohmarkt, der jeden Montag dort stattfindet, wo sonst der Obst- und Gemüsemarkt ist«, erklärte Annie. »Nur findet man dort auch etwas edlere und teurere Sachen, Schmuck, Geschirr, Tafelsilber und Möbel. Aber es gibt auch ein paar *Bouquinisten,* und man findet auch allerhand anderes, Kleinkram, Modeschmuck und Sonnenbrillen, und man kann einfach ein bisschen in alten Kisten stöbern.«

»Du findest bestimmt auch etwas, Matteo, ein altes Radio, das du auseinandernehmen kannst, oder Lautsprecher. Wolltest du nicht neue Lautsprecher haben?«

»Ich wollte vor allem *neue* Lautsprecher haben und nicht irgendeinen Schrott«, brummelte Matteo verächtlich.

»Na, das sehen wir dann«, wischte Duval seinen Einwand beiseite. »Und am Strand picknicken ist eine prima Idee, oder?«

Bei der Aussicht auf einen Moment am Meer ließ sich auch Matteo zu einem gnädigen Nicken herab.

Nachdem sie Julie in die Obhut von Jeanne gegeben hatten, liefen sie die lang gezogenen Stufen der *Escaliers Continental* hinab, umrundeten das Lycée Stanislas, das jetzt am Pfingstwochenende wie verlassen wirkte, und in kürzester Zeit standen sie am Übergang der Schnellstraße, die Cannes entzweischnitt.

»Papa! Wo bleibst du?«, riefen die Kinder ungeduldig, die mit Annie schon die breite Straße überquert hatten.

In den engen Sträßchen der quirligen Altstadt gab es neben den typischen Touristenläden, in denen man Lavendelkissen und Tischdecken aus provenzalischen Stoffen fand, auch alteingesessene spezialisierte Läden, bei denen sich, immer ein Zeichen von Qualität, lange Schlangen bildeten, sei es vor dem Patissier, mit seinen verlockend aussehenden Törtchen, oder dem Traiteur mit dem gleichlautenden Namen schräg gegenüber, sei es vor dem winzigen Geflügelladen oder vor dem Etablissement des Käsehändlers, aus dem bei jedem Öffnen der Tür ein intensiver und aromatischer Duft herausströmte. Nur ein paar Schritte weiter duftete es dann nach frischem Baguette, und selbst da stand man Schlange. Der überdachte Markt, sonst ein von Obst und Gemüse, Käse, Oliven und Blumen überquellender Ort, war montags von mehr oder weniger edlen Flohmarkthändlern besetzt. Sie hatten ihre festen Standorte für alles, was sie anboten: Bücher, Postkarten, Bilder, Geschirr, Silberbesteck, Schmuck, Kleider und Handtaschen, Möbel und allerlei Kuriositäten. Das meiste davon sehr erlesen. »Nicht anfassen« stand auch hier und da zu lesen, dabei war dies doch das A und O auf einem Flohmarkt. Annie lief mit Lilly zielstrebig zu einem Stand mit einer unglaublich farbenprächtigen Auswahl an Modeschmuck, und immerhin durfte man hier die Ketten und Ohrringe vor dem Spiegel probieren, was sie dann auch ausgiebig taten, bevor sie für Lilly eine bunte Kette aus funkelnden, marmorierten Glasperlen erstanden.

Matteo streifte allein umher, und Duval wühlte sich durch Bücherberge bei einem *Bouquinisten*. Später trafen sie sich im Café der kleinen Kaffeerösterei wieder, tranken Kaffee, Orangina und einen Minzsirup und bestaunten gegenseitig ihre Schätze.

Matteo schleppte voller Stolz zwei riesige alte Lautsprecherboxen an, er hatte mit dem Händler, der allerhand alte Radios, Plattenspieler und Lautsprecher verkaufte, eine ganze Weile gefachsimpelt, und letztlich hatte der ihm die beiden funktionierenden, qualitativ hochwertigen Onkyo-Boxen aus den Achtzigerjahren für einen geringen Betrag überlassen.

»Na, die schleppst du jetzt den ganzen Tag mit dir rum«, seufzte Annie.

»Und nachher am Strand«, ergänzte Duval.

»Kein Problem«, meinte Matteo lässig und trank einen Schluck seines giftgrünen Minzsirups.

»Und was hast du gefunden?«, wandte Annie sich an Duval.

Er griff in eine Tüte und legte wortlos einen alten Bildband auf den Tisch. Zum 50. Jahrestag der Katastrophe von Malpasset hatte die Stadt Fréjus einen Bildband herausgegeben.

»Oh!«, machte Annie.

»Was ist das?«, fragte Lilly.

»Das ist ein Buch über den Ort, wo wir gestern waren«, erklärte Duval, »ich habe noch ein anderes, eher technisches, gefunden. Erstaunlich, wenn man sich für etwas interessiert, fallen einem die Dinge geradezu in die Hände!« Er begann in dem auf dem Tisch liegenden Buch zu blättern. »Das hier enthält Fotos von der Katastrophe direkt nach dem Mauerbruch.«

Zunächst entdeckten sie Schwarz-Weiß-Aufnahmen von Fréjus aus den Fünfzigerjahren und von seinen Einwohnern bei verschiedenen Veranstaltungen im Jahreskreis. Der Bau der Talsperre war dokumentiert, und dann folgten Hunderte von Aufnahmen, die die Verwüstung nach dem Mauerbruch zeigten. Man sah verzweifelte Menschen vor dem buchstäblichen Nichts stehen – dort, wo sich ihr Haus befunden hatte, waren nur mehr Schlamm und Steine, zerborstenes Holz, und doch hatten sie Glück im Unglück gehabt, denn sie hatten überlebt. »Kinder hatten ihre Eltern verloren, Eltern ihre Kinder, und manche ins Meer geschwemmte Körper hat man nie gefunden«, las Duval aus dem Buch vor.

Sie betrachteten still die düsteren Fotos, bis Annie das Schweigen unterbrach. »Das ist alles sehr traurig«, sagte sie energisch, »aber auch schon ziemlich lange her, ich bekomme im Hier und Heute Hunger, und ich denke, wir sollten uns mal überlegen, wie wir das mit dem Essen am Strand mit Büchern und vor allem mit diesen Lautsprecherboxen machen wollen.« Sie sah Matteo an. »Mitnehmen und sie dem Sand aussetzen bekommt ihnen vielleicht nicht, oder?« Matteo zuckte mit den Schultern und sah enttäuscht aus.

»Wie wäre es«, schlug Annie pragmatisch vor, »wenn Matteo und Léon kurz nach Hause gingen und ihre Schätze dort deponierten; Lilly und ich werden in der Zwischenzeit am Kiosk *Pan Bagnat* für alle kaufen, und wir treffen uns dann am Strand wieder, was meint ihr?«

»Ohne Zwiebeln«, rief Lilly dazwischen, »ich will ohne Zwiebeln.«

»Einmal ohne Zwiebeln«, wiederholte Annie wie eine Kellnerin, »und Sie, Monsieur?«, wandte sie sich an Matteo.

»Auch ohne Zwiebeln«, er grinste verlegen.

»Sehr gut, zweimal ohne, zweimal mit allem?« Nun sah sie Duval mit ihrer Kellnerinnenmiene an.

Er nickte.

»Sehr gerne. Andere Wünsche?«

»Ich will stilles Wasser«, sagte Matteo.

»Das nehmen wir sowieso«, nickte Annie. »Gut«, beschloss sie, »ihr seid sportlich, und wir machen langsam, dann treffen wir uns in einer halben Stunde am Strandabschnitt auf der Höhe von Kiosk 16? Wenn es später wird, ist es auch egal. Wir treffen uns dort zum Picknick und warten auf euch.«

»Gute Idee«, nickte Duval. »Wir tragen jeder eine Box, dann ist es leichter«, schlug er Matteo vor, der dankbar nickte.

»Dann bis später!« Duval und Matteo machten sich auf den Weg, während Annie dem Kellner winkte, um die Getränke zu bezahlen.

---

Noch einen »richtigen« Tag am Strand hatten sich beide Kinder gewünscht, bevor sie wieder nach Paris flogen, und da die Temperaturen auf 25 °C gestiegen waren und es so gut wie windstill war, waren Duval und Annie einverstanden. Nachdem sie Julie in die Kinderkrippe gebracht hatten, zogen sie ihre Badesachen an und füllten große Taschen mit Handtüchern, Sonnencreme, Schnorcheln und Schwimmbrillen, einer großen Flasche Wasser, Äpfeln und Keksen. Duval hatte außerdem einen Sonnenschirm in einem kleinen Laden in der Nähe des Strandes erstanden, den er nun zusammensteckte, so wie es auch all die Rentner um ihn herum machten, die sich gegenseitig als alte Bekannte begrüßten. An jedem Strandabschnitt gab es Gruppen und Grüppchen, die sich jeden Tag lose verabredeten. Am Kiosk 16 oder 22, bei Dédé oder Jacky. Plappernd breiteten sie Handtücher aus und stellten Klappstühle unter die Sonnenschirme und hatten heute nur ein Gesprächsthema, den schweren Unfall auf der A8 am Vortag, der nicht nur den Verkehr auf der Autobahn stundenlang lahmgelegt hatte, sondern auch dafür gesorgt hatte, dass alle Umgehungsstraßen überfüllt waren und man nur in einem steten *stop and go* wie in der besten Ferienzeit im August vorankam.

Duval grub ebenso die Stange des Sonnenschirms in den Sand und spannte ihn auf.

Annie hatte die Kinder genötigt, sich großzügig mit Sonnenschutz einzucremen, und sah nun zu, wie Lilly ihren riesigen aufblasbaren Flamingo, den sie sich von einem Teil ihres Taschengeldes gekauft hatte, ins Wasser schubste. Duval hatte den Rest zugesteuert, weil es ihn rührte, wie sehr sie dieses pinkfarbene Plastikungetüm haben wollte, obwohl sie dafür eigentlich schon zu groß war. Nun warf sie sich selbst in die Mitte des Flamingos und drehte glückselig Kreise.

Matteo vergaß für einen Moment, dass er ein cooler Teenager war, und grub mit einer gefundenen Kinderschaufel und viel Körpereinsatz Gräben und baute eine Sandburg, vielmehr errichtete er eine Burganlage, die den sternförmigen Festungen Vaubans nachempfunden war.

Was für ein schöner Tag, dachte Duval und betrachtete seine großen Kinder vor dem in der Sonne glitzernden Meer. Dieses Blau von Himmel und Meer! Daran sah er sich einfach nicht satt. »Wir haben's gut, was?«, fragte Annie in diesem Moment und streichelte über seinen Arm.

»Sehr!«, stimmte Duval zu, beugte sich zu ihr und küsste sie.

»Gehst du schwimmen?«, murmelte sie mit geschlossenen Augen.

»Später. Und du?«

»Ich lasse mich erst von der Sonne aufwärmen.« Sie zog das Handtuch in die Sonne und drehte sich auf den Bauch.

Im Schatten des Sonnenschirms vertiefte sich Duval in den zweiten Flohmarktfund zum Staudamm Malpasset. Hin und wieder hob er den Blick.

Ein Wasserskifahrer wurde von einem Motorboot knapp hinter den Absperrungsbojen vorbeigezogen, und die gischtigen Wellen, die es erzeugte, schwappten langsam bis ans Ufer. Lilly trällerte. »*Mes chers parents je pars*« sang sie und fuchtelte mit den Händen herum. »*Lalala, je vole, lalala, je vole, vous n'aurez plus d'enfant ce soir.*« Ein etwas eigene Version eines Liedes von Michel Sardou, dass die junge Sängerin und Schauspielerin Louane im Film »La Famille Bélier« eindrucksvoll sang. Den Film über eine hörende und singende Tochter in einer hörgeschädigten Familie, die am Ende des Films die Eltern verlässt, um an einer Musikhochschule zu studieren, hatten sie gemeinsam am Vorabend gesehen, und Lilly war sehr beeindruckt gewesen von Louane, die ihrem Film-Vater am Ende eindringlich und mit Gebärdensprache *Je vole* vorsingt: Ich verlasse euch meine lieben Eltern, ich liebe euch, aber ich gehe, heute Abend werdet ihr kein Kind mehr haben. Lilly hatte geweint. Jetzt musste Duval an sich halten, so gerührt war er. Eine Welle rauschte heran. Der pinkfarbene Flamingo hüpfte in den Wellen, und das sandige Fort Vauban verlor seine südlichste Spitze.

Am nächsten Morgen brachte Duval seine Kinder an den Flughafen und übergab sie in die Obhut des Begleitservice. Eine freundliche Bodenstewardess ging mit ihnen bis zum Sicherheitscheck. Duval sah noch, wie Lilly ihre vielfältige Stein- und Muschelsammlung vorzeigen musste. Sie winkten noch einmal, drehten sich um, und dann waren sie verschwunden.

Duval räusperte und schnäuzte sich. Es war jedes Mal so anstrengend, laut und intensiv, aber kaum waren sie weg, fühlte er sich leer und ein bisschen verlassen. »Die beiden Monster sind unterwegs«, tippte er eine Nachricht an Hélène.

»In Ordnung. Ich erwarte sie«, ploppte nur eine Sekunde später Hélènes Antwort auf.

»Alles gut?«, fragte sie.
»Alles gut!«, tippte Duval.

---

»LeBlanc«, rief Duval, »hatten Sie nicht letzte Woche noch die Akte Malpasset angefordert?«

»In der Tat, hatte ich. Bisher ist nichts gekommen.« Der rundliche kleine Brigadier stand in der Tür und zuckte mit den Schultern. »War aber auch kurz vor Pfingsten, da war vermutlich keiner mehr da«, sagte LeBlanc. »Ich klemm mich gleich dahinter«, versicherte er, und schon kurze Zeit später klopfte er erneut an den Türrahmen des offenen Büros von Duval.

»Ja?«

»Ich habe gerade jemanden in die Tiefen des Archivs gejagt, und wissen Sie was? Dort ist eine große Lücke, die Akte hat nämlich schon jemand anders angefordert.«

»Ach«, machte Duval, »was Sie nicht sagen.«

»Und wissen Sie, wer?«

»Richter Dussolier«, vermutete Duval und schlug sich gleichzeitig an die Stirn.

LeBlanc blieb der Mund offen stehen. »Woher«, begann er, aber Duval war schon aufgesprungen und klopfte LeBlanc im Vorübereilen auf die Schulter. »Danke, Michel!«

---

Natürlich! Wenn ein Richter ermordet wird, dann suchte man als Erstes in den Prozessakten, die er gerade bearbeitete. Ein Zusammenhang mit einem Urteil, das er gefällt hatte, war der wahrscheinlichste Indikator. Weswegen sie sich alle auf Cosenza gestürzt hatten. Sich die anderen Akten anzusehen, die sich auf Dussoliers Schreibtisch und um den Schreibtisch herum aufstapelten, war ihm nicht in den Sinn gekommen. Aber es war noch nicht zu spät!

Duval stürmte den Gang des Landgerichts entlang und riss, nach einem nur hastigen Klopfen, die Tür zum Büro des Richters auf. Der *Greffier* schaute erschrocken auf.

»Was erlauben Sie sich ...«, setzte er mit leichter Empörung an.

»Die Akte Malpasset!«, rief Duval. »Wo ist sie?«

»Guten Tag, *Commissaire*«, sagte der *Greffier* betont höflich.

»Guten Tag«, sagte Duval, »entschuldigen Sie. Ich bin auf der Suche nach der Prozessakte von Malpasset, die Richter Dussolier als einer der Letzten angesehen hat.«

»Da wissen Sie mehr als ich«, gab der *Greffier* hochmütig zurück.

Duval stutzte. »Sie wollen mir sagen, Sie haben die Akte nicht angefordert?«

»Ich weiß nicht, wovon Sie sprechen.« Die Stimme wurde eisig.

»Wer fordert denn die Akten an, die der Richter einsehen will? Das liegt doch in Ihrem Aufgabenbereich, oder täusche ich mich?«

»In der Tat.«

»Und Sie haben diese Akte nicht angefordert?«

»Nein.«

»Kann es sein, dass der Richter es ohne Ihr Wissen getan hat?«

»Wollen Sie mich beleidigen?« Der *Greffier* sah Duval kalt an. »Richter Dussolier hatte absolutes Vertrauen zu mir.«

»Ich verstehe. Entschuldigen Sie. Nichts läge mir ferner, als Ihr Vertrauensverhältnis zu Richter Dussolier infrage zu stellen«, log Duval höflich, denn er war keinesfalls davon überzeugt. Er erinnerte sich, dass er, als er mit dem Richter zusammenarbeitete, mehrfach Zeuge wurde, wie der Richter seinen Mitarbeiter »einen Kaffee trinken« geschickt hatte, ein Zeichen, dass er durchaus nicht alles mit ihm teilte.

Der *Greffier* nickte die Entschuldigung dennoch hoheitsvoll ab.

Duval überlegte. »Sie haben die Akte also nicht gesehen?«

Der *Greffier* zuckte mit den Schultern.

»Darf ich mir die Akten auf dem Schreibtisch des Richters mal ansehen?«, bat er.

»Nur zu. Sie sind jedoch nicht der Erste«, erklärte der *Greffier.*

»Das denke ich mir«, seufzte Duval.

Duval sichtete sämtliche Aktenmappen auf dem Schreibtisch, in einem Regal und selbst auf dem Fußboden um den Schreibtisch stapelten sich Papierberge. Er hob sie an, warf einen Blick darauf, blätterte hier und da hinein, stapelte sie um und räumte sie wieder an ihren angestammten Platz. Er seufzte.

»Ich sage Ihnen doch – Ihre Kollegen aus Paris waren schon da.«

»Verstehe.« Duval legte den letzten dicken Papierstapel endgültig zurück auf den Fußboden.

»Ist Ihnen vielleicht sonst etwas aufgefallen in der letzten Zeit?«

Der *Greffier* starrte Duval an, als frage er sich, ob der Kommissar einer vertraulichen Antwort würdig sei. »Er war sehr gereizt in den letzten Tagen«, sagte er schließlich. »Er hat mich sogar mehrmals angefahren. Das ist in all den Jahren unserer Zusammenarbeit noch nicht vorgekommen. Ich glaubte allerdings, dass es mit dem Geburtstagsfest für seine Frau zusammenhinge. Das wurde sehr aufwendig geplant, wissen Sie.« Er machte eine kurze Pause, dann fügte er hinzu: »Ich hatte das Gefühl, dem Richter war das alles zu viel.«

---

Duval war noch unterwegs, als sein Mobiltelefon klingelte. Es war Annie.

»Léon?«

»Annie, ist was passiert?«

»Ich hatte einen komischen Anruf gerade.«

»Und?«

»Kannst du nicht sprechen?«

»Doch, doch, ich bin unterwegs, aber ich höre dir zu.«

»Okay. Also, der Typ sagte, er habe Informationen, die interessant sein könnten.«

»Was für ein Typ? Was für Informationen?«

»Keine Ahnung, ich kenne ihn nicht. Und ich habe auch gefragt, ›was für Informationen‹. Er sagte, *du* würdest es verstehen.«

»Aha.« Malpasset, dachte Duval. Vielleicht war es der *Greffier,* und die Akte Malpasset war wieder aufgetaucht. Aber warum rief er dann privat an?

»Und?«, fragte er.

»Ich fragte, ob er mir mehr sagen könne, und er antwortete ›nicht am Telefon‹, als wäre er ein Geheimagent, der abgehört würde«, sie lachte leicht spöttisch.

Duval lachte nicht. »Und? Habt ihr einen Termin ausgemacht?«

»Er will mir was schicken, dann meldet er sich wieder.«

»Okay. Hat er sonst noch was gesagt?«

»Nein. Ich warte, dass ich irgendeine Mail oder SMS bekomme, aber bislang kam nichts. Um was geht es denn?«

»Das weiß ich auch nicht, Annie.«

»Boah, bist du kurz angebunden«, sie klang verärgert.

»Bis später«, beendete er das Gespräch.

Malpasset. Er ärgerte sich, dass ihn Annies Anruf so beschäftigte, dass er sich kaum auf etwas anderes konzentrieren konnte. Als man ihn zu einem dringenden Einsatz rief, war er fast dankbar. Bewaffneter Raubüberfall auf einen Juwelier auf der Croisette. Jedes Jahr das Gleiche.

Ein Mann um die fünfzig, in einem unauffälligen Anzug, hatte den Laden betreten und darum gebeten, einige Schmuckstücke ansehen zu dürfen. Nachdem man ihm die betreffenden Halsketten und Armbänder ausgebreitet und er sich lang und breit mit dem Juwelier ausgetauscht hatte, zog er plötzlich eine Waffe und bedrohte die Angestellten. Er habe eine Bombe versteckt, sagte er, die er zünden würde, wenn jemand die Polizei verständige. Er sperrte die verängstigten Angestellten in das angrenzende Büro, räumte die Schmuckstücke im Wert von drei Millionen Euro ab und verschwand, offenbar mit einem Elektro-Tretroller.

Einer der Angestellten alarmierte dann doch die Polizei. Der Mann aber war natürlich bereits im Gewühl auf der Croisette untergetaucht.

Zunächst mussten der Laden und die angrenzenden Geschäfte und Wohnhäuser evakuiert werden, die Croisette wurde großräumig abgesperrt, zum Ärger der Anwohner und zur Freude der neugierigen Passanten. Aber der Mann hatte geblufft, eine Bombe wurde nirgends entdeckt. Er hatte mit unverdecktem Gesicht gehandelt, und als Erstes werteten sie die Aufnahmen der Überwachungskamera des Juweliers aus und ließen die Angestellten die Kartei mit den dazu passenden Köpfen durchsehen.

Als Duval abends nach Hause kam, lag ein brauner DIN-A4-Umschlag auf der Kommode im Flur.

»Was ist das?«, fragte er Annie.

»Guten Abend, Papa«, sagte Annie und hielt ihm Julie entgegen.

»Guten Abend, mein Schätzchen.« Duvals Stimme wurde augenblicklich weich. Er küsste Annie und nahm seine Tochter in den Arm. »Na, du Süße«, säuselte er zärtlich und küsste sie ab.

Julie quietschte, lachte und zappelte vor Freude und zog gleichzeitig ihren Kopf zur Seite.

»Du pikst«, konstatierte Annie und nahm ihm Julie wieder ab.

Er strich sich über das Kinn. »Stimmt. Was ist das also?« Er zeigte auf den Umschlag.

»Keine Ahnung, lag vor der Tür, als ich mit Julie zurückkam. Und da ›Duval persönlich‹ draufsteht, habe ich es nicht geöffnet.«

Duval nahm den Umschlag und drehte ihn in alle Richtungen. »Da steht ›Madame Duval persönlich‹!«

»Ach so?« Sie lachte. »Ich habe nur ›Duval‹ gesehen und gedacht, es sei für dich. Ich heiße doch gar nicht Duval, da ist der Typ aber schlecht informiert.«

»Soll ich es aufmachen?«

»Jaja, mach ruhig.«

Duval riss den Umschlag auf. Ein paar Seiten Papier, Fotokopien von Dokumenten.

Aufgeregt blätterte er sie durch. Eines verstand er sofort, es war nicht die vermisste Akte Malpasset. Es waren mit der Schreibmaschine abgefasste Berichte, datiert aus den Fünfzigerjahren. Polizeiberichte vielleicht, der Empfänger im Adressfeld war mit einem Balken geschwärzt. Sie waren in deutscher Sprache geschrieben, und er begriff nichts davon. Er blieb an einer Auflistung von vier Punkten hängen, zwei Wörter, die im Deutschen wie im Französischen ähnlich aussahen, explodierten in seinem Kopf: Molotowcocktail. Es folgten Raffinerie. Treibstoff. Kanalisation. Dahinter stand: Paris, Marseille, Algier.

Was hatte er da bekommen?

Wieder versuchte er zu ergründen, was diese Berichte besagten, und tippte eilig die unverständlichen Wörter in seinen Computer ein und suchte die Übersetzung: Staudamm. *Barrage.*

*Barrage.* Staudamm. Sprengung. Vor Aufregung begann seine rechte Hand zu zittern. Nirgendwo stand etwas von Malpasset, aber er war sich sicher, er hielt hier etwas Wichtiges in der Hand. Auch wenn er keine Ahnung hatte, um was für eine Art von Dokument es sich handelte.

»Kommst du zum Essen?«, hörte er Annie rufen.

Er konnte nicht einmal antworten. Hunger hatte er auch nicht. In seinem Kopf ratterte es.

»Léon!« Sie klang ungeduldig.

Dann stand sie an der Tür.

»Léon, bitte, ich habe einmal pünktlich das Essen fertig, und jetzt kommst du nicht!«

»Doch, ich komme. Entschuldige, Annie.«

»Und? Was war jetzt in diesem Umschlag?«

Er hielt ihr die Seiten entgegen.

Sie warf einen Blick darauf, während sie überwachte, dass Julie ihren Brei aß. Schließlich drückte sie Duval das Schüsselchen in die Hand. »Hier, fütter du sie. Dann schaue ich mir das an.«

Duval wischte Julie als Erstes das mit Brei verschmierte Mündchen ab, wand ihr den Löffel aus der Hand und versuchte, einen Löffel mit Brei unverzüglich und komplett in ihren Mund zu bugsieren. Aber Julie murrte unzufrieden, das konnte sie längst selbst, verstand er das nicht? Ungestüm griff sie nach dem Löffel, und die Hälfte des Breis kippte schon vor dem Mund nach unten. »Julie! Was zappelst du denn so herum!«, schimpfte Duval ungeduldig, erhob sich und suchte einen Schwamm, um den verloren gegangenen Brei aufzuwischen.

»Ich verstehe das nicht«, sagte Annie. »Was ist das? Was soll ich damit?«

»Ich glaube, es sind Polizeiberichte und es geht um Attentate in den Fünfzigerjahren. Schau hier.« Mit dem Schwamm in der Hand tippte er auf ein Wort. »Das heißt Staudamm. Das habe ich übersetzt.«

»Malpasset?«

»Ich bin sicher, auch wenn der Name nirgends auftaucht.«

»Und warum schicken sie mir das?«

»Weil sie vermutlich denken, dass du eine investigative Journalistin bist, *Madame Duval*«, sagte er betont und grinste sie an.

»Ist das ein Antrag?«, fragte sie.

»Warum nicht.«

»Ich hätte mir das ehrlich gesagt etwas romantischer gewünscht«, seufzte sie.

Noch bevor Duval antworten konnte, patschte Julie mit der Hand in das Schüsselchen, dass der Karottenbrei nur so über den Tisch und bis auf die Papiere spritzte.

»JULIE!« Eilig stopfte ihr Duval einen weiteren Löffel Brei in den Mund.

---

Bis spätabends hatten sie die Dokumente übersetzt und sich die Köpfe heißgeredet. Konnte die Staumauer von Malpasset tatsächlich gesprengt worden sein? Und wenn ja, von wem?

Duval brachte die Attentate der FLN, der *Front de Libération Nationale,* der Befreiungsfront, die damals für das Ende der französischen Kolonialisation in Algerien kämpfte und ein freies Algerien der Algerier forderte, ins Spiel. Die FLN hatte Anschläge in Paris und in Algier verübt und in Marseille ein Treibstofflager in die Luft gesprengt. Konnte es sein, dass sie hier eine Liste der Attentate der FLN vor sich hatten? Aber warum auf Deutsch?

»Ich glaube das nicht«, sagte Annie. »Die FLN hat Attentate verübt, ja, sie haben Druck ausgeübt, damit die Franzosen aus Algerien abzogen, aber nicht so etwas Monströses.«

Sie waren beide erleichtert, als das Telefon klingelte.

Annie hörte einen Moment zu. »Wie bitte?«, sagte sie überrascht. »Wie viel?« Sie schluckte. »Sie sind verrückt! Wo soll ich denn bitte so viel Geld hernehmen?« Sie lauschte ins Telefon. »Nein«, sagte sie noch einmal, »nein, auch *Nice-Matin* hat keine Mittel, um Ihre *Informationen*«, sie betonte das Wort, »zu bezahlen.«

Duval stand an den Türrahmen gelehnt und hörte zu. Er machte Annie ein Zeichen, dass sie auf die Lautsprechertaste drücken solle, aber sie schüttelte nur den Kopf. Stattdessen schrieb sie FLN auf einen Block Papier, den sie ihm zuschob, und rieb ihre Finger aneinander als Geste für Geld. Sie sah ihn fragend an.

Duval zog die Augenbrauen hoch und zuckte gleichzeitig die Schultern.

»Das muss ich mir überlegen«, sagte sie nun ausweichend. »Aber wenn, dann muss ich mehr sehen. Das, was Sie mir geschickt haben, genügt mir nicht.«

Offensichtlich war der Anrufer ungeduldig.

»Wie stellen Sie sich das vor?«, ereiferte sich Annie nun. »Ich muss alles in Ruhe prüfen, und dazu muss ich es übersetzen. Das geht nicht so schnell.«

Wieder hörte sie dem Anrufer zu. »Dann lassen Sie uns treffen«, schlug sie ihm vor.

Die Person am anderen Ende sprach, und Annie machte sich Notizen.

»In Ordnung. Ich werde da sein. Woran erkenne ich Sie? Na gut. Bis morgen.«

»Warum hast du nicht auf die Lautsprechertaste gedrückt?«

»Weil man das hört«, erklärte sie. »Das verändert das Gespräch. Es hallt dann so. Der war sowieso schon ziemlich nervös. Wir treffen uns morgen um elf Uhr in der ersten Bar am Westeingang vom Marché Forville.«

»Soll ich mitkommen?«

Sie zögerte kurz. »Das haben wir nicht ausgemacht, aber warum nicht. Julie nehmen wir auch mit, dann sieht es aus wie ein Familienausflug zum Markt. ›Ich werde Sie erkennen‹, hat er gesagt, ist das nicht spannend?« Sie lachte. »Ich komme mir vor wie bei einem Geheimdiensttreffen.«

Duval schlug sich an die Stirn. »DAS ist es! Das *sind*

Geheimdienstunterlagen! Das sind Berichte, die jemand für einen deutschen Geheimdienst geschrieben hat. Ost oder West, stellt sich die Frage. Und es betrifft die FLN!«

»Jetzt verstehe ich auch, warum er dafür Geld wollte.«

»Wie viel?«

»Zuerst wollte er fünfzigtausend.«

»Was? Ist der verrückt?«

»Ja.« Sie zuckte mit den Schultern. »Aber er ging ganz schnell runter auf zehntausend. Ich glaube, er braucht dringend Geld.«

»Zehntausend! Das ist immer noch wahnsinnig viel.«

»Das ist nicht ungewöhnlich für besondere Informationen, nur dass ich auch keine zehntausend Euro habe.«

»Was willst du also machen?«

»Handeln.« Sie zuckte mit den Schultern. »Aber erst mal will ich sehen, was das ist, und ein paar mehr Erklärungen dazu, außer diesem hingeworfenen ›Es geht um Attentate der FLN‹. Ich meine, was soll ich denn damit anfangen?«

»Das hat er gesagt?«

»Ja.«

---

Im Kommissariat herrschte Aufruhr. Commandant Paul Garcia von der STUP war verschwunden, man hatte das Gerippe seines ausgebrannten Alfa Romeo auf einer Industriebrache in Cannes La Bocca gefunden. Von Garcia jedoch keine Spur. Das Gerücht, dass Garcia mit Driss Abidi, offiziell Schrotthändler und Boxclubmanager, weniger offiziell neuer Boss des Drogenrings in Ranguin, seitdem man den Vorgänger *Tartar,* einen Franzosen algerischer Abstammung, vor zwei Jahren dingfest gemacht hatte, unter der

Hand Geschäfte gemacht hatte, verbreitete sich wie ein Lauffeuer.

Dass Commandant Paul Garcia die rechte Hand von Brigadechef Louis Martinez war, gab dem Ganzen einen peinlichen Beigeschmack. Manch einer hatte bereits vermutet, dass es bei der STUP eine undichte Stelle gab, Louis Martinez aber hatte Paul Garcia bislang stets in Schutz genommen. Die spanische Herkunft verband sie, doch nun konnte auch er die Augen nicht mehr davor verschließen, dass tatsächlich Garcia diese undichte Stelle gewesen war.

In seiner Wohnung hatte man jede Menge Bargeld in gebündelten Scheinen gefunden, und in der Schublade unter dem Ofen ein Sortiment von allerhand Drogen.

Martinez musste sich mehrfach vor dem Direktor und einer übergeordneten Polizeiinstanz erklären und schwor es zusätzlich vor dem Untersuchungsrichter, dass er keine Ahnung gehabt hatte, wie tief Garcia offenbar in den Drogenhandel verwickelt war. Er habe ihn aber schon eine Weile beobachtet, behauptete er, da er fand, dass Garcia über seine Verhältnisse lebte.

Oft genug hatte er selbst gedacht, dass sie als *Flics* zu nichts mehr taugten. Dass der Kampf gegen die Drogenmafia auf lange Sicht erfolglos war, weil es immer einen gab, der den Vorgänger beerbte. Sie wuchsen nach wie die Köpfe der Hydra. War es da nicht besser, das Business mitzugestalten und so einen kontrollierenden Blick darauf zu haben? Immerhin wusste man so, was los war, und konnte reagieren. Paul Garcia hatte diese Überlegungen wohl auf seine Art in die Tat umgesetzt.

Das Leben im Drogenmilieu war mitunter kurz, aber es war aufregend und überdurchschnittlich gut bezahlt, es war *die* Alternative im Berufsleben Jugendlicher nordafrikanischer Abstammung, denn Tätigkeiten als Maurer, Taxifahrer oder im besten Fall unterwürfiger Angestellter in einem Kebab, einer Metzgerei oder einem Einzelhandel, der dem Vater, einem Onkel oder einem Cousin gehörte, waren allesamt mühsam, und wirklich viel verdiente man nicht. Auf jeden Fall nicht genug, um sich die neuesten knallweißen Nikes zu kaufen, angesagte Sportklamotten und eine eng am Körper getragene Schultertasche von Prada oder Vuitton, eine echte musste es sein, kein von Chinesen in Italien gefaktes Zeug, das die Senegalesen billig vertickten. Eine Tasche, in der man Geld und Ware verstauen konnte und ohne die keiner der Jungs im Viertel noch auskam. Schon aus Prestigegründen brauchte man das. Und das Geld reichte auch nicht, um dem Mädchen seiner Träume aus dem Block gegenüber eine teure Handtasche von Chanel, das neueste Parfum von Dior oder goldene Ohrringe zu verehren. Als *guetteur,* Aufpasser, der nichts anderes tat, als vor dem Hauseingang in einem Sessel zu sitzen und bei Gefahr einen schrillen Pfiff auszustoßen, verdienten schon Halbwüchsige locker 150 Euro am Tag. Kein Wunder, dass fast alle Jungs im Viertel sich lieber für dieses riskante, dafür aber lukrative *Business* entschieden.

Und wahrscheinlich war es Paul Garcia genauso ergangen, als er sich plötzlich im Boxclub von Driss Abidi wiederfand. Vermutlich hatte er das Gefühl, dass nun seine Stunde gekommen war, ein Stück von diesem Kuchen einzufordern. War es nicht demütigend, dass diese kleinen Wichser aus Ranguin an einem Tag unter Umständen mehr verdienten als ein braver *Flic* im Monat? Kaum hatte also Driss Abidi den verwaisten Thron von *Tartar* bestiegen, machte Garcia ihm ein Angebot. Eine Hand wäscht die andere. Als rechte Hand des Brigadechefs Louis Martinez wurde er zusätzlich zum Vertrauten von Driss Abidi. Was für ein Aufstieg. Von nun an wurde er respektiert, wenn er durch das Hochhausviertel lief. Vorbei die Zeiten, wo all die kleinen Pisser, die Aufpasser und Möchtegern-Caïds ihn mit ausgestrecktem Mittelfinger und *»Fils de Pute«* und *»Nique ta mère«* beschimpft hatten. Jetzt zeigten sie Respekt, spielten bei einer echten Polizeikontrolle aber das Spiel mit, wie es sich gehörte.

Es lief gut, und Paul Garcia fühlte sich sicher. Er drückte immer mal ein Auge zu, gegen eine prozentuale Beteiligung versteht sich, und vor allem informierte er Driss, wann immer eine Razzia geplant war. Hin und wieder gelang der Brigade der STUP trotzdem ein Coup, zum Beispiel einen kleinen Dealer festzusetzen, das musste sein, wenn sie wollten, dass später eine neue große Lieferung Shit aus Marokko über Spanien problemlos ankommen konnte. Es war ein amüsantes Abenteuer, und endlich hatte er Kohle. War kein Polizei-Sklave mehr, der sich für 1500 Euro verprügeln ließ und sich lächerlich machte. Aber auch für einen *Flic,* der nun mit einem Bein im Sumpf des Drogenmilieus stand, konnte das Leben kurz sein, munkelte der eine oder andere der Kollegen, durchaus mit einer nur schlecht verhohlenen Genugtuung.

»Nun malen Sie mal nicht gleich den Teufel an die Wand«, wies Martinez sie zurecht. »Noch ist er nur verschwunden. Das wird sich alles schon noch erklären lassen.«

Duval besuchte erneut Louis Cosenza, der ihn dieses Mal mit einem zufriedenen Gesichtsausdruck begrüßte.

»*Commissaire!* Welche Ehre«, grüßte er mit hörbarer Ironie, »Sie erneut hier zu sehen. So oft sind wir uns früher nicht begegnet.«

»In der Tat«, stimmte Duval zu. »Besondere Situationen erfordern besondere Maßnahmen«, sagte er vieldeutig.

»Sie sprechen in Rätseln, *Commissaire.*«

»Ach was«, machte Duval. »Sie wissen genau, weshalb ich hier bin, Monsieur Cosenza.«

Cosenza verzog gespielt fragend das Gesicht. »Sollte ich?«

»Sie sehen zufrieden aus, Monsieur Cosenza, Sie konnten etwas in Erfahrung bringen, scheint mir, was den Mord an Richter Dussolier angeht, und haben eine schnelle Entscheidung getroffen. Hatten wir nicht ausgemacht, dass Sie mich informieren?«

»Hatten wir das ausgemacht?«, wunderte sich Cosenza. »Kann mich nicht erinnern.«

»Paul Garcia.«

»Paul Garcia«, wiederholte Cosenza ungerührt. »Wer soll das sein?«

»Das war ein korrupter *Flic* aus dem Drogendezernat, der mit Driss Abidi gemeinsame Sache gemacht hat – bis vor ein paar Tagen, da verschwand er spurlos. Man hat seinen Wagen, einen roten Alfa, ausgebrannt auf einem Parkplatz im Gewerbegebiet in Cannes La Bocca gefunden.«

»Na, so was. Ein korrupter *Flic,* sagen Sie? Gibt es das?« Er grinste frech. »Keine Ahnung«, sagte er dann.

»Warum glaube ich Ihnen das nicht, Monsieur Cosenza?«

Cosenza zuckte mit den Schultern. »Das ist Ihr Problem, *Commissaire,* ob Sie mir glauben oder nicht. Ich sag Ihnen was, wenn es ein halbwegs intelligenter *Flic* war, dann hat er sich abgesetzt. Und hat sein Auto selbst in Brand gesetzt, um vorzutäuschen, dass man ihn getötet hat. In Wirklichkeit liegt er auf den Bahamas am Strand, schlürft einen Cocktail nach dem anderen und lässt sich von einer charmanten Dame den Rücken kraulen. Und nachts zählt er seine Kohle.«

»Schönes Szenario.«

»Sicher. Oder haben Sie seine Leiche gefunden?«, fragte Cosenza lauernd.

»Bisher nicht.«

»Sehen Sie.«

Duval konnte zumindest sehen, dass Cosenza sich gedanklich die Hände rieb.

»Der hat sich abgesetzt.«

»Ich glaube, dass Sie jemanden angewiesen haben, ihn zu eliminieren, um Driss Abidi eins auszuwischen, der Ihre derzeit geschwächte Situation ausnutzt und Anstalten macht, draußen Ihren Markt zu übernehmen.«

»Von wegen geschwächte Situation! Ich habe alles unter Kontrolle! Alles, hören Sie!«, bellte Cosenza und schlug mit der Faust auf den Tisch.

Ein Gefängnisaufseher öffnete umgehend die Tür. »Alles in Ordnung, Monsieur Cosenza?«

»Ja«, sagte Duval. »Das sehe ich.«

---

Samstags um zehn Uhr war noch nicht allzu viel los auf dem Markt. Annie schob Julie in einem leichten Kinderwagen zwischen den Ständen hindurch und besah kritisch Obst und Gemüse. Noch gab es Spargel. Sie wählte einen Bund weißen und einen Bund grünen Spargel. Dazu nahm sie Karotten, ein paar neue Kartoffeln, Radieschen und sechs Eier. Duval kam mit einem Bund kleiner Artischocken an, in der Hand schlenkerte er eine Plastiktüte.

»Was hast du entdeckt?«

»Fisch«, sagte Duval. »Ich habe zwei kleine Doraden genommen. Und zwei Zitronen. Gut?«

»Sehr gut«, befand Annie.

»Wir brauchen noch Käse!«, sagte sie. Aber Duval war schon zwischen den Marktständen verschwunden und hörte sie nicht mehr.

»Dann werden wir wohl den Käse kaufen, was Julie?«

Kurz darauf schob sie den Kinderwagen mit Julie an einen der äußeren Tische der ersten Bar in der belebten Fußgängerzone des Marktes, verstaute den vollen Einkaufskorb und sämtliche Tüten unter dem Tisch und bestellte sich ein Perrier mit einer Scheibe Zitrone. Für Julie holte sie das vorbereitete Fläschchen aus ihrer Umhängetasche und drückte es ihr in die kleinen Hände. »Bitte schön, kleine Miss!«

Julie saugte mit Durst und Appetit an ihrem Fläschchen.

»*Voilà*«, der Kellner servierte ihr Perrier und klemmte den Kassenzettel in das Plastikschälchen auf dem Tisch.

Jemand streckte Annie von hinten einen Strauß üppiger pinkfarbener Pfingstrosen entgegen, und schon ließ Duval sich auf den zweiten Stuhl fallen. »Einen Kaffee«, rief er dem Kellner zu, »und ein Glas Wasser, bitte!«

»Die sind wunderschön, danke dir!« Sie beugte sich zu ihm und küsste ihn.

Duval blätterte in einem Magazin und blickte hin und wieder auf, Annie beobachtete die Menschen, die sich um sie herum niederließen oder mit Einkaufstaschen bepackt vorbeigingen. »Weißt du was, wir sollten das, unabhängig von diesem Typen, öfter machen«, fand Annie und blinzelte in die Sonne.

Duval sah auf die Uhr und klappte das Magazin zusammen. »Wann wollte er kommen?«

»Um elf Uhr.«

»Es ist zehn nach elf.«

Sie zuckte mit den Schultern. »Vielleicht steht er irgendwo im Stau. Ich bin dafür, dass wir noch etwas warten.«

»Noch einen Wunsch?«, fragte der Kellner, als er etwas später erneut seine Runde drehte.

»Fast halb zwölf«, sagte Duval nach einem Blick auf die Uhr. »Um halb zwölf kann man schon einen Pastis nehmen, oder?«

»Einen Pastis«, wiederholte der Kellner ungerührt.

»Einen Kir für mich.«

»Und einen Kir«, wiederholte der Kellner mechanisch. »Kommt sofort.«

*»Tchin«,* prosteten sie sich zu, und Duval trank begierig einen Schluck Pastis und steckte sich Oliven und Erdnüsse in den Mund, die ihnen der Kellner dazugestellt hatte.

»Ich fürchte, er kommt nicht«, meinte Duval schließlich.

»Vielleicht hätten wir nicht zusammen und zusätzlich noch mit Julie auftauchen sollen. Dieser Familienausflug hat ihn vielleicht abgeschreckt. Das hatten wir auch nicht ausgemacht.«

»Du meinst, er wollte ein vertrauliches Tête-à-Tête mit dir allein?«

»Na, irgendwie schon, oder?«

»Es war deine Idee, dass ich mitkommen soll«, verteidigte sich Duval.

»Stimmt gar nicht, DU wolltest unbedingt mitkommen«, widersprach Annie.

Duval verzog das Gesicht. »Wie dem auch sei. Ich konstatiere, dass dein geheimnisvoller Freund nicht gekommen ist.«

Gegen zwölf machten sie sich enttäuscht auf den Weg nach Hause und überprüften dort immer wieder den Briefkasten, die elektronische Mailbox und das Telefon. Aber der geheimnisvolle Monsieur X meldete sich nicht mehr.

»Warum hast du denn seine Nummer nicht notiert?« Duval war etwas verärgert.

»Aber ich sage dir doch, es war eine unterdrückte Rufnummer. Ich wäre beinahe nicht drangegangen, weil ich dachte, es ist wieder so ein Werbeanruf aus einem Callcenter.«

# 4

Duval lief durch die Rue d'Antibes und sah im Vorübergehen sein Spiegelbild. Er blieb stehen und besah sich. Seit Julie da war, bewegte er sich nicht mehr genug. Häufig war er zu müde zum morgendlichen Laufen. Er zog ein bisschen den Bauch ein und hielt den Atem an. Geht schon, dachte er und grinste sich aufmunternd zu. Bisschen zu lang die Haare, er fuhr sich durch die roten Locken. Sein langjähriger Herrenfriseur hatte sich zur Ruhe gesetzt, und der Laden war von niemandem übernommen worden. Hier gab es doch Friseure an jeder Straßenecke, dachte er. Irgendeiner wird mir doch mal eben die Haare schneiden können. Suchend lief er durch die Seitenstraßen der Rue d'Antibes. *Chez Cathy*. Na also. Nur zwei Friseurstühle sah er darin, beide unbesetzt. Die Tür stand offen, und eine nicht mehr ganz junge Friseurin mit weißblonden kurzen Haaren fegte den Boden.

»*Bonjour*«, rief er von der offenen Tür hinein.

Sie hielt inne und blickte auf.

»*Bonjour!* Haben Sie einen Termin?«, fragte sie und musterte gleichzeitig seinen Haarschnitt.

»Nein, aber ich hätte gerne einen.«

»Moment«, sagte sie, setzte eine Lesebrille auf und blätterte in einem Kalender, der auf einem halbhohen Tisch am Eingang stand.

»Wann wollen Sie kommen?«, fragte sie. »Diese Woche oder nächste?«

»Jetzt«, schlug Duval vor.

»Na, also Sie sind mir ja einer«, sie lachte kurz auf, blickte erneut in den Kalender, sah auf die Uhr und noch einmal kurz prüfend seine Locken an und nickte. »Gut. Ich habe gleich eine andere Kundin, aber das kriegen wir hin.«

Sie machte eine Geste mit der Hand. »Setzen Sie sich. Wollen Sie einen Kaffee?«

»Gern.«

Er setzte sich in einen der beiden Stühle. Sie stellte sich hinter ihn und fuhr mit der Hand durch seine Haare. »Schöne Haare«, sagte sie anerkennend. »Gesund und kräftig. Wie sollen wir's machen?«

»Was machen?«

»Die Haare, wie soll ich sie schneiden?«

»Kurz, dachte ich.«

Sie nickte. »Ja, schon, aber wie?«

»Kurz kurz.«

»Sie haben schöne Haare, schöne Locken, wie wäre es, wenn wir sie am Oberkopf lang ließen, und ich schneide nur die Seiten und hinten kurz. Das sieht flott aus, und Sie können das tragen.«

»Hm«, machte Duval und starrte sein Spiegelbild an.

»Überlegen Sie es sich. Ich mache Ihnen erst mal einen Kaffee. Schwarz? Mit Zucker?«

»Mit Zucker bitte.«

Er hörte sie in einem Nebenraum an einer Kaffeemaschine hantieren, es brummte, und ein köstlicher Kaffeegeruch zog durch den Raum.

»Hier, bitte.« Sie reichte ihm eine kleine Tasse mit einem Löffel und einem Stück Zucker.

»Danke.«

»Ich zeig Ihnen mal, was ich meine.« Sie blätterte in einer Frisurenzeitschrift. »Hier«, sie reichte ihm das Heft, und Duval sah einen jungen Mann mit feuerrotem Haar, einer lockigen Tolle, langen Koteletten und einem markanten Kinn.

»Meinen Sie wirklich?«, fragte er zweifelnd.

»Absolut«, sagte sie entschieden.

Er trank einen Schluck Kaffee und blätterte einhändig durch die Zeitschrift. Der rothaarige Typ mit den Locken fand sich zwischen dunklen Bärten und gegelten Haaren. »Zwanzig wirklich sexy Herrenhaarschnitte«, lautete die Überschrift.

Die Friseurin hatte ihm im Nu ein Cape umgebunden, schob ein fahrbares Waschbecken hinter seinen Stuhl und ließ Wasser laufen. Wider Erwarten genoss er das Haarewaschen und die leichte Massage, die sie seiner Kopfhaut zuteilwerden ließ. Schnell rieb sie seine Haare in einem Handtusch trocken und kämmte schnell und energisch die Locken. Dann fuhr sie mit der Hand hindurch.

»Rechts oder links?«, fragte sie und sah ihn im Spiegel an.

»Bitte?«

»Der Scheitel. Tragen Sie einen Scheitel?« Die Konversation fand nun über den Spiegel statt.

»Links.«

»Hm.« Sie wuschelte durch seine nassen Locken, warf sie probehalber nach rechts und nach links. »Gut. Dann machen wir es so, ja?«

»Wenn Sie meinen.«

Sie rollte auf einem kleinen Hocker um ihn herum und fuhr mit dem Kamm durch die Haare und schnippelte mit einer Schere Locke um Locke vom Hinterkopf ab.

Im Spiegel sah Duval eine ältere Dame in einem signalgrünen Hosenanzug eintreten. Sie trug eine große Handtasche am Arm und stöckelte auf hohen Absätzen in den Salon.

*»Coucou«,* rief die Friseurin in den Spiegel, ohne sich umzudrehen. »Kommen Sie rein, Evelyne, setzen Sie sich, wie geht's Ihnen? Ich habe nur schnell diesen jungen Mann drangenommen, ich bin gleich für Sie da. Möchten Sie einen Kaffee?«

Die signalgrüne Evelyne winkte in den Spiegel und ließ sich samt Handtasche in einen Sessel plumpsen. »Ich bin erschöpft!«, stöhnte sie.

Cathy blickte in den Spiegel, erhob sich. »Ich mach gleich weiter«, sagte sie leise und legte Duval leicht die Hand auf die Schulter. »Ich mach Ihnen erst mal einen Kaffee, Evelyne, ja?«

Die angesprochene Evelyne nickte dankbar.

»Möchten Sie auch noch einen Kaffee?« Cathy sah Duval an.

»Danke«, er schüttelte den Kopf und blätterte in der Zeitschrift.

Cathy brachte der signalgrünen Dame einen Kaffee zu ihrem Sessel.

»Na, so was«, sagte sie, »wir haben im selben Laden eingekauft!«

»Bitte?« Evelyne war überrascht.

»Ja, schauen Sie, der gleiche Stoff!« Sie zog an ihrer Hose und deutete auf das Muster. »Nur eine andere Farbe.«

»Tatsächlich«, sagte Evelyne, aber es klang wenig erfreut.

»Fanden Sie die Verkäuferin auch so schrecklich?«

»Warum?«

»Warum, warum. So dermaßen schlampig in diesem schicken Laden. Ich verstehe nicht, wie sie so ein vulgäres und ungepflegtes Mädchen als Verkäuferin anstellen konnten.«

»Ach so. Aber ich habe den Anzug nicht hier gekauft. Ich habe den ...«, sie überlegte, »Kuwait City! Ich habe den in Kuwait City gekauft«, wiederholte sie. »Ist schon ein bisschen wie ein arabischer Stoff, nicht wahr, modisch, aber in einer arabischen Art, dieses Muster.« Sie deutete auf das Rhombenmuster des Hosenanzugs.

»Ich habe ihn bei Manoush gekauft«, sagte Cathy.

»Na klar«, nickte Evelyne verstehend, »die Kette gehört einem Typen aus Saudi-Arabien, oder? Oder einem Juden? Einem Juden aus dem *Sentier* vielleicht. Auf jeden Fall ist alles in diesen Läden ein bisschen arabisch angehaucht. Diese Farben, die Muster. Wie viel haben Sie dafür bezahlt, wenn ich mal fragen darf?«

»Also ich«, sagte Cathy, dann unterbrach sie sich, »ich habe eine Kundenkarte, wissen Sie, ich kaufe dort nur, wenn die Privatverkäufe sind oder Ausverkauf. Und jetzt gab es diese 50-Prozent-Aktion, deswegen war ich dort. Also, ich habe hundert Euro bezahlt.«

»Hundert Euro!« Evelyne war sichtlich schockiert. »Für diese Hose?«

»*Bah oui*«, Cathy wirkte leicht gekränkt. »Wie viel haben Sie denn für Ihren Hosenanzug bezahlt?«

»Ach je, das weiß ich jetzt nicht mehr. Ich habe den ja in Kuwait City gekauft, nicht wahr. Das war zweitausend ... zweitausendelf war ich da.«

»Zweitausendelf? Wirklich?«

»Aber ja, ich glaube, ich habe so um die hundert Euro dafür bezahlt. Also umgerechnet natürlich. Nicht so teuer auf jeden Fall. Ich hätte keinesfalls 350 Euro für so einen arabisch angehauchten Hosenanzug ausgegeben.«

Cathy betrachtete das Muster auf ihrer Hose und verglich es mit dem signalgrünen Hosenanzug der Dame und befühlte ebenso den Stoff. »Ja, es ist ein bisschen arabischer Stil«, sagte sie etwas bedrückt. »Und es ist wirklich das gleiche Muster und der gleiche Stoff. Und hier kaufe ich den zehn Jahre später, verrückt.« Sie zog das Etikett aus dem Bund ihrer Hose. »Na, so was, ich habe sogar die Hand von Fatima.« Sie zeigte auf das Etikett.

»Um Gottes willen«, rief Evelyne. »Schneiden Sie es ab! Schnell!«

Cathy erschrak. »Warum?«

»Die bringt Unglück!«

»Ach so? Ich dachte, sie bringt Glück!«

»Nein! Das heißt, ja, sie bringt Glück, aber nur Muslimen, Christen bringt sie Unglück! Das dürfen Sie unter keinen Umständen tragen. Schnell, schneiden Sie das ab!«

Cathy suchte eilig in einer Schublade eine Schere und schnitt mühsam das Etikett aus der Hose, hielt es mit spitzen Fingern hoch. »Und jetzt?«

»Werfen Sie's in die Toilette und spülen Sie es runter! Behalten Sie es nicht in der Wohnung!« Sie warf einen Blick auf Duval. »Ich weiß nicht, was Sie darüber denken? Sie sind Franzose?«

Duval reagierte nicht sofort. »Bitte?«

»Also, Sie sind vielleicht nicht Franzose, Sie sehen ein bisschen britisch aus, aber Sie sind nicht«, sie stockte, »ich meine, Sie sind katholisch?« Sie gestikulierte mit den Händen. »Oder vielleicht sind Sie auch nicht katholisch, aber Sie sind nicht ...« Sie sprach nicht aus, was sie dachte.

»Ich bin Franzose, und ich bin nicht abergläubisch«, sagte Duval.

»Das ist kein Aberglaube, das kann ich Ihnen versichern!« Die signalgrüne Evelyne warf ihm im Spiegel einen besorgt-dramatischen Blick zu.

»So«, sagte Cathy, »ich habe es runtergespült, aber jetzt kümmern wir uns um Sie!«, wandte sie sich an Duval, legte ihm eine Hand vertrauensvoll auf die Schulter und fuhr mit der anderen erneut durch seine Locken, während sie ihn im Spiegel ansah.

Nur knapp eine Viertelstunde später waren Duvals Haare geschnitten und geföhnt. »Fertig!«, sagte Cathy und zupfte ein bisschen an den Locken, die sie am Oberkopf länger gelassen hatte, und blickte begeistert in den Spiegel. »Und? Wie finden Sie es?«

»Noch ein bisschen fremd«, meinte Duval.

»Ach was fremd, das ist ganz super so! Sie werden sich dran gewöhnen, und vor allem werden sich die Frauen nach Ihnen umdrehen!« Sie lachte und blies ihm mit dem Föhn ein paar Härchen aus dem Nacken. »Was meinen Sie, Evelyne?«

Evelyne betrachtete Duval kritisch im Spiegel. Sie musterte nicht nur die Frisur. »Nicht schlecht«, befand sie dann und blitzte ihn im Spiegel an.

»Sehen Sie!« Cathy war zufrieden. »46 Euro bitte.«

Duval zuckte leicht zusammen. 46 Euro! Bei René hatte er 18 Euro bezahlt.

Cathy schien es zu bemerken. »Sie haben jetzt einen Superhaarschnitt! Nicht so eine Nullachtfünfzehnfrisur.«

»Wenn Sie es sagen.« Er steckte die Kreditkarte in das Lesegerät.

»Aber sicher.« Sie riss den Zettel aus dem Lesegerät und reichte ihm zusätzlich den Kassenzettel und eine Visitenkarte. »Berichten Sie mir, was Ihre Frau dazu sagt! Sie haben doch eine Frau?«

»Ja«, nickte Duval und war froh, dass es der Wahrheit entsprach. Sonst hätte er eine Frau erfunden, schon um ihrer offensichtlichen Anmache zu entgehen.

»Na also! Wäre ja auch zu schade.« Sie zwinkerte ihm zu. »Bis zum nächsten Mal!«

»Auf Wiedersehen, auf Wiedersehen, *Madame*«, wandte er sich an die signalgrüne Evelyne.

»Bye-bye!«, winkte sie huldvoll mit der Hand.

---

»Hoho«, sagte Annie, »was ist denn mit dir passiert?«

»Gefällt es dir nicht?«

»Doch. Sehr sogar. Ist allerdings noch etwas ungewohnt.« Sie sah ihn immer wieder an. »Doch, steht dir wirklich gut«, sagte sie anerkennend. »Und du siehst zehn Jahre jünger aus. Du warst bei einem anderen Friseur?«

»Friseurin«, bestätigte Duval. »Ich werde aber nicht mehr hingehen, hat mich ein Vermögen gekostet, und die Damen dort sind unfassbar ...« Er beendete den Satz nicht.

»Unfassbar was?«

»Ach, lass«, er winkte ab. »Die haben mich angemacht. Diese Cathy zuppelte ständig an mir herum, und immer hatte ich eine Hand auf der Schulter.« Er verdrehte die Augen.

»Oh, du Armer, jetzt weißt du mal, wie das ist«, Annie legte den Kopf schief und grinste ihn an. »Du siehst gut aus, habe ich dir das schon mal gesagt?« Unvermittelt küsste sie ihn. Duval zog sie an sich und küsste sie verlangend zurück. »Oh«, sagte sie, »du küsst heute auch anders, kann das sein?«

»Hmm«, brummte er. »Wir haben uns schon lange nicht

mehr *richtig* geküsst, will mir scheinen. Komm«, sagte er rau und zog sie Richtung Schlafzimmer.

»Aber ...« setzte sie an.

»Schsch«, machte Duval.

---

Später erzählte er ihr aber dann doch die ganze Geschichte. »Ich meine«, sagte er abschließend, »wenn ich Araber so sehr ablehne, dann mache ich doch nicht Urlaub in Dubai oder in Kuwait und kaufe dort Klamotten, oder?«

»Ach, von dieser Art waren die Damen«, Annie verstand. »Die reisen nach Dubai, weil es gerade angesagt ist, das geht nicht tiefer. Die neue Art von Kolonialismus.« Sie verdrehte die Augen.

»Apropos, hat dich dieser Kerl eigentlich noch mal kontaktiert?«

»Apropos was? Welcher Kerl?«

»Der dir die Geheimdienstunterlagen zukommen lassen wollte.«

»Ach so, der. Nee. Funkstille. Den habe ich schon wieder vergessen, das war nur irgendein Spinner«, wehrte sie ab.

»Ich habe den nicht vergessen«, gab Duval zurück. »Mir lässt das keine Ruhe. Gestern Abend habe ich angefangen, über die FLN und den Algerienkrieg nachzulesen«, sagte Duval. »Es ist unglaublich, wie wenig man darüber weiß.«

»Man oder du?«, fragte Annie kritisch.

»Ich, wahrscheinlich hast du recht. Aber ich glaube, so richtig viel weiß da wirklich niemand. In der Schule war das zu meiner Zeit kein Thema. Vielleicht gehört es heute zum Lehrstoff Geschichte, wer weiß? Weißt du denn mehr?«

»Ich weiß zumindest, dass ich die Kolonisierung generell

für ein großes Unrecht halte. Es war ja nicht so, als hätten in diesem Gebiet nur drei Zelte in der Wüste gestanden. Da lebten Menschen, und es gab da durchaus staatliche Strukturen, oder sagen wir vorstaatliche Strukturen. Und sich über all das hinwegzusetzen und mal eben drei zusätzliche Départements von Frankreich zu schaffen, um sagen zu können, Algerien IST Frankreich, finde ich so anmaßend, so überheblich und menschenverachtend …«

»Das ist aus heutiger Sicht auch einfach«, unterbrach Duval. »Damals sah man die Welt anders.«

»Ja, damals unterwarf man sich andere Völker mit Gewalt und verteilte deren Land an abenteuerlustige Auswanderer …«

»Manche dieser Auswanderer gingen auch aus Not weg. Halb Irland, halb Italien und die halbe Welt sind damals aufgebrochen, um der Hungersnot und der Misere im eigenen Land zu entgehen, und haben sich auf der anderen Seite des Ozeans in Amerika angesiedelt. Etwas Besseres als Verhungern im eigenen Land finde ich allemal, haben sie sich gesagt.«

»Jaja«, unterbrach Annie hitzig. »Amerika hat seine eigene Geschichte mit seinen Ureinwohnern zu klären, wenn du mich fragst. Und Australien mit den Aborigines und die Neuseeländer mit den Maoris. Wir haben unsere Geschichte mit Algerien! Es ist ganz nah! Nur eine Viertelstunde von hier«, ereiferte sie sich. »Fahr rüber auf die Insel Sainte-Marguerite und schau dir an, was wir gemacht haben! Wir haben Hunderte von widerständigen Algeriern, die sich weigerten, das Feld kampflos den Eroberern zu überlassen, die haben wir nach Sainte-Marguerite verschleppt, die Festung war damals Staatsgefängnis, und dort haben wir sie mit verseuchtem Wasser verrecken lassen.

Da waren auch Frauen und Kinder dabei! Das haben wir gemacht. Und ihr Land haben wir uns angeeignet. Ich finde das unerträglich! Und wenn du mich fragst, finde ich all die anderen Inselchen, die noch«, sie machte in die Luft gezeichnete Anführungszeichen, »›Frankreich sind‹, ich finde das alles unsäglich und überholt.«

»Ja, heute. Aber es war damals so.«

»Es war damals so«, wiederholte sie genervt.

»Das alles ist Geschichte, Annie, die muss man aus ihrer Zeit verstehen. Weißt du, dass viele Elsässer nach dem verlorenen Krieg von 1871 nach Algerien gingen, weil sie nicht deutsch werden wollten?«

Annie sah ihn überrascht an.

»Das wusstest du nicht?« Duval klang sichtlich zufrieden. »Frankreich hatte den Krieg gegen die Deutschen, damals war es noch Preußen, verloren und musste das Elsass abtreten. Das Elsass wurde von jetzt auf gleich deutsch, die Menschen mussten deutsch sprechen, Französisch war verboten. Damit begann das ewige Hin und Her dieser armen Region, die abwechselnd deutsch und französisch war. Viele junge Elsässer und Moselaner mussten als«, jetzt machte Duval die Luftanführungszeichen, »›Deutsche‹ später in der Wehrmacht gegen die Franzosen kämpfen, obwohl sie sich im Herzen immer noch als Franzosen fühlten. *Les malgré-nous* nannte man sie. Andere, die damals gar nicht erst ›deutsch‹ werden wollten, sind ganz weggegangen. Frankreich machte ihnen ein Angebot: Ihr geht nach Algerien, und wir geben euch dort ein Stück Land, das ihr bearbeiten könnt. Das klang für viele, vor allem für die, die nicht viel zu verlieren hatten, nach einer guten Alternative. Das kann man ihnen nicht verübeln, oder?«

Annie verzog unbestimmt das Gesicht.

»Voller Hoffnungen kamen sie dort an, und dann drückte man ihnen einen Spaten und eine Hacke in die Hand, eine Kiste mit Lebensmitteln und setzte sie auf einem Stück wüstem Land aus. Seht zu, wie ihr klarkommt. Also kamen sie klar. Ertrugen die sengende Sonne, die Trockenheit, überlebten Krankheiten und bestellten ihr Land und bauten ein Haus. Und bekamen Kinder, und das Leben ging weiter. Und die Generation, die dort geboren wurde, die das Mutterland, *la Métropole*, wie sie sagen, nur vom Hörensagen kennt, die fühlt sich dort zu Hause. Sie kennen es nur so. Sie leben als Franzosen in Algerien, umgeben von einem Völkergemisch, Spanier, Italiener, Juden, Muslime, Christen, die mehr oder weniger friedlich miteinander leben, so wie überall auf der Welt Menschen mehr oder weniger friedlich miteinander leben.«

Duval schwieg.

»Und wenn sie nicht gestorben sind, dann leben sie noch heute«, sagte Annie ironisch. »Léon! Dieses fröhliche Vielvölkergemisch, das du beschreibst, das ist ein Märchen! Das sah nur aus europäischer Sicht so aus. Die Franzosen wollten aus dem angeblich unzivilisierten Land Algerien ein zivilisiertes Frankreich machen. Was für eine Idee!« Annies Ton war ironisch sarkastisch. »Neulich habe ich irgendwo gelesen, das Erste, was ein Bürgermeister in dem algerischen Dorf, in das er abgeordnet wurde, machte, war, eine Platane zu pflanzen.« Sie verdrehte die Augen. »Wir machen aus algerischen Dörfern französische Dörfer. Als hätte es dort keine Traditionen gegeben. Algerische Kinder, wenn sie überhaupt zur Schule gingen, lernten in der Schule Französisch und die französische Geschichte und die Geografie der Auvergne auswendig, als hätten sie selbst keine Sprache, keine Geschichte und keine Gebirgsregionen gehabt, bevor die Franzosen gekommen sind. Die Algerier wurden zu Menschen zweiter Klasse und zu Untertanen! Man hat den Einwanderern das Land der indigenen Bevölkerung gegeben. Die wiederum hat man verjagt, enteignet und ihr im besten Fall minderwertiges Land überlassen. Ein Zehntel der Bevölkerung, die Europäer, dominierten neun Zehntel der Bevölkerung.«

»Ich sage ja nicht, dass das alles gut war. Ich sage nur, dass es damals so war, und mit dem Denken der damaligen Zeit war es nur so möglich. Das war weltweit so.«

»Genau, weltweit. Ich kann sehr gut verstehen, dass die Algerier es satthatten und sich von uns Franzosen befreien wollten, wie so viele andere Völker sich auch von ihren Kolonialherren befreit haben. Und jetzt komm mir nicht mit dem Satz ›Algerien war keine Kolonie, Algerien war Frankreich‹.«

»Aber für die Generationen damals WAR es Frankreich.«

»Was für ein Quatsch. Für die Franzosen vielleicht. Sie haben das ja auch entschieden! Die Algerier hat man nicht gefragt! Die Algerier hatten da gar nichts zu sagen, und sie haben auch nicht wirklich davon profitiert, man hat sie nur an vorderster Front in zwei Weltkriege geworfen, gutes Kanonenfutter. Hab ich nicht recht?« Annie blies wütend ihre Locken aus dem Gesicht.

»Als die Deutschen uns besetzt hatten, wollten wir sie auch wieder loswerden, oder?«, ereiferte sie sich weiter. »Wir hätten nicht dauerhaft ertragen, dass sie uns mit ihrer Bürokratie gängeln und dass wir Deutsch lernen müssen, um einen Antrag auszufüllen oder was auch immer. Deutsche Verwaltung, überall deutsche Restaurants, deutsche Theaterstücke, deutsches Kino. Und wenn die Deutschen damals kraft ihres Amtes entschieden hätten, Frankreich gehöre ab sofort zu Deutschland, wenn sie gesagt hätten, wir mögen Frankreich so gerne und mit unserer Hilfe werden die schlampigen Franzosen zu ordentlichen Deutschen und wir drücken sie an unser Herz und entscheiden, Frankreich IST Deutschland, diese Demütigung hätte kein Franzose lange ertragen.«

»Das ist doch nicht das Gleiche, Annie.«

»Das IST absolut das Gleiche!«

---

Auch Tage später gab es noch immer keine Spur von Garcia.

»Den finden wir, wenn überhaupt, von Ratten angefressen auf einer Müllhalde«, meinte Villiers. »Das ist doch der beliebte Platz, um sich einen Mistkerl vom Hals zu schaffen, oder?«

»Würde mich nicht wundern, wenn sie ihn auf der riesigen Baustelle in Cannes La Bocca mit eingebaut hätten«, murmelte der eine oder andere seiner Kollegen. Laut sagte es niemand. Zu groß die Schande, dass einer aus den eigenen Reihen tatsächlich mitgemauschelt und sie monatelang an der Nase herumgeführt hatte. Die Baustelle lag nicht weit weg vom Fundort seines Wagens. Und in der Tat wurde dort gerade in drei Schichten rund um die Uhr gearbeitet, um das ehrgeizige Bauprojekt, das einen gigantischen Kinokomplex, das *Cinéum,* sowie eine Hochschule für Medien beinhalten sollte, noch rechtzeitig zur *Rentrée* im September fertigzustellen.

---

Am nächsten Tag erstattete Duval dem Direktor erneut Bericht:

»Richter Dussolier wurde vermutlich Opfer einer Abrechnung im Drogenmilieu oder, sagen wir, Opfer im Kampf um den Machtanspruch zwischen Driss Abidi und Cosenza. Ich denke, dass Cosenza Paul Garcia auf dem Gewissen hat, oder zumindest hat er den Auftrag gegeben. Er wirkte so selbstzufrieden, als ich bei ihm war. Aber den Mord an Richter Dussolier verdanken wir sehr wahrscheinlich Driss Abidi. Der hat ihn so inszeniert, dass wir Cosenza für den Schuldigen halten. Weshalb Cosenza dann Driss Abidis wichtigsten Mann«, Duval verzog missmutig das Gesicht, »nämlich Paul Garcia, aus dem Weg räumte. Auge um Auge, Zahn um Zahn. Beweisen können wir das aber bisher nicht. Alle Herren haben ein Alibi.«

»Möglich. Schön inszeniert«, kommentierte der Direktor. »Dass ausgerechnet Sie eines Tages Cosenza verteidigen würden, hätte ich allerdings nicht gedacht, Duval!«

»Ich verteidige Cosenza nicht«, wehrte sich Duval. »Keinesfalls. Er ist ein Schurke, ein Gauner, der mit allen Wassern gewaschen ist, er ist brutal, und er geht über Leichen, ich bin davon überzeugt, dass er Garcia auf dem Gewissen hat, der jetzt vermutlich eine der tragenden Säulen des Medienkomplexes in La Bocca wurde ...«

»Ah, Duval, Sie sind zynisch«, unterbrach der Direktor heftig, »vergessen Sie nicht, Garcia war auch ein Kollege!«

»Sicher«, nickte Duval. »Er hat auch eine Mutter, die um ihn weint, schon klar.« Er sagte es resignierter als sonst.

»Wir werden weiterhin alles daransetzen, sein Verschwinden aufzuklären!«

»Natürlich.« Duval nickte höflich und dachte an die Bauarbeiten für den Medienkomplex. Würde man die wegen eines *ripou,* eines korrupten *Flics,* stoppen?

»Vielleicht hat er sich ja auch abgesetzt«, sagte der Direktor nun überraschend. »Und das verbrannte Auto war auch nur eine Inszenierung?«

Duval sah ihn skeptisch an. »Ich bin überzeugt, er ist tot und er geht auf das Konto von Cosenza.«

Der Direktor sah Duval an. »Und Richter Dussolier?«

»Der nicht.«

Louis Cosenza war einer der Letzten in der Gemeinschaftsdusche. An alles im Knast konnte er sich gewöhnen, aber nicht an dieses erniedrigende Nacktsein vor aller Augen. Er hatte ein gewisses Schamgefühl, vielleicht hing es auch mit seinem Alter und dem schwammig gewordenen Körper zusammen. Anders als die jungen Männer, die sich täglich Muskelpakete antrainierten, nicht nur, um die Zeit totzuschlagen, sondern vor allem, um sich im Knastalltag mit dieser sichtbaren Körperkraft Respekt zu verschaffen, hatte er auf diese Art von körperlicher Ertüchtigung keine Lust. Er dachte sehnsüchtig an seinen Pool, den er schnaubend wie ein Walross durchpflügt hatte. Er dachte noch sehnsüchtiger an den Sex, den er mit Nicki gehabt hatte. Nicki. Er ließ sie von Alfonso beschatten, und zwar so, dass sie es merkte, was sie, bislang zumindest, ausreichend einschüchterte. Sie hatte es noch nicht gewagt, sich einen neuen Liebhaber anzulachen, obwohl es, wie Alfonso ihm treu berichtete, mehr als ein Angebot gab. Sein Geld gab sie derweil hingegen mit beiden Händen aus. Cosenza nahm es in Kauf, sie war jung, und sie musste ihre Unzufriedenheit irgendwie ausleben. Lieber ließ er sie die hundertste Handtasche kaufen, als sie noch einmal im Bett eines jungen Schnösels zu finden.

Vielleicht war es der Gedanke an Nicki, der ihn weniger aufmerksam sein ließ als sonst, weil sein Geschlecht sich unter dem einmassierten Duschgel versteift hatte. Er hielt inne und stellte das Duschgel auf das halbhohe Sims der Kabine. Er atmete tief ein und aus. Keinesfalls würde er sich hier einen runterholen, das dann doch nicht.

»*Allez, allez*«, drängte der Gefängnisaufseher die Männer zur Eile an, »hier ist kein Wellnesstempel, beeilt euch ein bisschen«, rief er. Immer dieselben Sprüche. Cosenza duschte an der Seite in einer halb offenen Kabine, dafür hatte er gezahlt. Er hatte auch dafür gezahlt, zu den Letzten zu gehören. Man konnte fast alles bekommen. Alles eine Frage des Geldes. So war er zu einer Einzelzelle im sogenannten VIP-Trakt gekommen, wo es insgesamt ruhiger war und die Gefängnisaufseher, abschätzig *les matons* genannt, freundlicher und stets zu Diensten. Auch das eine Frage des Geldes. Ein eigenes Badezimmer aber gab es nicht. »*Allez, allez,* los, los, beeilt euch ein bisschen!«, der Gefängnisaufseher klopfte mit seinem Stock auf die Kabinenwand des Kerls neben ihm, dann an seine.

»Heh«, machte Cosenza und warf dem Aufseher einen bösen Blick zu.

»*Pardon,* Monsieur Cosenza«, entschuldigte sich der Mann eilfertig, »ich habe Sie nicht gleich erkannt. Alles in Ordnung, ich warte draußen. Sie haben alle Zeit der Welt.«

»Das will ich auch gehofft haben«, knurrte Cosenza, drehte sich wieder um und ließ genussvoll das warme Wasser der Dusche über seinen eingeseiften Körper laufen.

Der Kerl in der Kabine neben ihm war fertig, wickelte sich ein Handtuch um die Hüfte und trat aus der Kabine. Cosenza hatte es mehr gespürt als gesehen. Er duschte weiterhin mit dem Rücken zum Gang, hatte die Augen geschlossen und drehte sein Gesicht nun in den Duschstrahl der an der Decke fixierten Dusche. Schon wieder hatte sich Nicki in seine Gedanken geschlichen. Ihr Körper, ihre festen Brüste. Vielleicht müsste er sich doch selbst befriedigen. Wenn dieser Kerl neben ihm nur endlich verschwunden war.

Der aber stach ihm nun mit einer solchen Wucht in den unteren Rücken, dass Cosenza gegen die gekachelte Mauer gedrückt wurde und gleichzeitig tief stöhnend aufschrie. Schnell und heftig stach der Mann noch mehrfach auf ihn ein, bis Cosenza schließlich röchelnd zusammensackte. Sein Blut vermischte sich mit dem Seifenwasser, das weiterhin aus der Dusche in die Abflussrinne lief. Rötlich gefärbte Schaumbläschen schwammen darauf, glitten tanzend bis zum Gulli und versanken dort.

Die Presse überschlug sich mit mehr oder weniger ehrenden Nachrufen. »Nachtclubkönig von Cannes im Gefängnis ermordet« titelte *Nice-Matin* und erzählte Louis Cosenzas Geschichte, Sohn einer armen italienischen Einwandererfamilie, der durch Ehrgeiz und Fleiß schon sehr früh in andere Kreise aufgestiegen war. *Nice-Matin* hielt sich bedeckt und berichtete nur in Andeutungen von Kriminalität, Prostitution und Drogenhandel, hingegen langatmig über die geschäftlichen Erfolge im Palm Beach Casino, im Nachtclub und über die Vermietung der Luxuslimousinen. Dass Louis Cosenza bei den Zusammenkünften des Lions Clubs regelmäßig einen großen Scheck für wohltätige Zwecke ausgestellt hatte, blieb natürlich auch nicht unerwähnt. Angereichert wurde der Artikel mit Fotos der Familie: Louis Cosenza mit seiner jungen zweiten Frau, umringt von Familie auf seiner Terrasse, mit seinen Kindern und Enkeln. »Cannes verliert einen angesehenen Bürger, der eine große Lücke hinterlassen wird«, lautete der letzte Satz.

Sogar in ein politisches Vorabendmagazin im Fernsehen hatte Louis Cosenza es geschafft. »Wie sicher sind unsere Gefängnisse?« lautete der Titel der aktuellen Sondersendung, in der ein Politiker, ein Gefängnisdirektor, ein Journalist und ein ehemaliger Gefangener, der nun als Sozialarbeiter in den Gefängnissen arbeitete, über die unhaltbaren Zustände – Überbelegung, Gewalt und Korruption – in den Gefängnissen diskutierten.

---

Driss Abidi blieb nur einen Tag und eine Nacht in Polizeigewahrsam. »Ich habe damit nichts zu tun« und »Ich will einen Anwalt« waren die einzigen Sätze, die er von sich gab. Sie verhörten ihn abwechselnd die ganze Nacht, aber Driss Abidi war wie ein Fels in der Brandung. Die Fragen der Polizisten prallten an ihm ab. Er blieb, trotz Schlafentzug, wuchtig und schweigsam. Kein Einschüchterungsversuch zog bei ihm. Der große bullige Mann mit den rot unterlaufenen Augen schüchterte vielmehr die Polizisten ein. Niemand wagte, handgreiflich zu werden. Selbstverständlich hatte er ein Alibi. Dass er den Mord an Cosenza beauftragt hatte, konnte ihm nicht nachgewiesen werden.

Die Staatsanwältin stimmte einer Verlängerung des Polizeigewahrsams nicht zu, und Driss Abidi war nach nur 24 Stunden wieder auf freiem Fuß.

---

»Der Fall Dussolier ist abgeschlossen«, erklärte der Direktor vor den versammelten Polizisten. »Er wurde bedauerlicherweise Opfer einer Abrechnung im Milieu der Bandenkriminalität. Die Kollegen aus Paris kamen genau wie wir, das sage ich Ihnen mit einer gewissen Genugtuung, fast gleichzeitig zum selben Ergebnis.« Er klappte demonstrativ eine Akte zu. »Wir werden nachher mit einer Pressekonferenz an die Öffentlichkeit gehen.«

---

Nur Duval und Martinez machten sich Sorgen, beide Männer hatten sich auf ein Glas in einer unscheinbaren Bar nicht weit vom Marché Forville getroffen.

Martinez hatte schon den zweiten Pastis bestellt. »Trink«, forderte er Duval auf. »Den schulde ich dir. Dein Hinweis auf den roten Alfa hat mir den Arsch gerettet. So stand ich nicht wie der letzte Idiot da. Hab gesagt, ich hätte Garcia bereits auf dem Kieker und ihn bespitzeln lassen und sei kurz davor gewesen, ihn auffliegen zu lassen.«

»Ich schuldete dir was«, gab Duval zurück. »Du hast seinerzeit meinen Bruder laufen lassen.«

»Dann sind wir ja quitt.« Martinez hob erneut das Glas. »Prost!«

»Prost!« Duval trank mit, schon um sein Unwohlsein zu ertränken. »Entweder wird es jetzt noch ein weiteres Blutvergießen geben und die Söhne von Cosenza, allen voran Giorgio, holen sich Unterstützung bei ihren italienischen Freunden, vielleicht auch bei den Korsen, oder sie verkriechen sich zukünftig hinterm Sofa«, sagte Duval.

»Das sehe ich genauso. Ich fürchte, Cannes wird sich in den nächsten Wochen in ein kleines Marseille verwandeln, und wir finden jeden Tag eine neue Leiche, die von Kugeln durchsiebt wurde.«

»Dabei bin ich nicht mal sicher, dass es wirklich so war«, seufzte Duval. »Irgendwas ist da nicht logisch.«

»Cosenza hat den Richter ermorden lassen, um sich zu rächen, dann hat er Paul Garcia ermorden lassen, um Driss Abidi in seine Schranken zu weisen, für alle Fälle, sagen wir so. Driss Abidi aber ist noch eine Nummer härter, der hält sich nicht mit Nebenmännern auf, der hat sich Cosenza vorgenommen. Punkt. Damit ist klar, mit wem und mit was für einem Stil wir es zukünftig zu tun haben. Was ist daran nicht logisch?«, fragte Martinez.

»Cosenza hat den Richter nicht ermorden lassen«, widersprach Duval. »Cosenza glaubte, dass es Driss Abidi gewesen sei, der ihm diese Tat in die Schuhe schieben wollte. Deswegen hat er Paul Garcia verschwinden lassen – ich sage das bewusst zweideutig, denn wir haben noch immer keine Leiche –, es war seine Antwort auf den Mord an Richter Dussolier.«

»Nur kann Cosenza das jetzt nicht mehr bestätigen.«

»Leider nein.«

»Und Driss Abidi hat geantwortet, indem er Cosenza aus dem Weg räumen ließ. Driss verhandelt nicht. Das ist die Antwort.«

»So oder so, ich fürchte, es wird ein heißer Sommer.«

»Allerdings. Komm, einen trinken wir noch.« Martinez

hob das Glas und zeigte dem Wirt hinter dem Tresen mit zwei Fingern die nächste Bestellung an.

---

Duval aber ließen die Dokumente, die ihnen dieser Unbekannte hatte zukommen lassen, weiterhin keine Ruhe. Im Internet war er auf einen Blog mit dem dramatischen Titel »Die ganze Wahrheit« gestoßen, wo dieselben Dokumente gezeigt wurden, gefolgt von langen Beiträgen über die Massaker der FLN seinerzeit in Algerien. Duval las mal hier, mal da, der Ton sagte ihm nicht zu. Plötzlich stockte er. Mittendrin war ein winziger Ausschnitt einer Fernsehsendung zu sehen. Er klickte darauf.

»Das Wasser, das über die Ortschaften hereinbrach und eine nie da gewesene Zerstörung hinterließ, kostete 423 Menschen das Leben. Auch heute noch handelt es sich offiziell um einen Unfall, in Wahrheit waren es die Terroristen der FLN, die diesen Staudamm gesprengt haben«, sagte nüchtern eine männliche Erzählerstimme. Duval stockte der Atem.

»Annie«, rief er dann. »Komm schnell, hör dir das an!«

»Was ist los?«

»Ich hab's gefunden, hier, schau dir das an!« Er ließ den kleinen Filmausschnitt noch einmal ablaufen.

Sie blieb stumm. »Das kann ich nicht glauben, Léon«, sagte sie dann. »Wo stammt das her? Was ist das für ein Blog?«

»Das ist ein Blog eines *Pied-Noir,* aber darum geht es nicht, es ist diese Fernsehdokumentation, die den Richter Dussolier so in Aufruhr versetzt hat, verstehst du? Also hier sieht man nur ein paar Sekunden, wer weiß, was da noch alles gesagt wurde. Malpasset war ein Attentat! Ein Attentat der FLN! Mir wird gerade alles klar, warum die Akte verschwunden ist, sodass man nicht mehr nachprüfen kann, wie lächerlich die Expertenberichte waren. Das erklärt alles. Dass damals niemand zur Rechenschaft gezogen wurde, es war ja im engeren Sinn auch niemand schuld! Schon gar nicht der Bauingenieur, obwohl der als Einziger die Schuld auf sich genommen hat und ein paar Monate später vor Gram gestorben ist. Es war ein Attentat!« Er atmete heftig. Wie hatte Matteo neulich unbewusst richtig gesagt: »Der See ist explodiert.«

»Hier«, Duval hielt ihr Papiere entgegen, »schau, diese Liste, die uns dieser unbekannte Typ geschickt hat, da geht es um die Attentate der FLN 1958 und 1959. Und die Dokumente bezeugen, dass man es gewusst hat! In diesem Blog gibt es auch die Erklärungen. In der Sendung wurde nämlich noch gesagt, dass der deutsche Geheimdienst es gewusst hat! Und zwar nicht der ostdeutsche Geheimdienst, sondern der westdeutsche! Und, noch schöner, er hat dem französischen Geheimdienst nichts gesagt, sondern es geschehen lassen, denn insgeheim haben sie die FLN unterstützt, obwohl sie damals schön auf deutsch-französische Freundschaft gemacht haben. Das erklärt, warum es den Richter Dussolier, der damals einen Teil seiner Familie verloren hat, so sehr erschüttert hat, dass er diese Akte angefordert hat. Er war auf der Suche nach der Wahrheit!«

»Ja, so heißt ja auch dieser Blog«, wischte Annie seine Erklärung vom Tisch. »Hör auf, Léon, du verrennst dich da in etwas.«

»Aber verstehst du nicht, dass seit über sechzig Jahren kein echter Schuldiger gefunden wurde für über vierhundert Tote?«

»Es war ein Unglück! Eine Naturkatastrophe!«

»Eine Naturkatastrophe! Annie! Die FLN hat die Staumauer gesprengt! Das war ein terroristischer Akt!«

»Léon, das ist doch irgendein Verschwörungsmist, den du da ausgegraben hast. Wenn es ein Attentat war, dann hätte die FLN es doch stolz propagiert. So macht man das doch mit terroristischen Attentaten, um die Leute einzuschüchtern.«

»Verstehst du es nicht? Die FLN hat es *nicht* als ihre Tat anerkannt, weil es zu monströs war. Die wollten vermutlich die Wasserversorgung sabotieren, aber nicht über vierhundert Menschen töten. Wenn ein Attentat dir mehr Hass der Bevölkerung als Angst und Terror bringt, dann gibt man es nicht als seine Tat aus. Außerdem hätten sie sich damit die internationale Zustimmung verspielt.«

»Also gesetzt den Fall, ich sage ausdrücklich, gesetzt den Fall«, wiederholte sie, »dass es ein Attentat gewesen wäre, warum hat Frankreich das denn nicht gesagt? Warum haben sie es bis heute nicht gesagt? Dann hätte doch auch damals jeder verstanden, warum wir diesen Krieg weiterführen. Warum haben sie denn dann eine komplizierte Geschichte von einer unverschuldeten Naturkatastrophe erfunden?«

»Vermutlich hatten sie Angst zuzugeben, dass sie ihre Bevölkerung nicht vor den Attentaten schützen konnten. Stell dir doch mal vor, was das für eine Bankrotterklärung ist! Die FLN kann ungehindert tun und lassen, was sie will – in Frankreich! Das *kann* man nicht zugeben. Und da es um die Sicherheit des Staudamms schon so viele Gerüchte gab und diese diffuse Angst irgendwelcher Menschen, denen das Bauwerk überdimensioniert und ungeheuerlich vorkommt und die orakelhaft sagen: ›Eines Tages wird uns der

Staudamm um die Ohren fliegen!‹ Dann macht man sich diese Stimmung zunutze und sagt, tja, dumm gelaufen, die orakelnden Pessimisten hatten recht, der Staudamm hat nicht gehalten.«

»Ich kann das alles nicht glauben. Was ist denn mit all den Gutachten, die besagen, dass es eine Naturkatastrophe war? Die hätten alle gelogen?«

»Experten sagen das, wofür sie bezahlt werden.«

Annie starrte ihn an. »Léon, echt, manchmal kann ich deinen Zynismus nicht ertragen.«

»Annie, bist du Journalistin oder nicht? Du weißt doch, wie die Welt funktioniert.«

Sie hörten beide das kleine Geräusch von Julies Rasselkette, die an ihrem Bettchen befestigt war.

»Sie ist wach«, sagte Annie und erhob sich.

»Ja«, murrte Duval. »Zieh dich nur zurück in deine Mama-Blase.«

»Was soll das denn heißen?«, schnaubte Annie.

»Seit Julie da ist, haben wir kein echtes Gespräch mehr. Du willst vor allem, dass die Welt rosig ist. Du gurrst nur noch *eididei* und *dududuu*. Alles, was da nicht reinpasst, wird weggedrückt.«

»Du spinnst, Léon. Aber ich ertrage deine Negativität manchmal echt nicht mehr, das ist richtig! Und dass du jetzt mit den extrem Rechten liebäugelst, das kann ich wirklich nicht aushalten.«

»Ich liebäugele nicht mit den extrem Rechten«, ereiferte sich Duval. »Es sind *Pieds-Noirs!*«

»*Pieds-Noirs,* die FN wählen!«

»Das ist allein deren Sache, was sie wählen! Und nur weil ich mit *Pieds-Noirs* spreche, heißt es nicht, dass ich extrem rechts bin! Oder mit ihnen liebäugele, wie du das nennst.

Du kannst nicht leugnen, dass sie wenigstens recherchiert und Dokumente gefunden haben!«

»Auf einem anonymen und hasserfüllten Blog. Das ist alles tendenziös. Denen willst du glauben?«

»Hast du eine Ahnung, von wem ich alles Informationen bekomme und wem ich alles glaube! Ich glaube zum Beispiel nach wie vor Cosenza, dass er nichts mit dem Tod von Dussolier zu tun hatte!«

»Nein, denn es war ja der verlängerte Arm der FLN«, sagte sie sarkastisch. »So ein Schwachsinn!«

*»Maman!«,* rief ein kleines Stimmchen von ferne. Und nur Sekunden später noch einmal. Fragend jetzt. *»Maman?«*

Noch bevor Annie reagieren konnte, setzte Julie zu einem stakkatoartigen Geheul an.

*»Mamamamamamamamaman!«* Immer dringlicher wurde es. Dann musste sie Luft holen, um erneut und noch lauter anzusetzen. »MAMAMAM…«

»Du erlaubst, dass ich mich um unsere Tochter kümmere«, sagte Annie scharf. Dann rief sie in einem lieblichen Ton: »Ich komme, mein kleiner Schatz, ich komme!«

---

Im Kommissariat machte Duval Dienst nach Vorschrift und las hinter verschlossenen Türen in René Bouleaus Blog, folgte Links, die ihn auf andere *Pieds-Noirs*-Blogs führten, und dachte nach.

Schließlich wählte er Stéphanes Nummer. Stéphane war sein väterlicher Freund aus Polizei-Ausbildungstagen, mit dem er, seit er Paris verlassen hatte, viel zu wenig Kontakt hatte. Vor allem aber arbeitete Stéphane schon seit Langem beim Inlandsgeheimdienst. Früher hatte er noch RG,

*Renseignements généraux,* geheißen, war aber in den vergangenen Jahren unter verschiedenen Präsidenten und Ministern mehrfach reformiert und umbenannt worden. Die Zugehörigkeit und Zuständigkeiten hatten zwar gewechselt, aber ganz gleich, unter welchem Kürzel der Dienst derzeit firmierte, es war immer noch der Inlandsgeheimdienst, und Stéphane war dort immer noch in irgendeiner Sicherheits-Abteilung tätig.

»Léon! Wie schön!«, meldete Stéphane sich mit erfreuter Stimme.

»Das muss ich vermutlich von einem Geheimdienstler erwarten, dass er immer weiß, wer ihn anruft«, flachste Duval.

»Das war leicht, ich habe deine Nummer eingespeichert«, gab Stéphane zurück, »und anscheinend bist du nicht nur dieser Nummer, sondern auch deinem alten Freund treu geblieben.«

»Natürlich, Stéphane. Entschuldige, wir sollten uns wirklich wiedersehen und nicht immer nur darüber reden. Wann kommst du mal in den Süden?«

»Eher, als dir lieb ist, fürchte ich, ich gehe nämlich bald in den Ruhestand und dachte, ich werde mich mal ein bisschen im Süden nach einem Häuschen umsehen, um wie alle Rentner meinen Lebensabend in der Sonne zu verbringen.«

»Großartig!«, stimmte Duval zu. »Aber ich kann gar nicht glauben, dass du schon in Ruhestand gehst?«

»Die Zeit vergeht, und man wird nicht jünger«, seufzte Stéphane. »Na ja, wir Altgediente dürfen uns ja ein bisschen früher zur Ruhe setzen als andere.«

»Stimmt.«

»Aber erzähl mal, wie es dir geht. Wie ist dein Leben?

Was macht deine jüngste Tochter? Julie, oder? Wie alt ist sie jetzt?«

»Ja, Julie. Vierzehn Monate. Sie ist natürlich das wunderbarste Kind, das du dir vorstellen kannst«, sagte er ein wenig selbstironisch. »Gerade hatte ich auch die beiden kleinen *Parisiens* hier. Wobei, so klein sind die nicht mehr.«

»Matteo und Lilly.«

»Richtig.«

»Die habe ich kürzlich alle vier bei einer Veranstaltung getroffen, also Hélène mit ihrem Partner und die Kinder. Sahen zufrieden aus.«

»Das klappt ganz gut, soweit ich das von Weitem mitverfolge«, stimmte Duval zu.

»Und du? Bist du auch zufrieden?«

»Absolut«, hörte Duval sich sagen. »Ich bin sehr verliebt in meine beiden Frauen.«

»Na, das ist doch wunderbar. Glückwunsch.«

»Ja, das ist es. Anstrengend ist es natürlich auch, aber was im Leben ist nicht anstrengend«, wischte er seine eigene Bemerkung beiseite. »Erzähl mal, wie geht es bei euch?«

»Gut, danke, es geht uns gut. Und von wegen anstrengend, Florence war das Leben zu langweilig, daher macht sie jetzt noch eine Ausbildung zum Coach. Das hätte sie schon früher machen sollen, glaube ich. Es liegt ihr. Aber anstrengend ist es jetzt bei uns auch, ich werde ständig als Partner in Übungen miteinbezogen, ich sag's dir, so viel habe ich noch nie über mich und über uns erfahren.« Er lachte leicht.

»Okeeh«, machte Duval gedehnt. Er sagte nicht, dass er von Psychologen und Coaches generell eher wenig hielt. »Stéphane«, setzte er an. »Weshalb ich eigentlich anrufe …«

»Ich bin ganz Ohr.«

»Hast du schon einmal davon gehört, dass der Staudammbruch von Malpasset hier im Süden ein Attentat der FLN gewesen ist?«

»Was?« Stéphane war kurz sprachlos. »Du liebe Güte, Léon, mit was beschäftigst du dich denn gerade? Wie kommst du denn zu dieser uralten Geschichte?«

»Es ist verwickelt, um ehrlich zu sein. Ich bin in Zusammenhang mit dem Richter Dussolier darauf gestoßen. Der Richter, der hier erschossen wurde, weißt du?«

»Selbstverständlich weiß ich das.«

»Der hatte sich für diesen Fall interessiert und die Prozessakte angefordert. Ich weiß nicht, ob er die Akte je gesehen hat, jedenfalls ist sie jetzt verschwunden, und der Richter ist tot.«

»Ich dachte, der Richter sei zwischen die Fronten eines Bandenkriegs geraten.«

»Ja, das ist die offizielle Version.«

»Und inoffiziell ist es anders?«

»Nein, das heißt, ich weiß es nicht«, druckste Duval herum. »Ich habe das Gefühl, dass es eigentlich anders war, als die offizielle Version es vorgibt.«

»Nämlich?«

»Dass es irgendeinen Zusammenhang mit dieser Akte Malpasset gibt, mit diesem Fall, den der Richter wieder ausgegraben hat. Hast du diese Fernsehdokumentation gesehen?«

»*Diese* Fernsehdokumentation«, wiederholte Stéphane lang gezogen. »Du sprichst so, als wäre ich auf dem gleichen Wissensstand wie du. Kannst du da etwas deutlicher werden?«

»Es gab vor einiger Zeit eine Sendung zur deutsch-französischen Freundschaft, in der ganz klipp und klar gesagt wurde, dass der Staudammbruch ein Attentat der FLN gewesen sei und kein Unglück.«

»Und was hat das mit der deutsch-französischen Freundschaft zu tun?«

»Adenauer und de Gaulle hatten die Vision, dass Deutschland und Frankreich sich annähern sollten, als Freunde, Verbündete und Handelspartner, was ja mit dem Élysée-Vertrag Anfang der Sechzigerjahre besiegelt wurde. Die deutsch-französische Freundschaft als Programm. Der deutsche Geheimdienst aber unterlief diese Freundschaftsbewegung und unterstützte in all den Jahren die FLN und hat denen sogar Waffen geliefert.«

»Schöne Freundschaft.«

»Allerdings. In dem Filmbeitrag wird auch gesagt, dass der deutsche Geheimdienst, also wir sprechen tatsächlich vom *west*deutschen Geheimdienst, von dem Malpasset-Attentat Kenntnis gehabt haben soll. Er hat jedoch den französischen Geheimdienst nicht informiert.«

Stéphane zog hörbar Luft durch die Zähne.

»Das wusstest du nicht?«

»Nur vage, Léon, ich kann nicht alles von überall und aus jeder Zeit wissen. Ich weiß, dass es in dieser Zeit Franzosen und Deutsche gab, die die FLN unterstützt haben, die meisten als sogenannte Kofferträger, die haben Geld und falsche Papiere transportiert. Das ist bekannt. Aber was du da sagst, das wäre ja ungeheuerlich. Und das so kurz nach dem Zweiten Weltkrieg. Diese Sendung hast du gesehen?«

»Nein, ich habe nur davon gehört und vorhin einen winzigen Ausschnitt gesehen. Kursiert noch im Internet.«

»Tatsächlich?«

»Ja, auf einem Blog eines *Pied-Noir.*«

»Ach na ja, dann«, Stéphane klang erleichtert. »Dann verstehe ich es. Die *Pieds-Noirs* pflegen ihren Hass gegen alles Arabische generationsübergreifend, Léon. Das weißt du doch.«

»Aber es kommt doch ursprünglich von einem seriösen Sender. Der ist nicht in der Hand der *Pieds-Noirs!*«

»Kannst du mir das schicken? Dann schaue ich es mir mal an und kann dir vielleicht mehr dazu sagen. Ehrlich gesagt glaube ich, das ist nur ein Sturm im Wasserglas, Léon, mach dich nicht verrückt deswegen. Schick mir das, ich sehe es mir an, höre mich um, und dann melde ich mich wieder bei dir. Machen wir's so?«

»In Ordnung.«

»Grüß deine beiden Frauen unbekannterweise von mir! Ich freue mich, wenn wir uns im Süden wiedersehen!«

»Danke, ich freue mich auch. Grüße an Florence, und du meldest dich?«

»Sobald ich was weiß, versprochen!«

# 5

Duval hatte mit dem Blogbetreiber René Bouleau Kontakt aufgenommen, der ihn umgehend mit einer nicht enden wollenden Mail, mit Sätzen in Großbuchstaben und voller Ausrufezeichen überfiel. ENDLICH würde man auf seinen Blog aufmerksam! ENDLICH! Seit Jahren mühe er sich ab, dass man ihm Gehör schenke, aber die Presse schweige ihn tot. Nur weil ich ein *Pied-Noir* bin! Weil man uns immer noch nicht hören will! Er freue sich auf ein Gespräch, ließ er Duval wissen, wann immer es ihm gefiele. »Wenn *Sie* sich für die Sache starkmachen, dann wird man uns zuhören! Ich zähle auf Sie!!!«, hatte er in einem Postskriptum – wieder unter großzügiger Verwendung von Ausrufezeichen – angefügt. Duval war schon nach dieser Mail erschöpft und nicht allzu scharf auf ein Gespräch. Zunächst begann er wieder zu lesen. In der Buchhandlung hatte er einen Stapel Bücher zum Algerienkonflikt erstanden, der *Bouquinist,* bei dem er den Bildband über Malpasset gefunden hatte, versorgte ihn mit alten Sonderausgaben von *Paris Match,* einem *Geo*-Heft und einem Sonderband von AFP, der *Agence France-Press.* Er las, blätterte und sah die zum Teil erschütternden Schwarz-Weiß-Fotos der Zeit an.

Ganz ohne Wissen wollte er diesem Mann und seiner erschöpfenden, möglicherweise auch einseitig gefärbten

Kenntnis über diesen Teil der Weltgeschichte nicht gegenübertreten.

Im Prinzip hatte er nur ein paar Eckdaten gewollt, wann hatte die *Front de Libération Nationale* angefangen zu existieren, wer war wer, und wie hatte sich ihre Bewegung entwickelt. Was war am 8. Mai 1945 in Sétif passiert, das einem alle *Pieds-Noirs* immer mit dramatischer Miene entgegenschmetterten: »Und Sétif!«

Das »Massaker von Sétif« galt auch in der offiziellen Geschichtsschreibung, so viel hatte Duval verstanden, als der Ausgangspunkt des Befreiungskrieges. Ein Massaker, bei dem im Laufe einer Woche etwa hundert Siedler umgebracht worden waren. Das war zumindest das, was die *Pieds-Noirs* erzählten: »Die Araber«, für die es wahlweise zig andere verächtliche Namen gab, hätten willkürlich Siedler abgeschlachtet.

Am 8. Mai 1945 feierten auch die Franzosen Algeriens ausgelassen das Ende des II. Weltkriegs und die Befreiung Europas von der Nazi-Herrschaft. Die Algerier nahmen es zum Anlass, ihrerseits auf ihre »Besatzungssituation« hinzuweisen. In Sétif, aber auch in anderen Städten, kam es zu großen und zunächst friedlichen Demonstration der sogenannten indigenen Bevölkerung, bei der erstmals auch die algerische Flagge getragen wurde. Die Demonstranten forderten Gleichheit, Unabhängigkeit und »Algerien den Arabern«. Gendarmen versuchten, den Demonstranten ihre Fahnen zu entreißen, dabei fielen Schüsse, von denen Demonstranten tödlich getroffen wurden. Danach eskalierte die Situation. An vielen Orten kam es zu Unruhen und viele, vor allem isoliert lebende, Siedler wurden von Algeriern getötet. Die Siedler bildeten daraufhin mit Billigung der Behörden Selbstverteidigungsmilizen, die Racheakte verübten, wobei sie, unterstützt von der Armee, die Dörfer bombardierten und beschossen. Bis heute waren die genauen Zahlen der Toten, die es bei diesen Vergeltungsaktionen bis Anfang Juni 1945 gegeben hat, unbekannt. Die Angaben schwankten je nach Quelle. Die französische Armee sprach von dreitausend, die Algerier hingegen bis heute von 45 000 Toten. Was immer davon stimmte und selbst wenn die wahren Zahlen irgendwo dazwischenliegen sollten, eines war unleugbar, die Opfer unter den Algeriern waren um ein Vielfaches höher als unter den Algerienfranzosen.

Sétif aber führte ihn nur weiter hinein in die Geschichte des französischen Algeriens. Es reichte keinesfalls, sich nur die Ereignisse des Jahres 1959 anzusehen. Auch die Geschichte der FLN, der *Front de Libération Nationale,* der Nationalen Befreiungsfront ließ sich nicht in zwei Sätze stecken. Die erste nationalistische Bewegung entstand schon in den Zwanzigerjahren: ENA, *Étoile nord-africaine* um Messali Hadj. Sie wurde gegründet, aufgelöst und ein paar Jahre später wieder zum Leben erweckt, umgestaltet und umbenannt. Mitte der Fünfzigerjahre spaltete sich eine Gruppe jüngerer und kämpferischer Mitglieder davon ab; der Weg durch die Institutionen führte ihrer Ansicht nach nicht oder nicht schnell genug zum Ziel. Was hatten sie in dreißig Jahren erreicht? Nichts! Sie forderten bewaffnete Aktionen, denn nur der bewaffnete Kampf, glaubten sie, sei der erfolgversprechende Weg zur Unabhängigkeit: So entstand die zukünftige FLN. Duval betrachtete ein Foto von sechs jungen Männern in schlecht sitzenden Anzügen, die grimmig in die Kamera blickten. Er las ihre Namen, aber sie sagten ihm nichts.

Die FLN gründete die ALN, die *Armée de Libération Nationale,* eine Nationale Befreiungsarmee, mit der sie ihre

Ziele militärisch durchsetzen wollte. Die erste schwere militärische Offensive eröffnete die ALN in der Nacht des 1. November 1954, der als *Blutiges Allerheiligen* in die französische Geschichte einging. In einer konzertierten Aktion explodierten an dreißig Orten in Algerien Bomben. Polizeiposten und militärische Einrichtungen flogen dabei in die Luft. Auch wenn Frankreich Militär schickte und der »Rebellen« dieser Aktion in weniger als zwei Wochen habhaft wurde, die Bewegung der FLN konnten sie nicht mehr stoppen. Das letzte Kapitel der Kolonialgeschichte Frankreichs in Algerien hatte begonnen.

Duval schlug das Buch zu und griff zu ein paar Blättern, einem Ausdruck eines Interviews, das Annie vor ein paar Jahren während der alternativen Buchmesse in Mouans-Sartoux mit der Enkelin eines *Harki* geführt hatte; sie hatte ein Buch über die Geschichte ihrer Familie veröffentlicht.

Viele der sogenannten *Harki,* indigene Hilfssoldaten, hatten in den vergangenen Weltkriegen für Frankreich gekämpft. Häufig war ihr Engagement in der Armee aus finanzieller Not erfolgt, und nach dem Krieg sicherten sie mit einer kleinen Pension das Überleben ihrer Familie. Manch einer erhielt auch einen untergeordneten Posten in der Militärhierarchie. Ein Informant im besten Sinne. Für die FLN galten sie daher als Verräter. DIE Verräter schlechthin. Die FLN forderte, dass sie von nun ab auf ihre Pension verzichteten und sich öffentlich gegen die französische Armee stellten. Taten sie das nicht, dann waren sie und ihre Familien vor der Rache der FLN nicht mehr sicher. Die französische Armee wusste dies zwar, konnte oder wollte sie vor der FLN aber nicht beschützen. Sagten sich die *Harki* aber von der französischen Armee los, waren sie damit fürderhin der Willkür und den Repressalien der

Armee ausgesetzt, vor denen die FLN sie wiederum nicht schützte.

Was für ein Dilemma, dachte Duval.

Nur wenige *Harki* hatten sich bis nach Frankreich retten können. Den meisten wurde nach der erlangten Unabhängigkeit Algeriens und nach dem Abzug der französischen Armee der Garaus gemacht.

An den giftsprühenden und hasserfüllten Kommentaren, die es beim Erscheinen des Buches in den sozialen Medien gab, konnte man erkennen, wie ungewöhnlich es war, dass eine Enkelin eines »Verräters« es gewagt hatte, den Mund aufzumachen. Der »Verrat« wurde weitervererbt, auch zwei Generationen später zahlte man noch für »das, was der Großvater getan« hatte. Man hatte der Autorin sofort angedroht, ihr die Kehle durchzuschneiden, spätestens wenn sie ihre Füße auf algerischen Boden setzen würde. War das realistisch?, hatte Annie gefragt. Die junge Autorin schloss es nicht aus. Damals kam ihm das völlig absurd vor.

So viel Gewalt. Duval machte eine Pause und trank einen Kaffee. Immerhin fühlte er sich nun halbwegs vorbereitet und kontaktierte René Bouleau, der ihn umgehend und hocherfreut in das »Vereinsheim der *Pieds-Noirs* und ihrer Freunde« in Antibes einlud: eine kleine Erdgeschosswohnung in einer gesicherten Wohnanlage mit einer Terrasse und Zugang zum Garten. Die Wände waren dekoriert mit leicht angegilbten Werbeplakaten, die für Reisen nach Algier, Oran und Constantine warben. *Algier, la Blanche,* lautete ein Schriftzug auf dem Reiseplakat für Algier: Algier, die weiße Stadt. René Bouleau zeigte stolz die Gruppenfotos der Zusammenkünfte der *Pieds-Noirs* und ihrer Freunde. »Jeden Samstagnachmittag treffen wir uns«, berichtete er. »Wir sprechen über die Zeit ›*là-bas*‹, über unsere Erinnerungen, wir zeigen uns Fotos, damit unser Leben dort nicht vergessen wird. Und glauben Sie mir, wir sind nicht nur Alte! Wir haben viele junge Menschen, natürlich alles Kinder und Enkel von *Pieds-Noirs*, die sich hier engagieren. Letztes Jahr hat ein sechzehnjähriger Junge den jährlichen Gesangswettbewerb gewonnen! Er hat voller Inbrunst ›*J'ai quitté mon pays*‹ gesungen, besser als Enrico Macias es selbst gesungen hat, es war wundervoll, wir alle hatten Tränen in den Augen. Wissen Sie, ich war auch sechzehn, als ich mein Land verlassen habe.« Er seufzte dramatisch und winkte dann ab. »Aber deswegen sind Sie ja nicht gekommen, lassen Sie uns über wirklich Wichtiges sprechen. Möchten Sie eine *Anisette?*«

»Warum nicht«, stimmte Duval amüsiert zu, dass das »wirklich Wichtige« mit einem Anislikör eingeleitet wurde.

René Bouleau brachte eine Flasche Cristal und eisgekühltes Wasser aus der kleinen Küche und stellte ein Schälchen mit Oliven und Lupinensamen auf den Tisch. »Vorsicht«, warnte er, »die sind scharf!« Dann goss er Duval die durchsichtige Flüssigkeit in ein schmales hohes Glas. Und schob ihm den Krug mit Wasser zu.

»Danke«, sagte Duval, hob das Glas, besah die Flüssigkeit und roch instinktiv daran.

»Ah, unsere *Anisette* ist nicht gefärbt, die ist natürlich!«, sagte René Bouleau, der ihn beobachtet hatte.

Duval goss sich Wasser dazu, die Flüssigkeit wurde weiß und milchig.

»Probieren Sie, *santé!*«, hob René Bouleau das Glas und prostete ihm zu.

Duval nickte und trank.

»Und?«

»Ein besonderer Geschmack«, befand Duval vorsichtig, »anders als das, was ich sonst trinke. Ich bin ein Fan des 51.«

»Das ist gar nicht vergleichbar«, entschied René Bouleau. »Hier, nehmen Sie, das passt gut zusammen!« Er schob ihm das Schälchen mit Oliven zu.

»Danke«, Duval steckte sich eine große grüne Olive in den Mund, biss darauf und japste nach Luft.

»Oh, entschuldigen Sie, ich sagte doch, die sind scharf, trinken Sie, schnell!«

Duval leerte den Pastis in einem Zug und goss sich erneut Wasser in das Glas.

»Daran erkennen Sie die echten *Pieds-Noirs,* wir können genauso scharf essen wie die Araber«, sagte er stolz, steckte sich eine Olive in den Mund und zerkaute sie genussvoll. »Vielleicht nehmen Sie eine Lupine«, schlug er vor, aber Duval lehnte ab.

»Sie interessieren sich also für Malpasset«, begann René Bouleau. »Darf ich fragen, wieso? Und wie sind Sie auf meinen Blog gestoßen?«

»Ein Kollege von mir, dem ich sehr nah war, ist vor Kurzem gestorben«, begann Duval. »Ich habe erst nach seinem Tod erfahren, dass er einen Teil seiner Familie bei der Katastrophe verloren hat. Kurz vor seinem Tod hat er begonnen, Nachforschungen anzustellen, aber er kam nicht sehr weit. Ich weiß, dass er diese Dokumentation im Fernsehen gesehen hat, die ihn sehr aufgewühlt hat. Mich beschäftigt es seitdem auch. Und ich habe nach ›Malpasset‹ und nach der Sendung gesucht und bin dann auf diesen Ausschnitt auf Ihrem Blog gestoßen. Es war nicht so schwierig, wenn man weiß, wonach man sucht.«

»Sehr gut, sehr gut!« René Bouleau war kaum zu bremsen, endlich hatte er außerhalb seiner Kreise einen, der sich für die »Wahrheit« interessierte. »Sehen Sie, diese Katastrophe«, begann er ohne Umschweife, »schon meine Eltern haben immer gesagt, es würde sie nicht wundern, wenn das ein Attentat der FLN gewesen wäre.« René Bouleau machte ein dramatisches Gesicht. »Es knallte damals an allen Ecken und Enden. In Algerien und in Frankreich. Spätestens nachdem die Bombe in der *Milk Bar* in Algier explodiert war, musste es auch der Letzte verstanden haben, dass die FLN vor nichts zurückschrecken würde.«

»Das war 1956 oder?«

»Ja, am 30. September 1956.« Er schwieg einen Moment. »Drei Tote und sechzig Verletzte. Viele Kinder mit abgerissenen Armen und Beinen. Es sind Barbaren! Zwei Frauen haben die Bombe deponiert! Eine Schande! Stellen Sie sich das vor! Die haben doch gesehen, wer in der *Milk Bar* war! Vor allem Frauen und Kinder! Es war der letzte Tag der Ferien, die Kinder bekamen noch mal ein Eis. Und dann zünden die dort eine Bombe!« Er sah zornig aus. »Bis heute haben die kein Bedauern für das, was sie getan haben! Hingegen eine schöne Karriere in der Politik gemacht. Senatorin ist eine geworden, Zohra Drif, können Sie im Internet nachschauen. Wird heute vom französischen Fernsehen empfangen und als Heldin der Befreiung gefeiert. Es ist zum Kotzen! Terroristin, sage ich! Und de Gaulle hat sie begnadigt, und Chirac hat ihr später sogar die Hand geschüttelt!«

»Solche Gesten sind wichtig im Prozess einer Annäherung oder Aussöhnung«, sagte Duval. »Ich vermute, das war die politische Linie damals. Das ist sie ja auch heute …«

»Aussöhnung! Niemals!«, unterbrach René Bouleau Duval sofort. »NIEMALS! Nachdem, was die uns alles angetan haben! ›Packt eure Koffer, oder ihr geht ins Grab‹

haben uns die Araber gesagt. *La valise ou le cercueil.* Wir hatten keine Wahl. Alles haben wir zurückgelassen. Alles. Unsere Häuser, unsere Geschäfte, unser Land, sogar unsere Toten auf dem Friedhof. Und dann die Ankunft in diesem Land! Mutterland! Wer von uns *Pieds-Noirs* kannte denn dieses Mutterland? Wir sind dort drüben aufgewachsen. *Là-bas!*«, er zeigte theatralisch auf das Plakat mit dem Foto von Algier. »Seit Generationen haben wir *là-bas* gelebt. Algerien ist unsere Heimat.«

Duval nickte, er konnte nicht umhin, mitzufühlen. »Es war das Ende des Kolonialismus«, warf er ein. »Überall auf der Welt haben die Kolonien ihre Unabhängigkeit gefordert und zum Teil blutig erkämpft.«

»Aber Algerien war keine Kolonie«, ereiferte sich René Bouleau, »Algerien *war* Frankreich!«

Weil Frankreich es so entschieden hatte, dachte Duval, der Annies Stimme im Kopf hatte, über die Köpfe der Algerier hinweg, die nicht gefragt worden sind, aber er sagte es nicht. Es war ein kolonialistisches System, das konnte man nennen, wie man wollte. Aber er war nicht da, um mit René Bouleau zu diskutieren, er wollte, dass der ihm etwas erzählte. »Hm«, machte er stattdessen unbestimmt.

»Und wie hat uns dieses sogenannte Mutterland denn empfangen? Mit Verachtung, Misstrauen, mit Hass. Die haben uns wie den letzten Dreck behandelt. Wir sind ›zurückgekommen‹, haben sie gesagt. Zurückgekommen! Dass ich nicht lache, die allermeisten von uns haben Frankreich nie zuvor gesehen!«

»Ja«, stimmte Duval zu. »Das ist allerdings eine eigenartige Formulierung.«

»Die Franzosen in Frankreich haben bis heute keine Ahnung, wer wir sind, was wir erlebt haben. Dass wir da drüben ein Land aufgebaut haben! Was war denn da vorher? Nichts! Wüste! Steine! Die haben doch nichts aus ihrem Land gemacht! Nichts! Wir haben dieses Land zu dem gemacht, was es ist. Wir haben der Hitze und den Krankheiten getrotzt und all den Schwierigkeiten, wir haben geschuftet! *Wir* haben ein Paradies geschaffen, mit unserer Hände Arbeit! Und das haben wir ihnen gelassen! Ein Paradies! Und was haben sie daraus gemacht? Was haben sie aus alldem und aus ihrer Unabhängigkeit gemacht?« Er sah Duval wütend und provokant an. Aber der reagierte nicht.

»Na bitte! Sie können auch nicht anders als mir zustimmen!«

»Ich kann mir da kein Urteil erlauben«, begann Duval vorsichtig. »Ich verstehe nur nicht, wie Sie, ich meine, Sie sind doch mit sechzehn Jahren schon nach Frankreich gekommen. Wie Sie auch fünfzig Jahre später noch immer so leidenschaftlich für diese Vergangenheit brennen.«

»Es ist unser Leben, es sind meine Wurzeln, verstehen Sie! Meine Identität, aber außer uns *Pieds-Noirs* spricht niemand über Algerien, es ist ein Tabu. Die Franzosen wissen nichts, wollen auch nichts wissen. Unsere französisch-algerische Geschichte, die immerhin über hundertdreißig Jahre existiert hat, ist ihnen heute peinlich. Sie sind heute *natürlich* auf der Seite der Freiheitskämpfer, unterstützen den heldenhaften Kampf um die Unabhängigkeit und kriechen vor diesen Arabern im Staub. Ich schäme mich, einen Präsidenten zu haben, der von nichts eine Ahnung hat, der noch grün hinter den Ohren ist und der in Algerien allen Ernstes sagt, die Kolonisierung sei ein Verbrechen gegen die Menschlichkeit gewesen.« René Bouleau sah so aus, als wollte er ausspucken.

»Unser Präsident hat das Glück, erst lange nach diesem Konflikt geboren zu sein«, verteidigte ihn Duval. »Und seine politische Linie ist ganz klar Aussöhnung mit Algerien. Schon auch, damit die Situation in den Banlieues nicht immer wieder eskaliert.«

»Aussöhnung mit diesen Terroristen! Wo kommen wir denn da hin! Niemals! *Wir* haben dieses Land aufgebaut! Die können uns dankbar sein für die Infrastruktur, die wir ihnen gelassen haben! Verbrechen gegen die Menschlichkeit waren diese brutalen Metzeleien.« Abrupt stand er auf, ging an ein Regal, zog einen Ordner heraus und blätterte aufgeregt darin herum. »Hier!«, sagte er und zog ein paar Schwarz-Weiß-Kopien heraus, »hier, schauen Sie«, er warf die Kopien auf den Tisch und schob sie zu Duval, der darauf makaber inszenierte Tote erkennen konnte. »Das ist nur das, was sie mit den Männern gemacht haben. Ich sage Ihnen nicht, was sie den armen Frauen angetan haben. *Das* ist ein Verbrechen gegen die Menschlichkeit!«, wiederholte er aufgebracht. »Haben Sie die Fotos auf meinem Blog gesehen?«

»Ja«, nickte Duval und schob die Kopien wieder zurück.

»Na gut«, beruhigte sich René Bouleau etwas, »Sie sind Polizist, Sie sehen jeden Tag solche Fotos, vermute ich. Aber niemand sonst will das sehen. Alles ist unsere Schuld, sagen sie heute.« Er atmete heftig. »Ich sage Ihnen, die FLN, das sind Terroristen, die sich mit Terrorattentaten Einfluss und Macht verschafft haben. Heute gelten sie als Heilige, weil sie für die ›Unabhängigkeit‹ gekämpft haben. ›Helden des Befreiungskrieges‹.« Er machte ein verächtliches Gesicht und mit den Händen wieder mehrfach Luftanführungzeichen um seine letzten Worte.

»Lassen Sie uns doch über Malpasset sprechen«, wechselte Duval das Thema. »Sie haben da Dokumente auf Ihrem Blog, eine Liste mit Attentaten, die die FLN plante, wie sind Sie da drangekommen?«

René Bouleau lächelte geheimnisvoll, ging wieder an das Regal und öffnete einen anderen Ordner. »Da, schauen Sie!« Aus einer Klarsichtfolie zog er dieselben Dokumente, die auch Duval bei sich zu Hause hatte. »Die hat mir der Sohn eines Geheimdienstmannes zukommen lassen. Er wollte mir auch noch mehr geben, aber er wollte zu viel Geld, ich glaube, er war in finanziellen Schwierigkeiten und versuchte, diese Dokumente seines Vaters zu verscherbeln. Ich habe mich einmal mit ihm getroffen, aber ich bin kein Journalist und nur ein Hobbyhistoriker. Außerdem war das alles auf Deutsch. Das hätte ich nie und nimmer auswerten können. Ganz abgesehen davon, dass ich so viel Geld auch nicht habe.«

»Haben Sie Namen, Adresse oder Telefonnummer dieses Mannes?«

»Ja, François Richard ist sein Name, aber es wird Ihnen nichts mehr nützen.«

»Weil er die Dokumente verkauft hat?«

»Das weiß ich nicht, aber er ist tot.«

»Wie bitte?«

»Er hatte kürzlich einen Unfall und ist dabei ums Leben gekommen.«

»Nein«, sagte Duval erschüttert.

»Doch. Es stand auch in der Zeitung. Ich habe es zufällig gefunden und aufgehoben, warten Sie, irgendwo hier muss es sein.« Er blätterte in dem Ordner. »Bitte.« Er zog einen Zeitungsartikel aus einer anderen Folientasche heraus.

Am vergangenen Freitag gegen 22.30 Uhr wurde auf der Avenue Francis Tonner in Cannes La Bocca ein Radfahrer beim Überqueren einer Kreuzung von einem Wagen erfasst und erlag noch auf dem Weg ins Krankenhaus seinen Verletzungen. Wie es genau zu diesem Unfall gekommen ist, ist derzeit noch unklar. Vermutlich hat der Fahrer des Wagens dem Radfahrer die Vorfahrt genommen. Bei dem Radfahrer, dem 68-jährigen François R., wurde zudem eine stark erhöhte Blutalkoholkonzentration nachgewiesen. Der Fahrer des Wagens beging Fahrerflucht. Nach ihm sowie nach dem Wagen, vermutlich ein silbergrauer Citroën Picasso, wird derzeit gefahndet. Augenzeugen werden gesucht. Hinweise nimmt jede örtliche Polizeidienststelle entgegen.

»Das ist natürlich tragisch.« Duval gab den Zeitungsausschnitt wieder zurück. »Sie haben ihn aber einmal getroffen, oder? Konnten Sie denn länger mit ihm sprechen?«

»Jaja, natürlich, das war hochinteressant! Hochinteressant, sage ich Ihnen! Er hatte ja auch hochexplosives Material, wenn ich das so sagen darf«, er lachte meckernd. »Das hat er auch den deutschen Journalisten zur Verfügung gestellt, die diese Sendung gemacht haben, die haben Sie gesehen, oder?«

»Nein, leider. Ich habe nur den Ausschnitt auf Ihrem Blog gefunden. Haben Sie die Sendung aufgezeichnet?«

»Bedauerlicherweise nicht, und jetzt ist sie auch nicht mehr zu sehen. Die haben das Netz gereinigt.«

»Wer ›die‹?«

»Na, die, die ausreichend Macht und Möglichkeiten haben, so etwas zu tun.«

»Der Geheimdienst, meinen Sie?«

»Das haben Sie gesagt.«

»Warum sollten sie das tun?«

»Na, schauen Sie, es gibt eine offizielle Geschichtsschreibung zu Malpasset, und die soll nicht infrage gestellt werden.«

»Hm«, machte Duval.

»Ich habe den Sender angeschrieben, das können Sie mir glauben«, er wühlte schon wieder in einem Ordner und hielt Duval eine Kopie eines Briefes entgegen. »Ich bat um den Film in welcher Form auch immer, aber ich bekam nur ein kurzes Schreiben zurück, dass sie den Film zunächst zurückzögen, um die Aussagen, die darin gemacht worden seien, zu überprüfen. Sie würden sich zu gegebener Zeit wieder melden. Darauf warte ich bis heute!«

»Hm«, machte Duval wieder und betrachtete die Kopien der Dokumente, die er selbst auch besaß. »Haben Sie die Originale davon gesehen?«

»Ja. Die sind ohne Zweifel echt!«

»Ohne Zweifel«, wiederholte Duval mit einer leichten Skepsis in der Stimme, »wissen Sie, man kann viel machen heutzutage.«

»Hören Sie, der Mann war echt, seine Geschichte ist echt, und die Papiere sind auch echt!« René Bouleau sah Duval in die Augen. »Ich kenne die Menschen, das können Sie mir glauben. Das ist alles wahr, so wahr, wie ich hier sitze!«

»Stell dir das vor, Annie«, Duval war noch immer aufgewühlt. »Dieser Typ, der sich mit uns in Verbindung gesetzt hat, der uns treffen wollte, wegen der Dokumente, das muss dieser François Richard gewesen sein, und der hatte ausgerechnet am Abend vor unserer Verabredung einen tödlichen Fahrradunfall!«

»Oh«, machte Annie betroffen.

»Findest du das nicht merkwürdig?«

»Merkwürdig, wieso?«

»Na, dass ihm einen Tag vor unserem Treffen etwas zustößt. Hattest du nicht gesagt, er war nervös? Und er benahm sich, als würde er abgehört?«

»Ja, das habe ich gesagt, aber doch mehr im Scherz.«

»Aber wenn es tatsächlich so war?«

»Oh, Léon, bitte! Wer sollte ihn denn abhören und warum? Vielleicht hatte er auch einfach ein bisschen zu viel Fantasie oder er litt an einem gewissen Verfolgungswahn, hast du mir nicht gesagt, dass es der Sohn eines Geheimdienstmannes ist?«

»Ja«, nickte Duval. »Das ist richtig.«

»Siehst du, wer weiß, was für eigenartigen Situationen er als Kind ausgesetzt war. Das prägt einen sicher, wenn man Eltern hatte, die ›undercover‹ gearbeitet haben. Dieser Unfall, das ist ein unglücklicher Zufall, wenn du meine Meinung hören willst. Vielleicht hatte er kein Licht, ich habe neulich auf der engen Straße am Meer beinahe zwei Jugendliche gestreift, die ohne Licht in der Dämmerung gefahren sind. Ich habe sie erst sehr spät gesehen, und ich sage dir, ich hab mich wahnsinnig erschrocken. Diese Kids fahren so sorglos durch die Gegend, ohne Signalweste und ohne Licht, und die Straße ist so eng.«

»Er war wohl betrunken.«

»Na, siehst du. Wer weiß, welches Manöver er da kurzfristig gemacht hat. Themenwechsel«, sagte sie energisch, »möchtest du vielleicht deine Tochter baden?«

»Bitte? Ich? Jetzt?«

»Ja du, jetzt. Es wird dir guttun, dich mit einem zarten und sehr aufgeweckten Lebewesen zu beschäftigen und nicht immer nur in düstere Verschwörungsgeschichten abzudriften. Und später essen wir was Feines.«

»Vielleicht hast du recht.«

Tatsächlich holten Julie und ihr unbändiges Vergnügen, im Wasser zu planschen, ihn aus seinen düsteren Gedanken, und Annie, die zwischendurch einen Blick ins Badezimmer warf, lächelte gerührt, als sie Duval und Julie konzentriert mit dem wasserspuckenden Wal, seiner Freundin der Schildkröte, der unvermeidlichen Giraffe Sophie und einer Menge anderer Gummitiere im Badewasser spielen sah.

»Da bist du ja, hier nimm.« Annie hielt ihm ein Glas Rosé entgegen. »Schläft sie?«

»Ja, ich bin bei dem Geklimper der Spieluhr auch fast eingeschlafen.« Er gähnte. »Danke.« Er hob sein Glas, trank ihr zu und leerte es in einem Zug. »Was kochst du uns Feines?«

»Spargelrisotto mit grünem Spargel nach einem Rezept von Maurizio.«

»Toll!«, freute sich Duval. »Kann ich was tun? Soll ich ein bisschen rühren?«

»So weit sind wir noch nicht. Ich dachte, wir kochen heute mal zusammen, was meinst du?« Ohne seine Antwort abzuwarten, wies sie ihn an: »Du könntest erst mal eine Zwiebel schneiden.«

»Eine Zwiebel, jawohl, Madame.«

Er öffnete den kleinen Vorratsschrank und wühlte in den Zwiebeln. »Groß? Klein?«

»Eine mittlere Zwiebel.«

»Wie groß ist eine mittlere Zwiebel?«, fragte Duval und sah prüfend die drei unterschiedlichen Zwiebeln an. Unvermittelt warf er eine davon in die Luft und begann mit ihnen zu jonglieren.

Annie staunte. »Das kannst du?«

»Nicht mehr«, bekannte Duval seufzend und hob die beiden Zwiebeln auf, die beinahe sofort heruntergefallen waren. »Welche nehme ich jetzt?«

»Diese.« Annie zeigte darauf.

Duval entfernte die äußeren trockenen Zwiebelschalen und setzte ein Messer an. »Und wie schneide ich sie?«

»In Würfel.«

»Große Würfel? Kleine Würfel?«

»Würfel eben, Mann, ist das kompliziert, mit dir zu kochen«, sie nahm ihm das Messer aus der Hand und hackte schnell die Zwiebel klein. »Willst du vielleicht lieber den Parmesan reiben?«

»Parmesan, Parmesan …« Duval öffnete die Kühlschranktür und blickte suchend hinein. »Parmesan«, murmelte er erneut. »Find nix.«

»In der Kühlschranktür im mittleren Fach«, half Annie aus.

»Ah, da ist er ja. Wo ist die Reibe?«

»Oh Mann, Léon, wirklich, machst du das absichtlich? Es ist doch deine Küche!«

»Aber du hast alles umgeräumt«, rechtfertigte sich Duval. »Früher wusste ich, wo meine Sachen waren.«

»Und wo war die Reibe früher?«

»Hier.« Duval öffnete einen Schrank. »Oh, da ist sie ja.« Duval rieb umständlich und langsam Parmesan in ein Schüsselchen, trank nebenbei immer wieder einen Schluck Rosé und steckte sich ebenso immer wieder eine Portion des geriebenen Käses in den Mund. »Wie geht's Maurizio?«, nuschelte er. »Und deiner Mutter? Hast du mit ihnen gesprochen?«

»Gut. Sie lassen dich schön grüßen und fragten, wann wir mal wieder vorbeikämen. Oh nein, Léon, du isst den ganzen Parmesan weg, das geht nicht!«

»Ich habe Hunger«, entschuldigte sich Duval.

Annie hatte in der Zwischenzeit die Zwiebelwürfelchen mit etwas Butter glasig gedünstet, den Reis hinzugegeben und löschte ihn nun mit etwas Wein ab. »Jetzt kannst du meinetwegen rühren, Léon, und immer etwas von der Hühnerbrühe dazugeben.«

Duval rührte brav den Reis im gusseisernen Topf und schüttete abwechselnd etwas Hühnerbrühe in den köchelnden Reis und etwas Rosé in sich. Plötzlich hörte Annie ihn prusten, husten und spucken. »Igitt!«, schimpfte er laut und hustete.

»Was ist los?«

»Ich habe aus Versehen diese blöde Hühnerbrühe getrunken.«

»Was?«

Er zeigte angewidert auf das Glas mit der Brühe, das neben dem Herd stand. Gedankenverloren hatte er das falsche Glas gegriffen. »Ekelhaft!« Um den Geschmack zu vertreiben, schüttete er ein Glas Rosé hinterher.

Annie lachte. »Das ist nur Hühnerbrühe! Echte sogar! Die ist saulecker.« Sie sah ihn prüfend an. »Kann es sein, dass du ein bisschen zu viel getrunken hast?«

»Ach was«, wehrte Duval ab und rührte stoisch im Reis herum.

»Du musst die Brühe anschütten!«, ermahnte ihn Annie.

»Ich hab schon genug Brühe angeschüttet«, gab Duval zurück.

»An den Reis! Der Reis braucht Brühe!«

»Der Reis braucht Brühe.« Wiederholte Duval dumm und rührte.

»Léon! Hast du vorhin schon was getrunken, oder was?« Sie goss etwas von der Brühe an den Reis. »So, jetzt kannst du weiterrühren.«

Duval rührte, trank weiterhin Rosé. »Der Breis raucht Hühner«, kicherte er.

»Oh Mann, Léon, so habe ich dich noch nicht erlebt. Hast du was geraucht? Setz dich mal, ich rühre weiter.«

Duval setzte sich an den Tisch und starrte vor sich hin und gähnte herzhaft. »Ich leg mich einen Moment hin, Schätzchen, ja?«

»Mach das«, seufzte Annie und schaltete das Feuer unter dem Topf aus. »Das Risotto können wir auch morgen noch essen.«

---

Am nächsten Vormittag fand Louis Cosenzas Beerdigung statt. Sie begann mit einer katholischen Trauermesse in der Kirche Notre-Dame de l'Espérance im Suquet; später würde der Sarg auf dem Friedhof Le Grand Jas beigesetzt werden.

Duval entschloss sich, zumindest der Zeremonie in der Kirche beizuwohnen. Zu seiner Überraschung liefen unzählige Menschen zeitgleich mit ihm die steilen Stufen hinauf, zur Kirche auf dem Altstadthügel. Die Reihe schwarz gekleideter Menschen, die ameisengleich alle demselben Ziel zustrebten, riss nicht ab. Dicht gedrängt standen sie dann vor der Kirche, und sogar die Aussichtsterrasse auf der *Place de la Castre,* die sonst nur von Touristen bevölkert war, die einen schnellen Panoramablick über die Stadt und das Meer suchten, war heute in der Hand der Cannois, der wahrhaften Einwohner von Cannes.

Duval hielt sich am Rand des Geschehens und sah neben offiziellem Sicherheitspersonal auch weniger offizielle Kollegen, die die Szene diskret beobachteten.

Ein silbergrauer Kleinbus fuhr vor, und das Gemurmel und Geraune auf dem Platz verstummte schlagartig; in dieser Stille öffneten vier Herren des Beerdigungsinstituts in getragener Würde den Kofferraum. Der ein oder andere erstickte Schluchzer war auf dem Platz zu hören, als unzählige Blumengestecke und Sträuße aus dem Wagen gehoben und in einem nicht enden wollenden Strom in die Kirche getragen wurden; rechts und links vor dem Kircheneingang wurden Kondolenzbücher aufgestellt.

Mehrere Limousinen näherten sich in langsamem Tempo über die kleine private Zufahrtsstraße, und die Männer des Sicherheitspersonals schirmten die Aussteigenden ab. Nicki Cosenza, die junge Witwe, stöckelte als Erste die letzten Meter über das unebene Kopfsteinpflaster. Sie wirkte jung und zerbrechlich, trug ein klassisch-elegantes, wenn auch aufreizend kurzes schwarzes Chanel-Kostüm und versteckte ihre Augen hinter einer großen Sonnenbrille desselben Modedesigners und ihre hochgesteckten blonden Haare unter einem kurzen Schleier. Getuschel setzte auf dem Platz ein. »Das war doch die Ehebrecherin?« »Die, die was mit dem Sohn des Fischers gehabt hatte!« »Das alles ist nur ihre Schuld, wegen ihr musste Louis Cosenza ins Gefängnis!« Das abfällige Geraune verstummte erst, als Cosenzas Söhne mit ihren Familien erschienen. Giorgio war ohne seine Freundin gekommen, was vermutlich der katholischen Zeremonie geschuldet war. Sie blieben vor dem geöffneten Wagen des Beerdigungsinstituts stehen. Der Sarg wurde von den Herren des Beerdigungsinstituts hinausgehoben, und die drei Söhne sowie drei weitere Männer, einer unter ihnen Alfonso Zingarello, übernahmen ihn und stemmten ihn, auf ein kurzes Kommando des ältesten Sohnes, in einem Schwung auf ihre Schultern. Schon wieder wurde auf dem Platz geschluchzt. Der Priester segnete den Sarg mit Weihwasser und schwenkte bedächtig das Weihrauchfass. Süßliche Duftwolken des verbrennenden Harzes erhoben sich über den Platz und blieben in der Luft hängen. Hinter dem Priester und zwei Ministranten zog die Beerdigungsgesellschaft in die Kirche ein, wo sogleich der Kirchenchor zu Orgelklängen ein Marienlied schmetterte: *Au ciel, au ciel, au ciel, j'irai la voir un jour ...*

Duval lehnte sich ganz hinten an eine Säule. Die Kirche war übervoll, die italienische Bevölkerung nicht nur aus Cannes hatte sich vollzählig versammelt, so schien es, sonnenbebrillte Damen und Herren aus wohlhabenden Kreisen drängten sich neben einfachen Cannois in den Bänken. Jeder von ihnen hatte ein Blumengesteck mitgebracht, in der Seefahrerkirche wogte heute ein Blumenmeer, der starke Duft von Lilien vermischte sich mit den Parfums der Anwesenden, und über allem schwebten Wolken aus Weihrauch. Die Türen blieben geöffnet, damit die Menschen auf dem Platz vor der Kirche am feierlichen Requiem teilnehmen konnten, aber vielleicht auch, damit bei dieser Enge und den erdrückenden schwülen Gerüchen niemand in Ohnmacht fiel.

Der Priester sprach von der Vergebung der Sünden, von Hoffnung, von der Auferstehung und segnete den Verstorbenen erneut sowie alle Anwesenden, der Kirchenchor sang ein »Ave Maria«, die Enkel, auch die kleinsten, stellten alle zusammen Teelichte in Form eines Herzens auf den Sarg, auf dem ein großes Gesteck aus blutroten Rosen und weißen Lilien lag. Dann trat ein jeder aus der Familie nach vorne und sprach ein paar Worte, etwas, was er oder sie mit Louis Cosenza verband. Sein Familiensinn wurde erwähnt, seine Großzügigkeit, sein Mut, sein Humor, Nicki Cosenza rief nur theatralisch *»Louis, mon amour«* und brach dann schluchzend zusammen, was zu einem Geraune in den Kirchenbänken führte. »Ich glaub ihr kein Wort«, flüsterte eine alte Dame neben Duval ihrem Mann ins Ohr. »Was?«, fragte der nach. »Ich glaub ihr kein Wort«, zischte sie nun halblaut, sodass es nicht nur ihr Mann hörte. Sie erntete dafür zustimmendes Gemurmel, aber auch böse Blicke. Dann traten die Enkelkinder in einer Reihe vor das Mikrofon und erinnerten sich daran, dass sie mit dem Opa Fußball gespielt hatten, dass er sie mit Bonbons verwöhnt hatte »und dass er so gut roch«, flüsterte das kleinste Mädchen in das Mikrofon, das man ihr hinhielt. Spätestens jetzt weinten alle Anwesenden in der Kirche, und sogar Duval räusperte sich, schluckte und hob den Blick. Lange und aufmerksam betrachtete er die Schiffsmodelle, die in der den Seefahrern geweihten Kirche von der Decke hingen.

—

Das Ende einer Ära, dachte Duval, als er im kleinen italienischen Lokal in einer Seitenstraße des Suquet gekonnt seine Spaghetti *all'arrabbiata* auf dem Tellerrand drehte und sich eine Gabel davon genüsslich in den Mund steckte. Scharf, aber nicht zu scharf. Perfekt. Die leichten Kopfschmerzen, die er vom Vorabend noch hatte, bekämpfte er mit einem Schluck eines kräftigen italienischen Rotweins. »Ciao, Cosenza!«, prostete er ihm im Stillen zu. Er dachte an alle Begegnungen, die er mit Louis Cosenza gehabt hatte. Schon bei ihrem ersten Zusammentreffen im Palm Beach Casino hatte Cosenza dunkle Andeutungen gemacht, dass er Jean Duval, Duvals Vater, gut gekannt habe. Es war kein Bluff gewesen. Der Schock, als Duval erfahren hatte, dass seine Eltern früher sogar mit Cosenza befreundet gewesen waren. Und dass Cosenza seinem Vater vermutlich dabei geholfen hatte, den Liebhaber seiner Mutter zu beseitigen. Er hatte mit niemandem darüber gesprochen. Nicht einmal mit Annie. Er drehte eine weitere Gabel Spaghetti auf dem Tellerrand und verschlang sie und trank noch einen Schluck des italienischen Rotweins. Mit dem Tod von Louis Cosenza gab es einen großen Ganoven weniger in der Stadt. Und trotzdem stellte sich bei ihm darüber keine Erleichterung ein. Wie würde es weitergehen? Würden die Söhne Cosenzas das Geschäft des Vaters fortführen und sich mit Driss Abidi auseinandersetzen? Oder würden sie einen anderen Weg wählen? Alles war ungewiss.

»Hat's geschmeckt?«, fragte der junge Kellner.

»Sehr. Es war genau das, was ich gebraucht habe«, sagte Duval.

»Freut mich«, antwortete der junge Mann. »Sie waren bei der Trauerfeier?«

Duval nickte.

»Dachte ich mir. Er wird uns fehlen, nicht wahr?«

»Inwiefern wird er Ihnen fehlen?« Duval sah den Mann neugierig an.

»Er war ein bisschen der Vater des Suquet. Wenn man ein Problem hatte, konnte man zu ihm gehen. Er half einem immer.«

»Tatsächlich? So ähnlich wie der ›Pate‹?«

»Nein, so natürlich nicht«, wehrte der Mann erschrocken ab. »Wissen Sie, ich habe italienische Großeltern«, beeilte er sich zu erklären, »und die Italiener haben früher alle hier im Suquet gelebt. Man kennt sich und hilft sich eben, so meine ich das.«

»Verstehe«, sagte Duval.

»Trinken Sie den Wein noch?« Er zeigte auf die kleine Karaffe.

»Durchaus.« Duval goss den Rest Wein in sein Glas und trank ihn in einem Zug aus. Dann reichte er dem Mann Glas und Karaffe an.

»Danke. Möchten Sie noch ein Dessert? Ich habe frisches Tiramisu, ein echtes italienisches Tiramisu mit gutem Espresso, nicht diese geschmacklose Mascarponecreme mit etwas Kakaopuder, wie sie die Franzosen machen. *Oh pardon,* ich meine …«, versuchte er seine Ausführungen zu relativieren.

»Schon gut«, Duval lächelte leicht. »Ich habe auch italienische Vorfahren.«

»Ah!« Über das Gesicht des jungen Mannes ging ein Strahlen. »Ein Tiramisu also?«

»Gerne.«

Duval besah die üppige Portion Tiramisu, die nur zwei Sekunden später vor ihm stand. Das war vermutlich der Italiener-Bonus.

»Genießen Sie es!«

»Das werde ich.«

Nach dem letzten Löffelchen der cremigen Nachspeise lehnte er sich erschöpft zurück.

»Und?«

»Fantastisch! Jetzt brauche ich einen Kaffee bitte.«

»Kaffee oder Espresso?«

»Espresso.«

»Auf italienische Art?«

»Sehr gerne.«

Duval hörte das Geräusch des Kaffeesiebträgers, der ausgeklopft wurde, kurz darauf den Lärm der Kaffeemaschine, und schon stand ein dickwandiges Tässchen vor ihm, darin wenig, dafür cremig-sämiger schwarzer Kaffee.

*»Oh, là, là«*, machte Duval begeistert und rührte den Inhalt eines Tütchens Zucker hinein. Dann kostete er. *»Perfetto!«* Er machte dem jungen Mann ein Zeichen mit dem hochgestreckten Daumen.

Mit der Rechnung kam auch ein Limoncello. »Geht aufs Haus!«, sagte der Kellner.

»Danke!« Duval nippte daran. »Sehr geschmackvoll und sehr stark«, befand er. »Machen Sie ihn selbst?«

»Meine Großmutter. Sie hat einen Zitronenbaum im Garten.«

»Dachte ich mir.« Maurizio, der Lebensgefährte von Annies Mutter, bot hausgemachten Limoncello an, der diesem hier nahekam.

Duval ließ ein großzügiges Trinkgeld auf dem Tisch liegen, der Italiener-Bonus, und erhob sich. Mit schwerem Schritt lief er das gewundene Sträßchen hinab und bog nach rechts in die Rue du Pré ab. An der kleinen Place du Suquet zögerte er. Nach rechts und bergab ginge es im weitesten Sinne zum Kommissariat, geradeaus, den Hügel hinauf zu ihm nach Hause. Schließlich überquerte er die Schnellstraße und stapfte die Rue des Suisses hinauf. Er kam an seinem Fiat vorbei. Er stand dort schon eine Weile.

Hin und wieder war es angebracht, das Auto zu bewegen und den Standort zu verändern. Duval setzte sich hinters Steuer und fuhr um ein paar Ecken. An der nächsten Kreuzung bog er kurz entschlossen nach rechts auf die Avenue Francis Tonner und Richtung Cannes La Bocca ab.

---

Vor einem anonymen Wohnblock aus den Achtzigerjahren hielt er an. Er suchte den Namen von François Richard auf dem Klingelschild und musste, wie so häufig, nicht allzu lange darauf warten, dass jemand das Haus verließ, um selbst ohne Zugangscode hineinzugelangen. Im fünften Stock fand er zu seiner Überraschung die Tür versiegelt. Seit wann versiegelten sie Wohnungen, wenn es um einen simplen Tod durch Verkehrsunfall ging? Er zögerte. Mit einem *Klack* ging das Flurlicht aus, und er stand im Dunklen. Er wartete und lauschte. Aus den benachbarten Wohnungen drang kein Laut nach außen. Er drückte den Lichtschalter, und das Flurlicht flammte mit dem gleichen *Klack* auf.

Kurzerhand schnitt er das Siegel durch und öffnete die Wohnungstür geräuschlos mithilfe des guten alten Kreditkartentricks.

Das schlicht eingerichtete Appartement war erstaunlich aufgeräumt. Duval zog sich Einweghandschuhe an, warf einen Blick in die kleine Küche und öffnete den Abfalleimer. Er war leer. Auch im Kühlschrank fanden sich nur wenige Dinge, eine ziemlich weit geleerte Flasche billigster Rosé und zwei weitere Flaschen liegend im oberen Fach, dazu noch zwei Dosen Bier, Margarine, eine Tube Mayonnaise, sechs Eier, eine Viererpackung eines billigen Karamelldesserts, eine Packung Schinken und ein nicht angebrochener Liter haltbare Milch. Das kleine Eisfach war leicht vereist, ansonsten aber gähnend leer. War er allein, sah es bei ihm im Kühlschrank auch nicht anders aus, trotzdem störte ihn etwas, als er die Lebensmittel betrachtete.

Im Küchenschrank fand er ein paar Sorten Nudeln, etwas Kochbeutelreis, Salz und Pfeffer, ein Glas Tomatensoße, eine Dose Cassoulet, Würfelzucker und Kaffee jeweils in einer Blechdose, daneben eine nicht angebrochene Packung Butterkekse. In einem weiteren Schrank Gläser, Tassen, Teller, zwei Töpfe, eine Pfanne. Er betrachtete die Ordnung der wenigen Dinge und schloss nachdenklich die Schranktüren. In einer Schublade das übliche Besteck, ein billiger Korkenzieher, ein paar Gummiringe. Sein Blick fiel auf das Spülmittel und den Spülschwamm. Er betastete den Schwamm. Er hatte noch eine leichte Restfeuchte.

Unter dem Waschbecken ein blassgelber Putzeimer, ein grauer Putzlappen, er betastete ihn ebenso, auch der Lappen war noch leicht feucht, ein Handfeger und eine Kehrschaufel aus hellblauem Plastik, Chlorreiniger und Allzweckputzmittel.

Das Wohn-Schlafzimmer war mit einem Einbauschrank versehen, in dem sich der Kleiderschrank und das Klappbett befanden. Um es herauszuklappen, musste man den kleinen Tisch mit den zwei Stühlen zur Seite schieben, was Duval tat. Ein Faltbett, dessen zusammengeknautschtes Bettzeug mit Spanngurten festgehalten wurde, kam zum Vorschein. Er tastete es ab und suchte auch unter der Matratze, fand nichts Bemerkenswertes, lediglich einen altmodischen mittelblauen Herrenschlafanzug, der zusätzlich unter dem Kissen festgesteckt war. Er blätterte durch alte Zeitungen und Zeitschriften in einem Karton neben dem Bett und öffnete danach sämtliche Schranktüren und durchsuchte systematisch alle Fächer. Er wühlte sich im Schrank durch Unterwäsche, Socken, zusammengefaltete T-Shirts und Hemden, etwas Bettwäsche.

Im Duschbad ein alter Nassrasierer, ein Kamm, in einem Plastikbecher steckten eine abgenutzte Zahnbürste und Zahnpasta, daneben stand ein billiges Deodorant, am Waschbecken eine einfache Seife, unter dem Waschbecken in einem Regal ein paar verwaschene gräuliche Handtücher und Waschlappen, eine Reserve an Toilettenpapier.

In einem Schränkchen im Eingangsbereich fand er die übliche Box für Internet und Telefon und ein paar wenige Stecker in einer langen Steckdosenleiste. Er betrachtete das Telefon und drückte auf die Taste für die letzten eingegangenen Anrufe. »Keine Anrufe« erschien auf dem Display. Auch ausgehende Anrufe gab es nicht. »Keine neuen Anrufe« informierte ihn der Anrufbeantworter und piepste dreimal. Es gab auch nirgends in der kleinen Wohnung einen Computer, was erstaunlich war angesichts der grün leuchtenden Taste an der kleinen Box, die eine perfekte Internetleitung bezeugte.

Nichts, dachte er, als er die Tür wieder vorsichtig schloss und das Siegel zurechtklebte. Gar nichts, keine Anrufe, keine Dokumente, kein PC. In dieser Wohnung hatte schon jemand aufgeräumt: Geschirr gespült, den Müll entfernt und alles Verderbliche aus dem Kühlschrank mitgenommen. Wie umsichtig, vermutlich wollte man eine Kakerlakenzucht vermeiden, in den langen Wochen oder Monaten, in denen dieses Appartement versiegelt und bis Gras über die Sache gewachsen sein würde. Die Sache. Der Unfalltod eines alkoholisierten Radfahrers, der, wie passend, drei Flaschen Billig-Rosé im Kühlschrank hatte. Das alles war zu sauber und zu arrangiert.

---

»*Commissaire*«, Emilia begrüßte Duval aufgelöst. »Der Direktor hat schon dreimal nach Ihnen gefragt.«

»Ach so«, machte Duval. »Was wollte er denn?«

»Na, Sie glauben doch nicht, dass er mir das mitgeteilt hat.«

»Na, dann wollen wir mal«, grinste Duval Emilia an und nahm zwei Stufen auf einmal bis in den fünften Stock.

»Ah«, machte die Sekretärin des Direktors, »da ist er ja, der lang verschollene *Commissaire*. Ich melde Sie gleich an.« Sie nahm den Hörer ab, drückte eine Taste und sagte: »*Commissaire* Duval ist jetzt da.«

»Sie können«, nickte sie Duval zu.

»Duval!« Der Direktor hatte eine düstere Miene. »Wo waren Sie heute? Selbst in Ihrer Abteilung wusste man nicht, wo man Sie finden konnte. Sie hatten Ihr Telefon ausgeschaltet. Sehr ungewöhnlich.«

Duval sah prüfend auf sein Smartphone und machte eine zerknirschte Miene. »Verzeihung, heute Morgen habe ich an der Trauerfeier für Cosenza teilgenommen, ich habe wohl vergessen, das Telefon wieder einzuschalten.«

»So. Sie waren bei der Trauerfeier von Cosenza.« Wiederholte der Direktor süffisant. »Standen Sie sich so nah?«

Duval zuckte mit den Achseln.

»Ich könnte verstehen, dass Sie zur Trauerfeier von Richter Dussolier gehen würden, aber Cosenza.«

»Es war beeindruckend«, sagte Duval. »Ganz Cannes war da. Wenn ich recht informiert bin, wird die Trauerfeier von Richter Dussolier im engsten Familienkreis gefeiert, da werde ich mich nicht aufdrängen.«

»Ja, das wird vermutlich eine etwas diskretere Veranstaltung«, stimmte der Direktor zu. »Hören Sie, Duval, da sind wir beim Thema. Der Fall Dussolier ist abgeschlossen, da sind wir uns einig?« Er blickte Duval fragend an.

Duval machte ein vorsichtig zustimmendes Gesicht.

»Sie sind zum gleichen Ergebnis gekommen wie die Brigade aus Paris, Duval, Richter Dussolier wurde tragischerweise ein Kollateralschaden in einer Auseinandersetzung zwischen alten und neuen Herren im Milieu. Es ist dabei viel Blut geflossen, aber wir haben noch Glück gehabt, dass alles so glimpflich abgelaufen ist, nicht wahr?«

Der Direktor sah Duval an, der erneut sein zustimmendes Gesicht machte.

»*Bon,* der Richter wird nun endlich beerdigt, die Familie kann ihre Trauerarbeit beginnen. Es ist wichtig, dass wir dieser Familie Respekt zollen und sie wieder Ruhe finden kann, da stimmen Sie mir zu?«

»Durchaus, *Monsieur le Directeur.*«

»Gut. Dann verstehe ich nicht, oder fangen wir anders an, mir ist zu Ohren gekommen, dass Sie weiterhin in obskuren Gefilden wühlen, weil Sie denken, der Tod des Richters habe andere Ursachen? Sie haben sogar die Prozessakte Malpasset angefordert. Warum verschwenden Sie Ihre Zeit mit diesem Unsinn? Was hat das zu bedeuten?«

LeBlanc, dachte Duval. Dieser naive LeBlanc, was hat er weitergetratscht? »Nun«, begann er, »ich habe in der Zwischenzeit einen Ausschnitt einer Sendung gesehen, die den Richter damals offenbar so aufgewühlt hat, dass *er* die Akte Malpasset angefordert hat. In der Sendung wurde ganz klar gesagt, dass der Staudammbruch und die Katastrophe von

Malpasset kein Unglück, sondern ein Attentat der FLN gewesen sein sollen.«

»Bitte?«

»Ja. Es ist unglaublich, nicht wahr? Ich versuchte der Akte habhaft zu werden, daher weiß ich, dass der Richter sie als Letzter angefordert hat. Er ist der Letzte, der im Register dafür eingetragen ist, aber die Akte selbst ist nirgends zu finden.«

»Sie wird schon wieder auftauchen«, sagte der Direktor, »vielleicht ist sie auch schon wieder auf dem Weg zurück? Oder sie wurde nicht korrekt eingeordnet? Das kommt immer mal vor.« Er machte ein bedauerndes Gesicht. »Nun«, fuhr er fort, »ich habe diese Sendung, von der Sie sprechen, zwar nicht gesehen, aber dass dieses tragische Unglück ein Attentat der FLN gewesen sein soll, das halte ich persönlich für ausgeschlossen.« Er schüttelte verstärkend den Kopf. »Die FLN hat Attentate verübt, da stimme ich zu, grauenhafte, ich denke nur an die *Milk Bar.* Aber es war immer nur *eine* Bombe. In einer Bar. *Eine* Bombe in einem Treibstofflager. Es hatte mitunter verheerende Auswirkungen, keine Frage, aber es waren im Prinzip kleine Attentate. Die FLN hat nie wirklich große Attentate verübt. Dazu waren die nicht in der Lage. Überlegen Sie doch mal, Duval, so einen Staudamm, haben Sie die Reste des Staudamms in Malpasset gesehen?«, unterbrach er sich.

Duval nickte.

»Sehen Sie. Diese unglaubliche Mauer aus verstärktem Beton sprengt man nicht mit zwei Silvesterraketen in die Luft, dafür braucht man zentnerweise Sprengstoff und außerdem eine verdammt gute Organisation. Dazu wären die nie in der Lage gewesen. Wie hätten die denn so viel

Dynamit unbemerkt dorthin schaffen wollen? Haben Sie sich ein bisschen informiert über die Zeit?«

»Durchaus«, sagte Duval. »Es ist komplex und kompliziert.«

»Allerdings, ich sage Ihnen, der Einzige, der etwas im Kopf hatte von all den Hitzköpfen, das war Ben Bella, der saß zu dem Zeitpunkt im Gefängnis, und später haben sie ihn politisch eliminiert. Das ist die FLN. Alle zerstritten, die haben sich gegenseitig bespitzelt, sich Steine in den Weg gelegt und sich untereinander ausgeschaltet. Ein Katastrophenhaufen. Die wären nie in der Lage gewesen zu so einem Attentat, nie, glauben Sie mir das.« Er sah Duval ernst an.

»Und was diese Sendung angeht, ich bin sicher, da hat irgendein Journalist etwas zusammenfantasiert, um sich wichtig zu machen. Wenn da was dran wäre, dann hätten wir das doch schon längst gehört und davon nicht erst in einer beliebigen Sendung eines intellektuellen Fernsehsenders erfahren.«

»Meine Lebensgefährtin, Sie wissen, sie ist Journalistin«, begann Duval.

Der Direktor nickte. »Hat sie an der Sendung mitgearbeitet?«

»Nein, das nicht, aber sie wurde von einem Mann kontaktiert, der ihr genau dazu Geheimdienst-Unterlagen zugänglich machen wollte«, begann Duval, »wir hatten ein Treffen ausgemacht, aber dieser Mann ist dann nicht erschienen.« Schon als Duval es aussprach, fand er, dass es unglaubwürdig klang.

»Und?« Der Direktor sah ihn belustigt an.

»Jetzt habe ich erfahren, dass er einen tödlichen Fahrradunfall hatte«, sagte Duval.

»Aha.«

»Ich habe sein Appartement durchsucht«, begann er. »In Cannes La Bocca.« Warum hatte er angefangen, das zu erzählen? Er kam sich plötzlich vor wie ein Idiot.

Der Direktor hob die Augenbrauen. »Und? Haben Sie etwas gefunden?«

»Nein, aber …«

»Aber?«

»Ich hatte das Gefühl, dass dort schon jemand aufgeräumt hatte.« Er kam sich lächerlich vor. Wie sehr wünschte er sich den Richter Dussolier zurück, der ihm in solchen Situationen aufmerksam zugehört hatte.

»Ich halte Ihnen jetzt keinen Vortrag über korrekte Polizeiarbeit, Duval, ich schätze Sie, das wissen Sie hoffentlich. Aber was Sie da machen, ist unzulässig. Sie sind ein bisschen überarbeitet, kann das sein? Es war alles ein bisschen viel in der letzten Zeit. Der gewaltsame Tod des Richters, dann Cosenza. Sie waren sogar auf Cosenzas Beerdigung. Dem waren Sie näher, als Sie sich eingestehen wollen, Duval. All das nimmt einen mehr mit, als man so glaubt.«

Duval schwieg.

»Nehmen Sie ein paar Tage frei.«

»Aber keinesfalls …«, begann Duval, aber der Direktor ließ ihn nicht zu Wort kommen.

»Ich glaube wirklich, dass Ihnen ein paar freie Tage guttun werden. Sie sehen etwas abgekämpft aus. Wenig Schlaf, zu viel Alkohol, kann das sein? Wir haben alle hin und wieder Urlaub nötig, Duval. Dass Sie Ihr Telefon nicht korrekt eingeschaltet haben, ist ein deutliches Zeichen.«

Duval setzte zu einer Erklärung an, aber der Direktor sprach weiter.

»Wie Sie vermutlich wissen, haben wir jetzt auch einen psychologischen Dienst im Haus. Ich kann Ihnen Madame Debord empfehlen, Duval. Eine kompetente Frau, die bereits eine gewisse Lebenserfahrung hat. Sprechen Sie mit ihr.«

»Danke«, Duval erhob sich brüsk. »Das wird alles nicht nötig sein.«

»Das ist kein Vorschlag, Duval. Das ist eine Anordnung!«

---

»Ich werde doch nicht mit einer Polizeipsychologin sprechen, als hätte ich einen an der Klatsche«, regte Duval sich auf. »Die soll über mich ein psychiatrisches Gutachten erstellen, wo sind wir denn? Ich weiß noch ganz genau, wer ich bin und wo oben und unten ist.«

»Na, dann kannst du ja beruhigt hingehen«, sagte Annie trocken.

»Fall du mir nicht auch in den Rücken!«

»Ich falle dir nicht in den Rücken, aber ich sehe auch kein Problem darin, zum Gespräch zu dieser Psychologin zu gehen. Es wird dir vielleicht sogar guttun. Und ich finde auch, dass du ein bisschen viel Rosé konsumierst in letzter Zeit.«

»Nun hör aber auf! Guttun. Zu viel Rosé. Habt ihr euch alle verschworen, oder was? So ein Quatsch. Kommt überhaupt nicht infrage. Was mir guttun würde«, begann er und stockte dann.

»Ja? Was würde dir guttun?«

»Ach, was weiß ich«, winkte er ab.

»Aha.« Sie sah ihn befremdet an. »Geh laufen, Léon«, schlug sie dann vor. »Geh ans Meer und lauf dir alles von der Seele. Oder geh schwimmen, oder beides. Nachher essen wir was Schönes. Sollen wir irgendwohin essen gehen?«

»Austern«, sagte Duval. »Ich habe Lust auf Austern.«

# 6

Laurent Klein verbrachte den Tag auf dem winzigen Balkon seiner Sozialwohnung im ersten Stock am unteren Ende der Rue Hibert und rauchte und schnippte die Zigaretten über das Geländer. »Kein Bier vor vier«, hatte er sich selbst als Regel gegeben, und deshalb trank er bis dahin nur literweise Kaffee und rauchte. Punkt sechzehn Uhr aber köpfte er die erste Flasche Bier und trank sie durstig und genussvoll fast in einem Zug aus. Danach fühlte er sich ruhiger und betrachtete das Leben in seiner Straße mit einem entspannten, aber leicht glasigen Blick. Viel passierte allerdings nicht mehr. Nur vormittags kamen ein paar Penner und nutzten die öffentlichen Duschen weiter oben. Oft waren es die Polen, die in der Stadt herumlungerten und unterhalb der Schnellstraße auf einem Grünstreifen hinter den geparkten Autos schliefen und immer noch hofften, jemand würde ihnen einen Job auf einer Baustelle anbieten. Solange sie noch auf Arbeit hofften, hatten sie noch nicht ganz den Boden unter den Füßen verloren. Andere, die schon länger erfolg- und zunehmend hoffnungslos in der Stadt waren, hatten sich bereits häuslich vor einem Discounter eingerichtet, wo sie am Ende des Tages in einer Lache aus Bier und Pisse lagen, bis die *Police Municipale* sie auf Beschwerde des Supermarktleiters, entfernen ließ. Es half nichts, am nächsten Tag waren sie wieder da. Das

Bier war hier billig, die Kunden des Discounters erstaunlich großzügig. Laurent Klein sah mit einer Mischung aus Verachtung und Mitleid auf diese Kerle. In hellen Momenten war ihm bewusst, dass er selbst nicht weit von ihrem Schicksal entfernt war. Auch er war aus den unwirtlicheren Ecken Frankreichs in den Süden gekommen, um es hier besser zu haben, aber er war immerhin Franzose, kein Polacke, er war in seinem Land, und dieses verdammte Land schuldete ihm was. Und wenn es nur eine Wohnung in einem Sozialwohnungsblock war und eine kleine Rente, mit der er sich Kaffee, Bier und Zigaretten kaufen konnte. Basta. Diese jungen fusselbärtigen Araber, die jetzt immer häufiger mit provokant laut näselnden Scootern durch seine Straße fuhren, um im Boxclub auf einen Sack einzudreschen, missfielen ihm auch. Dreckspack. Wann hatte sich das alles so geändert? Solange der alte Loulou noch den Boxclub gehabt hatte, hatte er gerne seine Nachmittage dort verbracht, den Jungs zugesehen, ein, zwei Bierchen getrunken und mit Loulou ein paar Worte gewechselt. Der war noch in Ordnung gewesen, der Alte. Jetzt hatte dieser »Schwatte« den Club übernommen und seither boxten dort diese Bärtigen. Die ihn mit Verachtung ansahen, dabei war er es doch, der sie verachtete. Der »Schwatte« aber fuhr neuerdings einen Wagen, der für Furore sorgte in der kleinen schäbigen Straße: ein mattschwarzer Lamborghini. Laurent Klein musste anfangs mehrfach um dieses mattschwarze Wunder herumschleichen, so sehr faszinierte es ihn. Aber der »Schwatte« ließ das Auto nicht aus den Augen, er bezahlte zwei, drei Bengel aus der Nachbarschaft, damit sie ihm den Wagen bewachten und ihn riefen, sobald jemand dem Lamborghini zu nah kam. Anfangs parkte er noch versteckt im Hof, dann aber stellte er ihn sichtbar und stolz vor dem Boxclub auf einen Platz, den er sich selbst als Privatparkplatz ausgewiesen hatte, und niemand in der Straße wagte, trotz steter Parkplatznot, ihm diesen Platz streitig zu machen. Laurent Klein schlich bald schon nicht mehr um den Lamborghini, setzte keinen Fuß mehr in den Boxclub, die abendliche Abfahrt von Driss Abidi in seinem Lamborghini aber ließ er sich nie entgehen. Das Röhren des 12-Zylinder-Motors, wenn dieses Geschoss an seinem Balkon vorbeidröhnte, verschaffte ihm Vibrationen bis in die tiefsten Tiefen seines Körpers, die er mit einem weiteren Bier zu erhalten versuchte.

Dieser Umstand führte dazu, dass Laurent Klein, aufmerksamer Beobachter der Straße, exakt den Moment miterlebte, in dem Driss Abidi von einer Kugel getroffen wurde. Nur verstand er nicht, was er sah. Erst Augenblicke später konnte er den lauten, aber dumpfen Knall einordnen, der erklärte, dass die Tauben in der gesamten Straße von den Fenstersimsen und Dachrinnen aufstoben und davonflatterten, er hatte etwas im Dachfenster des Hauses gegenüber dem Boxclub aufblitzen sehen. Und er sah, wie der »Schwatte«, halb über den Lamborghini gebeugt, zusammensank und sich nicht mehr rührte. *»Putain«,* entfuhr es ihm, *»putain,* da hat einer den ›Schwatten‹ abgeknallt.« Fasziniert und geängstigt gleichzeitig starrte er abwechselnd auf das Fenster, die Haustür und den Lamborghini, zog, ohne den Blick von der Haustür zu lassen, ein weiteres Bier aus dem kleinen Kühlschrank auf dem Balkon und trank erst mal einen ordentlichen Schluck auf den Schrecken.

»Da hat einer den Schwatten abgeknallt«, erklärte er am nächsten Morgen den Polizisten auf dem Kommissariat. Am Abend vorher war er dazu nicht mehr in der Lage gewesen, er hatte lange gewacht, auch die Frage, ob er nun die Polizei verständigen musste oder nicht, kostete ihn Energie, und er musste noch das eine oder andere Bier kippen, aber jetzt, wo er wieder halbwegs nüchtern war, wusste er wieder alles und stand, ein bisschen fahrig und zittrig vielleicht, aber doch, zu seiner Aussage: Ja, er hatte die Polizei gerufen, anonym, ihm war sein angetrunkener Zustand peinlich gewesen, gestand er, immer noch beschämt, ein. Gesehen aber hatte er niemanden. Niemand war aus dem Haus gekommen, er, Laurent Klein, hatte die Stellung gehalten, Bier hin oder her, er hatte aufgepasst. Das konnte er beschwören!

Die Ermittlung schleppte sich trotz dieser doch wichtigen Aussage wenig effektiv dahin. Keine Familie beweinte Driss Abidi, und auch bei seinen sogenannten Freunden hinterließ er keine echte Trauer. Eher atmete man auf. Nur die Jungs vom Boxclub hatten eine tunesische und eine schwarze Flagge am Haus des Boxclubs angebracht, sie jagten ihre näselnden Scooter durch die Straße und saßen provokant Shisha rauchend auf dem Gehweg vor dem versiegelten Club.

Wer auch immer Driss Abidi auf dem Gewissen hatte, die Männer der *Police Nationale* waren bereit, ihm dafür auf die Schulter zu klopfen. Das ließe man in diesem Fall auch den Söhnen von Cosenza durchgehen, die man zwar befragte, aber nur um den Schein zu wahren. Dass sie ihren Vater rächen wollten, dessen Tod auf das Konto von Driss Abidi ging, so zumindest die offizielle Lesart, war nur zu verständlich. Man schloss die Akte Driss Abidi sehr rasch, ohne einen Täter gefunden zu haben. »Abrechnung im Drogenmilieu«, lautete lapidar das Ergebnis der Untersuchung. Im Grunde genommen war man froh, es in

Cannes weiterhin mit einer jüngeren und gemäßigten Version des Clans Cosenza zu tun zu haben als mit einem eher unbekannten und unkontrollierbaren Wilden. Nur der florierende Drogenhandel in Ranguin war abermals verwaist, und die jungen Männer des Viertels begannen erneut, sich um das Erbe, dieses Mal das von Driss Abidi, zu schlagen.

---

Duval, in seinem erzwungenen Urlaub, las derweil weiter. Er wollte den Konflikt zwischen Frankreich und Algerien, zwischen den sogenannten Europäern in Algier, zwischen den *Pieds-Noirs,* den Muslimen und Juden wirklich verstehen. Aber er wusste so wenig. Man sprach nicht über die Zeit, in der Algerien eine der Kolonien Frankreichs gewesen war, und wenn, musste man immer darauf achten, mit wem man sprach. Mit *Pieds-Noirs,* mit muslimischen Algeriern, mit Juden? Alle hatten ihre eigenen Wahrheiten.

»Weißt du, ich dachte, wenn du schon mal ein paar Tage zu Hause bist, dann könnten wir das Haus aufräumen und ein paar Sachen wegwerfen, in allen Ecken fliegt so viel rum, mich nervt das, und vielleicht richten wir Julie ein richtiges Kinderzimmer ein, was meinst du?«, unterbrach Annie in strengem Ton seine Gedanken.

Er blickte auf. »Ja«, nickte er abwesend.

»Was ›ja‹? Léon, kannst du bitte mal aufhören, dich zu vergraben und all diesen, diesen«, sie suchte erregt nach Worten, »diesen Mist da zu lesen, und stattdessen ein bisschen mit uns leben?«, unterbrach Annie seine Lektüre.

»Das ist kein Mist, Annie, das ist unsere Geschichte.« Er klappte das Buch zu. »Lebe ich nicht mit dir? Mit euch?«

»Du bist dir dessen vielleicht nicht bewusst, aber du sitzt

mit mir am Tisch und bist in Gedanken woanders. Ich kann es verstehen und eine Weile aushalten, aber deine Tochter nicht, die spürt genauso, wenn du sie nur mechanisch in den Arm nimmst, versteht es aber nicht.«

*»Puuuh«,* Duval atmete hörbar aus, legte das Buch zur Seite und erhob sich. »Nehme ich dich mechanisch in den Arm?«

»Na ja«, sagte sie trotzig. »Manchmal schon.«

»Komm mal her«, sagte er weich und umschlang sie mit beiden Armen. Zunächst blieb sie steif stehen, aber dann ließ sie sich gehen und schmiegte sich aufseufzend an ihn. »Mir ist das alles zu viel, Léon«, klagte sie halblaut an seine Brust. »Ich hab das Gefühl, ich muss alles alleine regeln, Julie und den Haushalt, einkaufen, Essen machen und meinen Job. Das ist so anstrengend. Ich kann nicht mehr.«

Er drückte sie und wiegte sie, wie er manchmal Julie in den Armen wiegte. »Ich bin doch da«, murmelte er in ihre Haare. »Ich bin doch da, oder nicht?«

»Hmm«, brummelte sie, »ja, aber oft nicht wirklich.«

»Jetzt bin ich da.«

»Na ja«, machte sie.

»Es ist mein Job, Annie, das wusstest du. Du bist auch manchmal vollkommen absorbiert von deinen Themen. Ich unterstütze dich dann doch ebenso, oder?«

»Also«, begann sie und holte tief Luft.

Duval unterbrach sie. »Lass mich noch einen Kaffee holen«, bat er. »Willst du auch einen?«

Annie nickte.

»Dann schlage ich dir was vor. Wir gehen zurück ins Bett und nehmen uns Zeit für uns. Wir trinken unseren Kaffee und reden, einverstanden?«

»Ich will aber *wirklich* reden!«
»Klar« sagte Duval.

---

»Wo sollen wir anfangen?«, fragte Duval zwei Stunden später und öffnete auf gut Glück den Garderobenschrank im Flur. »Hier?« Er besah Mäntel, Jacken, Schals und Taschen und allerhand Sammelsurium in den Regalen und seufzte resigniert.

»Lass uns das mit dem Kinderzimmer in Angriff nehmen, bitte.«

»In Ordnung.« Erleichtert schloss er den Schrank wieder.

Als Erstes trugen sie die Möbel, Lillys Bett, den alten Tisch, zwei ungleiche Stühle und das windschiefe Regal, in dem sich sämtliche Spiele und Bücher abenteuerlich stapelten, nach nebenan in Matteos Zimmer. Sie rollten den Teppich auf und stellten ihn vor die Tür.

»Der kann weg«, entschied Annie.

»Bist du sicher?«, fragte Duval unentschieden. »Der ist doch noch völlig in Ordnung!«

»León, bitte. Wir waren uns doch einig. Ich will ein schönes Kinderzimmer für Julie und nicht diese Rumpelkammer mit all den abgelegten Sachen.«

Annie sammelte das restliche Spielzeug ein und warf es in große Plastikkisten und Taschen.

»Und die Vorhänge willst du auch nicht mehr?«, fragte Duval auf der Leiter stehend mit den schweren orangegelben Vorhängen im Arm.

»Nein, bitte, wirf sie weg. Die sind so altmodisch. Ich will ein süßes Mädchenzimmer für ein kleines Mädchen haben, in dem sich auch Lilly wohlfühlen kann, wenn sie da ist.«

»Das sind gute Vorhänge!«, insistierte Duval.

»Dann gib sie ans Rote Kreuz.«

»Und die Lampe?«

»Diese Lampe ist ein Graus«, sagte Annie entschieden.

»Sie ist aus Muranoglas«, verteidigte Duval die Deckenlampe. »Die haben meine Eltern aus Venedig mitgebracht.«

»Gib sie deiner Mutter zurück«, schlug Annie diplomatisch vor. »Ich finde nicht, dass sie in ein Kinderzimmer passt.«

Wenig später war das Zimmer leer, und der Raum sah nun tatsächlich trist und schäbig aus.

»Uff.« Annie ließ sich in das Sofa fallen. Ihr Blick fiel auf eines der Bücher, in denen Duval gelesen hatte. Ein Bildnis von de Gaulle war auf dem Schutzumschlag. Sie blätterte darin, besah die historischen Fotos und las die Bildlegenden.

»Ich habe das nie kapiert, was de Gaulle mit diesem Satz ›Ich habe euch verstanden!‹ meinte«, sagte sie.

»Ich glaube, das hat er bewusst vieldeutig gehalten. Jeder, der ihn damals gehört hat, hat sich damit verstanden gefühlt. Die *Pieds-Noirs* glaubten, dass er damit meinte, alles solle beim Alten bleiben, also Algerien bliebe französisch. Aber hat er das wirklich gesagt?«

»Hm. Wieso haben sie ihn eigentlich wieder aus der Versenkung geholt?«

»Du weißt schon, dass *du* jetzt mit dem Thema anfängst?«

»Du musst es ja nicht in einem stundenlangen Monolog erklären«, gab sie zurück.

»Das wird nicht einfach sein. Es ist so komplex.« Duval stellte ein Gemälde in einem wulstigen vergoldeten Rahmen vor ihr ab. Es zeigte einen üppigen Pfingstrosenstrauß. »Was hältst du davon?«

»Bitte?«

»Für das Kinderzimmer. Es sind Blumen. Ich dachte, für die Mädchen passt das.«

Annie lachte auf. »Es sind Blumen, und es ist ultraaltmodisch. Nein.« Sie schüttelte entschieden den Kopf.

»Es ist ein Gemälde von Louis Germann, das ist ein Cannoiser Maler. Ich glaube, meine Großeltern haben das gekauft. Ich finde, Kinder können ruhig richtige Kunst anschauen und nicht nur albernen Kitsch.«

»Ich stimme dir da grundsätzlich zu, aber das gefällt mir nicht.« Sie betrachtete es kritisch. »Vielleicht in einem anderen Rahmen«, schlug sie dann vor.

»Das ist der Originalrahmen.«

»Na und?«

»Dann hänge ich es hier hin.« Er hielt es an eine Wand im Wohnzimmer. »Was meinst du?«

»Na ja«, sagte sie gedehnt. »Erzähl mir erst mal von de Gaulle, dann sehen wir weiter«, meinte sie.

»Die Schlacht von Algier, sagt dir das was?«

»Ja, das begann nach dem Attentat auf die *Milk Bar.*«

»Richtig. Danach schaukelten sich Angst, Wut und Hass auf allen Seiten hoch. Es gab Attentate und Morde von der FLN, die durch Lynchjustiz der Algerienfranzosen geahndet wurden, und auch die Armee schlug unbarmherzig zurück. Es wurde immer blutiger und gewalttätiger. Die französische Regierung im Mutterland wollte Friedensverhandlungen, die aber die Algerienfranzosen nicht wollten. Schließlich kam es zu einem Militärputsch, und man beauftragte de Gaulle, der von allen Seiten, also vom Militär ebenso wie von den Politikern, geschätzt wurde, eine neue Regierung und eine neue Verfassung zu bilden. Und kurz darauf hielt de Gaulle in Algier eine Rede, wo es zu diesem bis heute nicht eindeutig verständlichen Zuruf ›*Je vous ai compris!*‹ kam. Die heterogene Menschenmenge, die ihm zu Tausenden lauschte und zujubelte, Europäer, Siedler, Algerier, alle fühlten sich verstanden.«

»Wenn ich den Rahmen weiß streichen kann, könnte man es probieren«, Annie zeigte auf das Gemälde.

»Hast du mir eigentlich zugehört?«

»Sicher. Ich bin *multitasking*-fähig, ich kann mehrere Sachen gleichzeitig machen und denken. Also?«

»Also was? Den Rahmen streichen? Kommt nicht infrage.« Er schüttelte entschieden den Kopf. »Ich habe aber noch etwas gefunden!«

Er verschwand und kam mit einem noch größeren Gemälde wieder, das eine dunkle und düstere Landschaft am Meer zeigte. Nur andeutungsweise sah man Boote und eine aufgetürmte Stadtsilhouette. Triumphierend hielt er es Annie hin. »Und?«

»Und was? Ein echter Rembrandt?«, scherzte Annie.

»Mach dich nur lustig. Das ist das Bild, das bei meinen Großeltern in dem Zimmer hing, in dem ich geschlafen habe, wenn ich bei ihnen war. Es hat mich total fasziniert. Ich konnte es stundenlang ansehen!«

»Das willst du aber nicht in Julies Zimmer hängen?«

»Und warum nicht?«

»Léon, bitte! Das ist viel zu düster. Julie wird Albträume bekommen.«

»Ach was. Habe ich etwa Albträume bekommen? Im Gegenteil. Das fördert die Fantasie!«

»Ich fürchte, es hat deinen Berufswunsch gefördert, in düsteren Sphären zu wühlen. Will ich nicht für Julie. Abgelehnt!«, sagte sie mit einer autoritären Stimme, als wäre sie vor Gericht.

»Hör auf, sie mit so süßlichem Kram zuzuwerfen. Ich finde, Kinder brauchen richtige Kunst!«

»Ja, das sagtest du schon«, sagte Annie resigniert. »Ich will trotzdem weder das eine noch das andere. Ich finde beide Bilder zu«, sie suchte ein Wort, »na, sagen wir zu schwer und zu altmodisch.«

Duval betrachtete das Gemälde begeistert. »Ich finde es großartig, und ich bin froh, es im Keller wiedergefunden zu haben!«

»Ja, das sehe ich.«

»Ach«, er stellte das Bild zur Seite und betrachtete es lange. »Vielleicht wäre es was für Matteo?«

»Am besten fragst du ihn das nächste Mal.« Sie blätterte wieder in dem Buch. »Und wie ging es dann weiter?«

»In Algerien?«

»Ja.«

»Tragisch. Gewalt, Gewalt und noch mal Gewalt. Das zog sich noch lange hin. Zuerst hat der Auftritt de Gaulles wirklich zu einer Art Befriedung geführt, das hat aber der Führungsschicht der FLN nicht gefallen.«

»Na logisch hat denen das nicht gefallen. Die wollten, dass die Kolonialisation ein Ende hat. Die wollten ein freies Algerien!«, unterbrach Annie scharf.

»Und um das zu erreichen, begannen sie mit Attentaten und Sabotageakten in Algerien, aber auch in Frankreich. Es gibt eine ellenlange Liste von Attentaten, zu denen die FLN sich offiziell bekannt hat. Eines der spektakulärsten war der Anschlag auf das Treibstofflager in Marseille, das damals in die Luft flog und tagelang brannte.«

»August 1958«, warf Annie ein.

»Richtig. Und meines Erachtens gehört Malpasset im Dezember 1959 dazu.«

»Können wir Malpasset mal außen vor lassen?«, stöhnte Annie auf.

»Du hast angefangen zu fragen«, wehrte sich Duval. »Na gut. Komm, lass uns anfangen, die Wände abzuwaschen.« Duval kratzte etwas an einer Wand und besah die Decke kritisch.

»Ich dachte, wir streichen?«

»Ja, aber zuvor müssen die Wände sauber sein.«

»Kann man nicht direkt streichen?«

»Kann man, ist aber ehrlich gesagt eine eklige Lösung. Dreck zukleistern. Mag ich nicht.«

»Verstehe. Kaufen wir jetzt einen Dampfreiniger?«

»Mit Wasser und Seifenlauge und zwei Schwämmen geht es auch.« Duval ließ in der Küche schon Wasser in einen Eimer laufen.

Annie verdrehte die Augen. »Oh Mann, ich wollte nur schnell die Wände streichen.«

»Hopp«, sagte Duval und drückte Annie den ersten Eimer mit Seifenlauge in die Hand.

Sie schnaufte und fing an, eine Wand abzuwaschen. Das sich schnell grau färbende Wasser erschütterte sie. »Was für ein Dreck! Wie lange wurde das denn nicht mehr gemacht?«

»Keine Ahnung. Noch nie vermutlich. Ich habe beim Einzug nicht alle Zimmer geschafft und habe irgendwann aufgegeben.«

»Immerhin sieht man, was man gemacht hat. Wir hätten ein Vorher-nachher-Foto machen sollen.«

Duval kletterte auf die Leiter und wusch systematisch die Decke ab, das Putzwasser tropfte ihm auf den Kopf und in die Augen. »Kannst du mir mal einen Hut oder eine Kappe bringen?«, rief er von der Leiter.

»Stets zu Diensten«, murmelte Annie und suchte im Schrank eine Baseballkappe, die sie ihm anreichte.

»Wie ging es denn dann weiter?«, fragte sie.

Duval ließ den Schwamm sinken. »Willst du das jetzt wirklich wissen?«

»Ja.«

»Es ist so komplex, weißt du, dazu kam, dass man in Algerien Erdöl gefunden hatte. Vor 1956 importierte Frankreich fast 100 % seines Erdölbedarfs aus Algerien und wollte das natürlich nicht beenden. Immer geht es um Wirtschaftsinteressen. Immer.«

»Ja, ich weiß«, seufzte Annie. »Nicht umsonst haben wir alle diese kranken Beziehungen zu politisch fragwürdigen Herren überall in Afrika.«

»Du sagst es.« Er kletterte von der Leiter und schob sie ein Stück weiter.

»Ich bräuchte auch eine Leiter, so hoch komme ich nicht.« Annie streckte sich. »Hohe Altbaudecken sind toll, aber unpraktisch.«

»Ich mache das später. Wenn du den Rest machst, ist das schon prima. Sieht doch schon gut aus«, sagte er anerkennend, beugte sich zu ihr und küsste sie. »Sollen wir essen gehen?«

»So?« Sie sah an sich herunter und blickte auf die Uhr. »Wollen wir nicht versuchen, das hier in einem Rutsch fertigzukriegen?«

»Ich wollte nur verhindern, dass du gleich in die Küche abwanderst. Wir könnten im kleinen Bistro an der Ecke essen gehen. Da essen alle Handwerker, da fallen wir nicht weiter auf.«

»In Ordnung. Ein bisschen machen wir aber noch weiter.«

Sie arbeiteten beide einen Moment schweigend.

»Und de Gaulle wollte also die französische Erdölförderung mitverhandeln?«, fragte Annie unvermittelt.

»Ja natürlich. Dass Frankreich auch im Falle einer Eigenständigkeit von Algerien weiterhin mit Rohstoffen versorgt wurde, war ein wichtiger Punkt. Deswegen wollte de Gaulle die FLN auf den Knien haben, um besser verhandeln zu können. Das ist ihm ja auch fast geglückt mit General Challe und seinen Truppen. Die hatten die Führung der FLN quasi zerschlagen. Aber ihre Methoden waren unsäglich, da wurde gefoltert, da verschwanden Menschen, Frauen wurden vergewaltigt, die waren so brutal, dass letztlich alle Algerier die FLN unterstützten, auch die, die zunächst nicht für sie und ihren Weg waren. Vielen Algeriern war die FLN nämlich zu radikal. Viele hatten sich durchaus mit dem bestehenden System arrangiert.«

»Genau, arrangiert«, unterbrach Annie, »aber es war nicht ihr System, verstehst du? Sie durften nur eine untergeordnete Rolle spielen.«

Duval ging nicht darauf ein und sprach weiter: »Und auch in Frankreich hatten die Franzosen die Nase voll von diesem Krieg. Jede Familie hatte mindestens einen Mann, einen Sohn oder Neffen in Algerien. Man wollte, dass die heil nach Hause kamen.«

»Verstehe ich«, sagte Annie. »Diese Ecke mache ich noch, und dann gehen wir was essen, ja?«

Duval nickte, schob die Leiter noch ein Stück weiter und nahm ebenso das letzte Viertel der Decke in Angriff.

Im kleinen Bistro an der Ecke war es bereits sehr voll. Man sah Handwerker mit schweren Schuhen und farbfleckigen Overalls genauso wie ein paar ältere Frauen und Männer aus dem Viertel, die hier täglich zum Essen kamen.

Die Wirtin nickte Annie und Duval zu und wies ihnen von der Theke aus einen Tisch in der Ecke an.

»Passt es da?«

»Perfekt«, sagte Duval.

»Ich habe Zitronenhähnchen oder Schwertfisch als Tagesmenü«, schlug die Wirtin ihnen vor, während sie Tischsets, Besteck und Gläser auf den Tisch stellte.

»Hähnchen«, sagte Duval.

»Schwertfisch«, wählte Annie.

»Wunderbar. Was zu trinken?«

»Rosé«, sagte Duval. »Wasser«, sagte Annie zeitgleich.

»Eine Karaffe?«

»Ja«, nickten beide.

»Halber Liter?«

»Nein«, entschied Annie streng. Duval hob die Hände und sah die Wirtin mit resignierter Miene an.

»Ein Viertel«, schlug die Wirtin nun vor und sah Annie an. »Einverstanden?«

Annie nickte verlegen.

»Entschuldige«, bat sie, »aber ...«

»Schon gut«, beschwichtigte er sie. »Ich kann ja nachbestellen«, grinste er dann.

Annie verdrehte die Augen.

Die Wirtin stellte Wein, Wasser und ein Körbchen mit Brot auf den Tisch. »Wird leider ein bisschen dauern«, entschuldigte sie sich. »Heute sind alle gleichzeitig gekommen.«

»Kein Problem«, sagte Duval, schenkte sich etwas Rosé ein. »Möchtest du?«, fragte er Annie.

»Na gut, ein wenig.«

»Na also. Prost!«

*»Tchin!«* Sie hob das Glas und trank einen kleinen Schluck. Dann brach sie etwas Brot ab und steckte es sich in den Mund. »Ich hoffe, es dauert nicht zu lang, ich habe so einen Hunger plötzlich«, nuschelte sie. »Und wie ging es dann weiter?«

»In Algerien meinst du?«

»Ja.«

»Weiterhin blutig und gewalttätig.«

»Na, das weiß ich schon.«

»Ich versuche es mal kurz zu machen«, begann Duval. »De Gaulle schlug eine Art begrenzte Unabhängigkeit für Algerien vor, aber das war den Algeriern nicht genug, den Siedlern ging es natürlich aber schon zu weit. Die wollten überhaupt keine Veränderung ihrer privilegierten Situation, und die in Algerien stationierte Armee war auch dagegen. Diese Armee und ein paar der führenden Köpfe der Siedler gründeten ...«

»Die OAS«, warf Annie ein.

»Nein. Noch nicht ganz. Zunächst gründeten sie eine andere Organisation, die *Front Algérie française,* FAF, na, ist auch egal, wie die hieß, die wollten auf jeden Fall auch, dass Algerien französisch und überhaupt alles beim Alten blieb. Immerhin stimmten bei einem Referendum 75 % der Festlandfranzosen dem Gesetzesvorschlag zur Selbstverwaltung Algeriens zu. Die FAF wurde dabei verboten, und so bildete sich die OAS, die sofort in den Untergrund ging und ihrerseits Terrorattentate in Algerien und Frankreich verübte. Es gab also Terror von rechts und von links, und dann gab es noch die sogenannten *Barbouzes,* den gaullistischen Geheimdienst, der seinerseits die OAS bekämpfte und der dafür alle Mittel bekam.«

»*Les Barbouzes,* das ist doch ein alter Film mit Lino Ventura.«

»Genau, mehrere Geheimdienstmänner, die sich alle gegenseitig umbringen wollen. Der Film ist amüsant, aber so war es vermutlich damals wirklich, und die Franzosen in Frankreich hatten die Gewalt satt. 1961 begann de Gaulle mit den Verhandlungen in Évian-les-Bains. Es zog sich in die Länge, und insbesondere durch die Eskalation des Terrors der OAS in Frankreich und durch den Druck der Öffentlichkeit machte de Gaulle mehr Zugeständnisse, als er wollte. Das Wichtigste für ihn war, dass Frankreich weiterhin Zugriff auf die Erdölvorkommen behielt. Im Juli 1962 gab es ein zweites Referendum, das zu 90 % angenommen wurde. Und plötzlich ging alles ganz schnell: Unterzeichnung des Waffenstillstands. Binnen drei Tagen wurde die provisorische Regierung Algeriens von fast allen Ländern anerkannt. Die OAS allerdings versuchte in Algerien ›verbrannte Erde‹ zu hinterlassen, man wollte den Algeriern keine von den Franzosen geschaffene Infrastruktur überlassen. Die FLN ihrerseits verübte Gewalt an den Algerienfranzosen, die noch da waren, und vor allem an den *Harki*. Aber das weißt du besser als ich.«

»Ja«, seufzte Annie, »alles sehr kompliziert, unübersichtlich und gewalttätig.«

»Es ist noch viel komplizierter, und auch die FLN war in sich zerstritten, und die haben ihre erste Regierung gleich wieder abgesetzt und steckten nun ihrerseits ehemalige Mitkämpfer ins Gefängnis.« Duval winkte ab. »Ich habe so viel gelesen. Und je nachdem, wo ich mein Augenmerk hinlege, kann ich alle beteiligten Bevölkerungsgruppen verstehen. Aber ich gehöre keiner der Gruppen an. Kann ich also *überhaupt* etwas davon verstehen?«

»*Voilà!*« Die Wirtin stellte schwungvoll zwei Teller vor ihnen ab. »Lassen Sie es sich schmecken!«

»Aaah, toll! Das ging ja jetzt doch flott!«, freute sich Annie und spießte bereits etwas von der Salatbeilage auf.

»Man tut, was man kann!«

Annie nickte der Wirtin freundlich zu und kaute bereits.

Schnell verteilte Duval den Rosé in ihre Gläser und hob die nun leere Karaffe. »Kann ich noch eine?«, rief er der Wirtin hinterher. Sie drehte sich um, zwinkerte ihm zu und nahm die Karaffe wortlos in Empfang.

»*Umm*«, empörte sich Annie mit vollem Mund.

»Ach komm«, machte Duval.

Einen Moment aßen sie schweigend.

»Und weißt du«, begann Duval erneut, »je mehr ich lese, desto mehr wird mir bewusst, was ich alles nicht weiß.«

---

Wieder zu Hause gönnten sie sich einen kleinen Mittagsschlaf, aus dem sie das Telefonklingeln aufschreckte.

»Léon, ich bin's Stéphane. Geht's dir gut?«

Duval war sofort hellwach und sprang aus dem Bett.

»Ja, danke, Stéphane, es geht so weit. Wie geht's dir? Hast du etwas rausgefunden?«

»Bei uns ist alles im Lot, danke. Hör zu, Léon, was ich dir jetzt sage, das bleibt unter uns, ja?«

»Sicher.« Duval zog sich in die Küche zurück, schloss die Tür und lauschte angespannt.

»Ich konnte mit den Kollegen sprechen, die sich damit beschäftigt haben. Die besagte Fernsehdokumentation kam glücklicherweise spätabends, ihr Inhalt hat zwar hier und da jemanden aufgerüttelt, aber im Prinzip wurde sie kaum wahrgenommen, und das ist auch besser so.«

»Ach so?« Mit einer Hand goss sich Duval einen Kaffee ein und wärmte ihn ein paar Sekunden in der Mikrowelle auf.

»Ja. Die haben sich einen großen Patzer erlaubt. Peinlich geradezu. Der Sender hat diese Sendung bis auf Weiteres zurückgezogen und gibt an, dass sie die Aussagen, die dort gemacht wurden, zunächst prüfen lassen wollen. Seitdem herrscht allerdings Funkstille. Das sagt alles.«

Die Mikrowelle piepste. »Aha«, sagte Duval, entnahm die Tasse Kaffee, warf ein Stück Zucker hinein, rührte um und trank einen kleinen Schluck.

»Ja, denn das, was da als ›Wahrheit‹ verkauft wurde, sind historisch unbelegte Aussagen. Kein Wunder, denn die Archive, die das Aktenmaterial aus dieser Zeit aufbewahrt haben, sind noch immer nicht geöffnet. Kein Historiker hat bis heute je dazu geforscht, aber zwei Journalisten haben etwas rausgefunden. Du verstehst, was ich sagen will?«

»Hm«, machte Duval. »Du willst sagen, die haben das erfunden?«

»Der Journalismus ist auch nicht mehr das, was er mal war, das sagst du besser nicht deiner Annie, aber es ist enttäuschend zu sehen, was manche sogenannten Journalisten machen, um Klicks oder Leser oder Einschaltzahlen zu bekommen. Das ist alles, was heutzutage zählt.«

»Ah, okay. Und die Dokumente, die gezeigt wurden, die sind auch gefälscht?«

»So würde ich das nicht sagen, aber sie stammen aus einer sehr zweifelhaften privaten Quelle. Und zwar von einem gewissen Albert Richard, ein Franzose aus dem

Elsass, der mit seinen Eltern ins Ruhrgebiet gezogen war und sich am Ende mehr als Deutscher fühlte.«

»Ach«, machte Duval und dachte an den verstorbenen François Richard, »tatsächlich.«

»Tatsächlich was?«

»Tatsächlich nichts«, behauptete Duval. »Ich habe das nur so gesagt. Erzähl weiter, bitte.«

»Nun, es ist tragisch, er war während des Zweiten Weltkriegs eine schillernde Figur und zu seinen besten Zeiten Doppelspion mit einem Leben à la James Bond. Er war perfekt zweisprachig und hatte einerseits die französische Kultur und andererseits die deutschen Codes verinnerlicht, so konnte er gut auf beiden Seiten agieren. Im Grunde aber hat er Frankreich für die Nazis ausspioniert.«

»Uff«, schnaufte Duval.

»Genau. Sehr sympathischer Kerl«, sagte Stéphane in ironischem Ton. »Konnte aber direkt nach dem Krieg untertauchen, und jetzt rate mal, wo?«

»Also da habe ich wirklich keine Ahnung.«

»In Cannes!«

»Echt?«

»Ja! Und dort flog er auch nur auf wegen irgendwelcher Frauengeschichten. Ein gehörnter Ehemann hat Erkundigungen über ihn eingeholt, ihn enttarnt und denunziert. Er bekam dann einen Prozess, wurde aber nie verurteilt, im Gegenteil, die Amis haben ihn, wie so viele andere Nazis, in einer anderen, sagen wir ›Organisation‹ weiterbeschäftigt, weil sie sein Wissen und seine Kontakte nutzen wollten.«

»Die Amerikaner haben Nazis im Geheimdienst weiterbeschäftigt?«

»Klar. Die größte Angst der Amis zu dieser Zeit war der Kommunismus, da setzte man auf untereinander gut vernetzte Nazis, mit denen riskierte man nicht, dass sie zu den Russen überlaufen und plötzlich kommunistische Ideen entwickeln. Diese Organisation wurde zwar von den Amerikanern kontrolliert, im Prinzip machten die aber alle so weiter wie bisher.«

»Mein Gott«, stöhnte Duval.

»Wundert dich das? Die meisten sind wieder irgendwo untergekommen, auch in der Politik, in der Verwaltung, an Schulen, Universitäten. In Frankreich war es aber nicht viel anders, insofern erlaube ich mir nicht, mit dem Finger auf die Deutschen zu zeigen.«

»Okay, und was wurde aus unserem Freund, wie hieß er noch? Richard?«

»Ja, Albert Richard. Dieser deutsch-französische Nazi hat eine zweite Karriere gemacht, war offiziell Geschäftsmann in Tunesien und wurde so etwas, was man heute Wirtschaftsberater für die neue Regierung nennen würde, inoffiziell arbeitete er weiterhin für die ›Organisation‹, aus der nach ein paar Jahren der BND, der Bundesnachrichtendienst, hervorging. Er spionierte in Tunesien zuerst für die Amerikaner, dann für den BND. Er informierte seine jeweilige Organisation über das *Who is who* und wer Sympathien oder Kontakte nach Russland hatte. Er spielte in der besseren Gesellschaft mit, hatte eine Luxusvilla, mehrere Autos, einen Chauffeur, eine junge Frau, mehrere Geliebte, alles, was man so haben kann, aber er gab auch enorme Summen aus für Empfänge, eine größere Villa, schnellere Autos und besondere Frauen und schlug gewaltig über die Stränge. Am Ende wurde er aus dem deutschen Geheimdienst entlassen, instabiler Charakter gepaart mit Größenwahn, persönliche Probleme, er war dreimal verheiratet, aber mit keiner der Frauen blieb er lange zusammen, oder vielleicht waren es die Frauen, die nicht lange bei ihm blieben. Alkohol, Geldnöte. Angeblich hat er dramatische Situationen erfunden und darüber Berichte verfasst, um sich weiterhin vom BND finanzieren zu lassen.«

»Herrje«, stöhnte Duval auf. »Das erinnert mich an ›Unser Mann in Havanna‹.«

»Richtig«, Stéphane lachte leise, »Graham Greene wusste ziemlich genau, worüber er schrieb. Diese Aufschneider gab es wohl schon immer. Wobei ich nicht glaube, dass ›unser Mann in Tunesien‹ ein technisches Labor zur Herstellung von Atomwaffen mithilfe einer Konstruktionsanleitung für Staubsauger erfunden hat, aber wer weiß, was er alles aufgebauscht hat, um sich weiterhin interessant zu machen. Später hat er versucht, seine Memoiren zu schreiben, oder zumindest hat er Audio-Aufnahmen gemacht und aus seinem abenteuerlichen Leben erzählt, immer in der Hoffnung, dass jemand das für einen Roman oder ein Drehbuch à la James Bond verwenden würde. Aber niemand hat sich dafür interessiert, bis auf zwei sehr schlaue Journalisten, die diese Erzählungen für bare Münze nahmen.«

»Okay. Erinnert mich an die gefälschten Hitler-Tagebücher.«

»So in etwa. Im Prinzip hat er am Ende alles zu Geld gemacht und ist vor ein paar Jahren verarmt und einsam gestorben.«

»Und sein Sohn ist in seine Fußstapfen getreten.«

»Sein Sohn? Was meinst du?«

»Na, sein Sohn hat versucht, uns Dokumente aus dieser Zeit zu verkaufen. Vermutlich war er ein ähnlich verkrachter Charakter wie sein Vater.«

»Du hattest Kontakt mit seinem Sohn?«

»Annie hatte Kontakt, sagen wir so.«

»Ach, er glaubte wohl auch, eine blauäugige Journalistin gefunden zu haben. Wie hat Annie reagiert?«

»Sehr zurückhaltend.«

»Sehr gut. Freut mich zu hören. Vernünftige Frau! Wie ging es weiter? Hat er sich noch mal gemeldet?«

»Nein. Er ist verunglückt, so viel ich mitbekommen habe.«

»Ach. Das ist ja eigenartig.«

»Ja, das fand ich allerdings auch«, bekannte Duval.

»Und du hast nachgeforscht, so wie ich dich kenne.«

»Klar.«

»Und?«

»Nichts. Also, ich habe sein Appartement durchsucht, aber nichts gefunden. Keine Papiere. Es war versiegelt übrigens, das Appartement meine ich. Das fand ich auch befremdlich.«

»Du hast ein versiegeltes Appartement durchsucht?«

»Ja.«

»Du hast Glück, dass ich nicht dein Vorgesetzter bin, Léon!«

»Mein Vorgesetzter hat mich schon abgekanzelt. Zusätzlich darf ich mir ein psychiatrisches Gutachten erstellen lassen. Aber wenn ich immer nur Dienst nach Vorschrift mache, dann komme ich nicht weiter«, verteidigte er sich.

»Und, bist du denn jetzt weitergekommen?«

»Nicht wirklich, aber ich hatte das Gefühl, dass dort schon jemand vor mir gesucht und aufgeräumt hatte.«

»Sieh an. Wer sollte das gewesen sein?«

»Keine Ahnung. Du vielleicht?«, scherzte Duval.

»Ich hätte es so gemacht, dass es dir nicht aufgefallen wäre«, gab Stéphane trocken zurück.

Duval lachte leicht. Dann lachte er nicht mehr. »Du meinst, es *hat* jemand aufgeräumt?«

»Ich weiß es nicht, Léon, aber die fantasievollen Berichte und glorreichen Memoiren werden nicht glaubwürdiger, nur weil sein Sohn sie an den Mann bringen wollte. Vielleicht glaubte der ernsthaft an die Geschichten seines Vaters. Das kann ich mir durchaus vorstellen. Aber all das ist Fantasie, oder zumindest mit so viel Fantasie angereichert, dass es Unsinn ist. Wir werden leider noch einen Moment warten müssen, bis die Archive aus dieser Zeit, zumindest den Historikern, zugänglich werden, erst dann werden wir vielleicht erfahren, wie manche Dinge sich wirklich abgespielt haben.«

---

Duval saß auf dem Sofa und dachte nach. Schließlich klappte er die aufgeschlagenen Bücher zu und räumte sämtliche Bücher und Hefte zu Malpasset, Algerien und der FLN, die verstreut in der Wohnung herumlagen, auf einen Stapel, schob in einem Regal energisch Bücher zusammen und platzierte den Stapel dorthin.

»Und?«, fragte Annie. »Was hat Stéphane so Geheimes gesagt, dass du dich in die Küche einsperren musstest?«

Duval seufzte schwer. »Diese Sendung war zwar kein Fake, aber die Journalisten sind wohl einem Hochstapler aufgesessen, der sie mit zweifelhaften Informationen versorgt hat. Alles Humbug.«

»Ach so? Hat Stéphane dir das gesagt?«

»Ja.«

»Oh«, Annie wirkte betroffen. »Aber eigentlich ist das doch ein seriöser Sender.«

»Na, auch dem seriösesten Sender passieren mal Fehler.«

»Dann ist es jetzt also endgültig vorbei mit dem Algerienkrieg bei uns?« Sie deutete auf die Bücher im Regal.

Duval zuckte mit den Schultern. »Ich geh jetzt auf jeden Fall Wandfarbe kaufen, und morgen streiche ich das Zimmer, ja?«

Annie lächelte froh. »Ich dachte, wir könnten eine Wand rosa streichen«, schlug sie vor.

»Rosa?«

»Ja, so ein frisches Himbeer-Rosa, hier, schau mal«, sie hielt ihm ein Foto auf ihrem Smartphone entgegen.

»Warum nicht.«

# 7

Am nächsten Tag suchte Duval den gerade weggeräumten Bildband über Malpasset und schlug ihn auf.

»Hattest du nicht die Adresse dieses Fotografen herausfinden wollen? Der ist doch im weitesten Sinne ein Kollege von dir, oder?«

»Hab ich herausgefunden«, gab Annie zurück, »und ja, ein in jedem Sinne ›alter‹ Kollege«, sie grinste leicht. »Yvan Delmas, er ist heute 86 und lebt in Fréjus.«

»Danke«, Duval nahm den Zettel entgegen, den sie ihm hinstreckte.

»Aber ich dachte, du hättest aufgehört? Ich dachte, das sei alles Fake.«

»Ich habe die ganze Nacht hin und her überlegt, Annie. Ich glaube, es war doch ein Anschlag.«

Sie stöhnte auf. »Bitte, Léon, ich kann's nicht mehr hören!«

»Du kannst es nicht mehr hören? 423 Menschen sind damals elend ums Leben gekommen, und niemand hat die Verantwortung übernommen! Es heißt, es war die größte zivile Katastrophe des 20. Jahrhunderts, aber wenn es ein Anschlag war, Annie, dann war das unser 11. September!«

Sie schnaufte. »Aber Stéphane hat doch gesagt ...«, begann sie.

»Stéphane«, unterbrach Duval bitter, »Stéphane arbeitet

auch für die ›Firma‹, Annie. Stéphane hatte vermutlich Anweisung, mich zu beruhigen. Stéphane hat auch den Polizeidirektor angerufen, damit der mich zurückpfeift und mir ein psychiatrisches Gutachten verpasst.«

»Bist du sicher?«

»Beweisen kann ich es nicht. Aber wer sonst sollte den Direktor auf meine Arbeit über Malpasset aufmerksam gemacht haben? Er war der Einzige, mit dem ich so offen darüber gesprochen habe. Außer dir und LeBlanc vielleicht. LeBlanc war es nicht. Warst du es? Weil du es nicht mehr hören kannst?«

»Na, nun hör aber auf, Léon. Du spinnst wirklich.«

»Also?«

»Also was? Ob ich dich bei deinem Chef angeschwärzt habe? Bist du verrückt? Wenn du mir das zutraust, dann schicke ich dich auch zu einer Psychologin!«, ereiferte sie sich. »NEIN! NEIN! Ich habe NATÜRLICH NICHT mit deinem Chef gesprochen«, Annie war laut geworden, »und ich habe auch keinen anonymen Brief geschrieben, falls du das auch noch fragen möchtest.« Annie zitterte vor Aufregung.

»Dann war es Stéphane«, schlussfolgerte Duval. »Und alles, was er erzählt hat, diente einzig und allein dazu, mich abzulenken und einzulullen. Nach dem Motto ›Gehen Sie weiter, es gibt nichts zu sehen‹. Und ob ich zu der Psychologin gehe oder nicht, alles, was ich herausfinden werde, wird allein dadurch ungültig. Sie werden immer sagen, dass ich krank bin, verstehst du?«

Sie starrte ihn sprachlos an. »Du wirst also weitermachen?«, fragte sie schließlich.

»Ich werde zumindest mal mit diesem Fotografen sprechen«, sagte er. »Ich habe ja nun Urlaub, und in meinem Urlaub kann ich machen, was ich will, oder?«

»Und Julies Zimmer?«, fragte Annie empört. »Du wolltest es doch streichen! Und wir wollten zusammen Sachen aussuchen. Kindermöbel und Vorhänge und eine Lampe und all so was.«

»Ach, Annie, das kannst du doch allein viel besser aussuchen. Ich habe, wie du selbst gesagt hast, einen altmodischen Geschmack und bin bei diesem Mädchenzeug sicher sowieso keine große Hilfe. Nimm, was dir gefällt.«

»Aber streichen wirst du es?«

»Na sicher. Heute Nachmittag oder morgen. Das wird schon noch fertig, mach dir keine Sorgen!«

---

Yvan Delmas war zwar ein älterer Herr, aber er klang am Telefon noch sehr rüstig und war einverstanden, sich mit Duval zu treffen. Duval fuhr also nach Fréjus und fand schnell das kleine Häuschen in der Altstadt, in dem der Fotograf lebte.

»Ich habe Ihren Bildband, wenn man das so nennen kann, das Buch mit den Abbildungen vom Staudammbruch bei einem Bouquinisten gefunden.« Duval legte das Buch auf den Küchentisch. »Was für eine Katastrophe.«

»Ja, das ist wahr.« Yvan Delmas blätterte ein wenig in dem Buch und betrachtete seine eigenen Bilder aufmerksam, hin und wieder beugte er sich vor, um Details erkennen zu können. »Es war fürchterlich, es war alles zerstört wie im Krieg.«

»Wie im Krieg? Waren Sie im Krieg?«

»Ich habe meine Armeezeit in Algerien abgeleistet. Damals nannte man das noch nicht Krieg. Man sagte ›Ereignisse‹, und wir waren da, um ›die Ordnung wiederherzustellen‹. Aber das wissen Sie vermutlich nicht mehr, Sie sind ja noch jung.« Er sah Duval an, der halb zustimmend nickte, aber »doch, doch« murmelte. Natürlich »wusste« er das, aber wie es wirklich gewesen war, davon hatte er keine Ahnung. Da konnte er lesen, so viel er wollte.

»Aber es *war* Krieg«, sprach der Mann weiter. Er atmete tief ein und aus. »Damals habe ich auch entsetzliche Szenen gesehen. Zerstörte Dörfer, tote Menschen und Tiere. Schreiende Frauen und weinende Kinder.« Er schüttelte den Kopf. »Ganz furchtbar war das. Und kaum war ich wieder zu Hause, kam dann das hier.«

»Sie waren damals Journalist für *Nice-Matin,* richtig?«

»Na ja, ich war Praktikant, aber mit dieser Katastrophe hatte ich meinen Einstieg. Danach haben sie mich behalten. Ich verdanke dieser Katastrophe meine Karriere, wenn ich ehrlich sein will.« Er zuckte mit den Schultern. »Ich war der Erste, der vor Ort war, wissen Sie. Ich wohnte mit meiner Frau und meiner kleinen Tochter in St-Aygulf damals. Ich war Anfang zwanzig. An dem Abend waren wir aber bei meinen Schwiegereltern in Fréjus zum Essen, und wir haben ferngesehen. Wir hatten noch keinen eigenen Fernseher, das kann man sich heute gar nicht mehr vorstellen«, er lächelte leicht, »aber so war es. Fernsehen war noch etwas Besonderes, und wir haben während des Essens ferngesehen. Um 21.10 Uhr fiel der Strom aus, einfach so. Der Fernseher war tot, das Licht ging aus, es war plötzlich finster. Ich weiß noch, dass wir bei den Nachbarn geklopft haben, aber die Nachbarn hatten auch keinen Strom. Die Schwiegereltern wohnten etwas oberhalb, und man sah von dort, dass das ganze Dorf unter uns im Dunklen lag, nur der Leuchtturm, der blinkte von ferne. Plötzlich brüllte jemand auf der Straße: ›Die Staumauer ist gebrochen! Die Staumauer ist gebrochen!‹«

Er blickte gedankenverloren auf die gemusterte Wachstuchtischdecke und fuhr mit dem Finger eine Linie nach. Dann hob er wieder den Kopf.

»Mein Schwiegervater und ich, wir sahen uns an, und dann fuhren wir los, aber schon hundert Meter weiter unten war der Dorfplatz überschwemmt, wir kamen nicht weiter, wir sahen einen Baum vorbeischwimmen. Wir hörten Leute schreien«, er schwieg einen Moment und fuhr wieder die Linien auf der Tischdecke nach, »verzweifelte Schreie, verstehen Sie?« Er sah Duval an.

Der nickte stumm.

»Vor uns rauschte das Wasser, und wir konnten nichts tun, wir sahen auch nichts, alles war stockfinster. Und diese Schreie. Es war schrecklich.« Er schwieg wieder. »Wir fuhren dann zurück zu meinen Schwiegereltern, ich wollte *Nice-Matin* anrufen und die Feuerwehr, aber das Telefon funktionierte nicht mehr. Ich bin dann über die kleine Straße nach Valescure bis nach St-Raphaël gefahren, dort wohnte ein Kollege, den weckte ich. In St-Raphaël gab es Strom, und wir telefonierten von seinem Anschluss aus. Am nächsten Tag hatte *Nice-Matin* schon mit meinen spärlichen Informationen eine Titelseite machen können.« Er sagt es ernst, aber auch sichtlich stolz und suchte im Buch die entsprechende Seite. »Hier«, sagte er, »sehen Sie!« Duval betrachtete die dokumentierte Zeitungsseite. Nur ein knapper zweispaltiger Text, aber man sprach schon von der gebrochenen Staumauer.

»Wir haben alle kaum geschlafen in dieser Nacht, und am nächsten Morgen, sobald es hell wurde, bin ich natürlich los. Das Wasser stand im Dorf, ich ging, so weit ich kam, aber alles war überschwemmt, die Feuerwehrleute waren schon mit Schlauchbooten unterwegs.« Er holte tief

Luft. »Aber erst am übernächsten Tag war das Wasser so weit abgeflossen, dass ich diese Fotos machen konnte.« Er tippte mit der Hand auf das Buch, das auf dem Küchentisch lag. »Quasi alle Fotos, die jemals zur Katastrophe von Malpasset veröffentlicht worden sind, habe ich gemacht. *Paris Match* hat mich kontaktiert, für die habe ich vierzehn Tage lang gearbeitet und fotografiert. Die haben mich auch bezahlt, dieses Angebot habe ich angenommen, aber sonst habe ich alle meine Fotos kostenfrei zur Verfügung gestellt. Sei es fürs Fernsehen oder für die Zeitungen. Ich wollte mein Geld nicht mit der Katastrophe und dem Tod all dieser Leute verdienen. Das waren meine Nachbarn, verstehen Sie? Aber mein Name, der war jetzt bekannt, und *Nice-Matin* hat mich natürlich behalten.«

»Monsieur Delmas, wir hatten am Telefon schon kurz darüber gesprochen, ich versuche aus persönlichen Gründen, etwas über die Ursachen des Einsturzes dieser Staumauer herauszufinden.«

»Ach«, er seufzte und hob hilflos die Hände. »Was weiß ich schon. Es hieß, sie hätten den Ort für die Staumauer noch mal um zweihundert Meter verlegt und keine Expertise mehr eingeholt. DAS ist meines Erachtens der Knackpunkt. Man hätte an dieser Stelle keine Staumauer bauen sollen, das Gestein war da nicht geeignet. Aber was wollen Sie, es war eine andere Zeit, man hat damals schnell diesen Stausee haben wollen, die Gegend hier, ein Obstanbaugebiet immerhin, litt jedes Jahr im Frühjahr unter Überschwemmungen des Reyran und im Rest des Jahres unter Trockenheit. Den Fluss zu stauen und die Gegend geregelt mit Wasser zu versorgen, war ein Projekt, das überall Zustimmung fand, auch wenn man ein paar Leute enteignen und umsiedeln musste. Die waren natürlich nicht zufrieden.«

»Sie glauben also, es war ein Unglück?«

»Aber sicher!«

»Es gibt da diese Idee, dass es ein Attentat gewesen sein soll.«

»Hören Sie auf!« Er winkte ab. »Ich weiß schon. Sie fragen wegen dieser Sendung, aber das ist völliger Humbug, was die da erzählt haben. Es war ein Unglück! Alle haben das immer gesagt! Ein Attentat!«, sagte er empört. »Und das erfährt man erst jetzt?« Er schüttelte den Kopf.

»Manche Dinge kann man erst erfahren, wenn die entsprechenden Akten zugänglich geworden sind, verstehen Sie?«

»Ja, aber man darf auch nicht alles glauben, was im Fernsehen gezeigt und gesagt wird. Es wird heute so viel manipuliert. Man zeigt Ihnen irgendwelche Dokumente, aber die sind selbst produziert, verstehen Sie?«, gab der alte Mann zurück. »Falsche Papiere, das gab es schon zu meiner Zeit, oder man hat einen Kopf auf einem Foto wegretuschiert, der einem nicht gefallen hat, das hat es schon immer gegeben. Darf man nicht alles glauben.«

»Hm«, machte Duval. »Ich gebe Ihnen zwar recht, dass es viel Manipulation gibt, aber ...«

»Kennen Sie diesen Film, wie hieß er noch«, unterbrach ihn Yvan Delmas. »Über die gefälschte Mondlandung, wissen Sie?«

Duval schüttelte den Kopf.

»Der Titel ist irgendwas mit ›der Mann im Mond‹.«

Duval gab »gefälschte Mondlandung Film« in sein Smartphone ein. »Kubrick, Nixon und der Mann im Mond«, las er kurz darauf vor. »Ist es das?«

»Ja! Kennen Sie den?«

»Nein, immer noch nicht.« Duval hob die Schultern.

»Schauen Sie sich den an, wenn Sie ihn mal finden.«

»Mache ich. Um was geht's? Können Sie mir das erzählen?«

»Das ist ein echter falscher Dokumentarfilm, der behauptet, dass die Bilder, die man von der Mondlandung gesehen hat, in Wirklichkeit in einem Studio aufgenommen worden sind. Es ist sehr intelligent gemacht, aber auch sehr gefährlich. Wenn man diesen Film nicht richtig versteht, dann glaubt man, dass 1969 niemand wirklich auf dem Mond war! Verstehen Sie?«

»Ja, ich verstehe, was Sie sagen wollen.«

»Diese ›Dokumentation‹ ist Wasser auf die Mühlen aller Verschwörungstheoretiker.«

»Malpasset war also ein Unglück?«

»Ganz bestimmt.« Es klang abschließend, und Yvan Delmas schob das Buch wieder zu Duval.

»Danke, dass Sie mir so viel erzählt haben!«

»Gern geschehen. Danke, dass Sie mein Gedächtnis wieder etwas aktiviert haben. Das ist wichtig. Alt wird man, wenn man seine grauen Zellen nicht mehr anstrengt, wissen Sie.«

»Ach, Ihr Gedächtnis ist noch perfekt«, lächelte Duval.

»An diese Katastrophe erinnere ich mich, vielleicht weil ich die Bilder so oft angesehen habe«, er tippte auf das Buch, »aber so viel anderes im täglichen Leben vergesse ich.« Er hob resigniert die Schultern. »Und danke, dass Sie mein Buch gekauft haben! Wir haben nur eine kleine Auflage drucken lassen, anlässlich des 50. Jahrestags der Katastrophe. Aber nur wenige Menschen wollten die Bilder von damals noch mal sehen. Hier in der Gegend hat fast jede Familie einen Menschen verloren. Man sagt immer so schnell ›traumatisiert‹ heutzutage. Aber damals waren wir alle traumatisiert. Bis heute eigentlich. Also, ich empfinde das so.«

---

Duval schlenderte durch die Straßen der Altstadt von Fréjus und dachte nach. Manipulation hat es schon immer gegeben, hatte der alte Mann gesagt und glaubte doch den Informationen, die er zur damaligen Zeit erhalten hatte. Vielleicht, weil es einfacher war, die Erklärungen, die man einmal akzeptiert hatte, weiterhin zu glauben, und vielleicht auch weil er die heutige Welt und ihre Unzahl an Informationen, die ununterbrochen auf einen einprasselten, nicht mehr bewältigen konnte. Was stimmte noch, wenn alle ständig »Fake News« schrien?

Und *wenn* die alten Erklärungen die richtigen waren? Man hatte die Staumauer noch einmal um zweihundert Meter verlegt und keine Expertise mehr eingeholt? Wenn das der Grund war, weshalb die Staumauer gebrochen war, dann wäre doch ganz klar das Bauingenieurbüro schuld an der Katastrophe. Aber niemand wurde je zur Rechenschaft gezogen. André Coyne war kurze Zeit später gestorben – er hatte Krebs gehabt. Wollte man ihn schonen? Aber 423 Tote immerhin.

Spontan betrat er die freundlich aussehende *Bar du Marché*. Die Fensterläden des Hauses waren genauso grün wie die hellen Blätter der ausladenden Platane. Gedeckte Tische unter weißen Sonnenschirmen warteten auf Mittagsgäste. Aber noch war er mit dem Wirt allein. Duval bestellte am Tresen einen Kaffee und ein Glas Wasser. Der Wirt wischte mechanisch den Tresen ab, bevor er ihm den Kaffee und ein Glas gekühltes Leitungswasser zuschob.

Duval dankte wortlos und trank einen Schluck Wasser.

Während er den Zucker in den Kaffee rührte, blätterte er ohne großes Interesse in der ausliegenden Zeitung, dann faltete er sie zusammen und schob sie zur Seite.

»Machen Sie Urlaub?«, fragte der Wirt, der, wie alle Bistrobesitzer, eine ausgeprägte Neigung zum Plaudern hatte. Ein Mann, der den lieben langen Tag Menschen kommen und gehen sah. Bekannte, Fremde. Mit allen wechselte er schwerelos ein paar Worte, Belanglosigkeiten über Tagesaktualitäten oder das Wetter.

»Ja«, antwortete Duval, und es war nicht gelogen. »Und ich war in Malpasset«, begann er.

»Ah«, machte der Wirt und bekam ein ernstes Gesicht, während er mechanisch ein Glas im Küchenhandtuch drehte und es hinter sich auf ein Regal stellte.

»Sie lässt mich nicht mehr los, diese Katastrophe«, sagte Duval.

»Die hat uns alle nicht mehr losgelassen. Also, uns Einheimische. Sie sind aber nicht von hier, oder? Kommen Sie aus Paris?«

»Sehe ich so aus?«, fragte Duval scherzhaft empört zurück.

Der Wirt schmunzelte. »Von hier sind Sie jedenfalls nicht, das höre ich.«

»Ich habe meine Wurzeln im Süden, bin aber in Paris groß geworden, das stimmt. Und jetzt lebe ich wieder hier. In Cannes.«

»Ah, Cannes«, machte der Wirt gespielt dramatisch.

»Ja, es ist sehr speziell dort«, gab Duval zu. »Aber die Cannois sind ganz normale Leute geblieben.«

»Hm«, machte der Wirt zustimmend. »Und wie kommt's, dass Sie sich für Malpasset interessieren?«

»Ich habe neulich einen Ausflug mit meinen Kindern gemacht, eher zufällig sind wir dort gelandet, ich habe sämtliche Schautafeln gelesen, die dort aufgestellt waren, und danach wollte ich mehr wissen und begann, mich darüber zu informieren. Ich habe zufällig bei einem *Bouquinisten* ein Buch mit Fotografien von der Katastrophe gefunden.«

»Von Yvan?«, fragte der Wirt dazwischen.

»Genau. Und so kam eines zum anderen«, schwindelte Duval sich knapp an der Wahrheit vorbei. »Was ich nicht verstehe, ist, dass man auf den Schautafeln diesen Bauingenieur rühmt, dabei ist er doch schuld an dieser Katastrophe, oder?«

»Es war eine Naturkatastrophe«, widersprach der Wirt. »Es war zu viel Wasser im Stausee, es hatte damals tagelang geschüttet, der Stausee war voll bis oben hin, und man hat das Ventil nicht rechtzeitig aufgemacht. Und der Untergrund war porös.«

»Aber das hört sich doch nach menschlichem Versagen an. Das Ventil zu spät aufgemacht«, wiederholte Duval. »Ich habe gelesen, es sei außerdem unterdimensioniert gewesen.«

Der Wirt zuckte mit den Schultern. »Das weiß ich nicht. Das Gericht hat damals entschieden, dass es niemandem zur Last gelegt werden konnte.« Er schwieg und polierte den Zapfhahn.

Duval schwieg auch.

»Ich selbst habe keine Erinnerungen. Ich bin erst in dieser Nacht geboren, wissen Sie«, sagte er dann.

»Oh«, machte Duval.

»Meine Mutter war im Krankenhaus, sie hat mich ein paar Stunden vor der Katastrophe entbunden.«

»Ach.«

»Nur deswegen bin ich heute noch hier.«

Duval verstand es nicht gleich.

»Meine Mutter und ich haben überlebt, weil wir nicht zu Hause, sondern im Krankenhaus waren. Der Rest unserer Familie, mein Vater und meine zwei Brüder sind umgekommen.«

»Oh weh«, sagte Duval betroffen.

»Ich habe keine Erinnerung, wie gesagt, aber als ich größer wurde, stellte ich natürlich Fragen und wollte wissen, was passiert war, aber meine Mutter hat kaum etwas erzählt. Sie wisse nichts, sagte sie immer. ›Sie haben mir nichts erklärt‹, war ihr Standardsatz, wenn ihr meine Fragerei zu viel wurde. Damit war Schluss. Es war so. Basta.« Er polierte eifrig den Zapfhahn, während er sprach.

Duval kratzte den Zucker vom Boden des Kaffeetässchens und löffelte es aus.

»Wissen Sie«, sprach der Wirt weiter und wischte zum wiederholten Mal über den Tresen, »meine Eltern waren ein paar Jahre vorher aus Spanien gekommen, um dem Franco-Regime zu entkommen. Mein Vater arbeitete damals in den Minen, ganz nah am Stausee, und meine Eltern hatten aufgrund dieser Arbeit ein Anrecht auf eine Unterkunft, na ja«, unterbrach er sich, »eine sehr einfache Unterkunft, eine Baracke, wie man sie damals eben für Fremdarbeiter gebaut hat. Nicht viel mehr als ein Pappkarton, wenn man ehrlich sein will. Alle Fremdarbeiter lebten dort. Es war eine Barackensiedlung. Als der Staudamm brach, ist das Wasser als Erstes über diese ärmliche Siedlung hereingebrochen. Nichts blieb davon übrig. Nichts. Wirklich gar nichts.« Er schwieg einen Moment. »Später habe ich diese Siedlung auf Bildern gesucht, auf der Suche nach irgendwas, einem Gefühl von dem, was meine Herkunft angeht, meine Familie, ein Stück Erinnerung, aber es gibt nichts.« Er stützte sich auf den Rand der Spüle und sah unbestimmt in den Raum. »Niemand hat diese Siedlung je fotografiert, wissen Sie«, sagte er, aber er sah Duval nicht an. »Die Menschen, die dort gelebt haben, hatten vermutlich keine Fotoapparate, und von den anderen interessierte sich niemand für diesen miserablen Ort und die Fremden. Vielleicht schämte man sich auch, es zu dokumentieren. Menschen, die ohne fließend Wasser in Hütten aus Pressspan mit Dächern aus Teerpappe lebten. Klar, dass davon nichts übrig geblieben ist. Und niemand dort hat das überlebt. Mein Vater und meine zwei älteren Brüder wurden weggeschwemmt. Mein Vater wurden nie mehr gefunden. Meine zwei Brüder sind auf dem Friedhof beerdigt.«

»Es tut mir sehr leid«, sagte Duval.

Der Wirt nickte. »Ich habe wie gesagt keine Erinnerung, aber es ist trotzdem ein schweres Erbe.«

»Ihr Vater hat in den Minen gearbeitet, und der Stausee lag nebenan, verstehe ich das richtig?«

»Ja.«

»Gibt es diese Minen noch?«

»Nein.«

Duval sagte nicht, was er dachte, aber der Wirt verstand auch so.

»Sie glauben, die Erschütterung im Erdboden hätte den Staudammbruch auslösen können?«

»Das käme mir nicht unwahrscheinlich vor, sagen wir so.«

»Das haben damals wohl auch viele geglaubt, der Staudammwärter hat das auch eine Zeit lang verbreitet, aber die Experten haben das alles untersucht und sagten, dass es nicht die Ursache war. Damals wurde auch die Autobahn gebaut, die A8, wissen Sie? Dafür wurden ebenfalls große Sprengarbeiten vorgenommen, aber auch das hat keinen Einfluss auf den Dammbruch gehabt.«

»Die haben für die Autobahn Sprengungen vorgenommen?«, fragte Duval nach. »Die ist doch nur einen Steinwurf weit entfernt!«

Der Wirt nickte. »Ja. Aber die Experten sagten, das war nicht die Ursache.«

»Die Experten«, wiederholte Duval.

Der Wirt sah Duval sinnend an. »Na, wem soll man denn sonst vertrauen, wenn nicht den Experten?«

Duval nickte zustimmend.

»Ich bin mit dieser Erklärung groß geworden. Wir begehen jedes Jahr den Gedenktag. Die, die sich noch erinnern, werden immer weniger. Ich selbst weiß ja auch nichts mehr.« Er zuckte mit den Schultern. »Aber meine Mutter und ich, wir gehören doch zu den Opfern. ›Sie haben mir nichts gesagt‹, sagte sie immer. Vielleicht hat sie auch nicht zu fragen gewagt. Es war damals nicht so einfach für eine zugewanderte Spanierin, die kaum Französisch sprach.« Er seufzte.

»Wir bekamen eine große Entschädigung. Damals wollte die ganze Welt den Opfern der Katastrophe helfen. Es gab eine unglaubliche Solidaritätswelle. Es war kurz vor Weihnachten, und da war das Bedürfnis, etwas zu tun, wohl noch mal größer. Sachspenden, Spielzeug für die Kinder, Geldspenden. Es muss tatsächlich wahnsinnig viel Geld zusammengekommen sein. Ich habe später mal versucht rauszukriegen, wie viel, weil es nämlich bis heute heißt, der Bürgermeister habe das Geld ein bisschen ungerecht verteilt«, er sah Duval mit einer resignierten Miene an, »aber na ja«, er hob die Hände, »was wollen Sie machen? Meine

Mutter hat für ihre Verhältnisse viel Geld bekommen. Es hat ihr meinen Vater und meine Brüder nicht zurückgebracht, aber für sie und für uns begann damit ein sozialer Aufstieg. Wir bekamen erst ein Zimmer hier oben über dem Bistro zugewiesen, später hatten wir dann sogar zwei Zimmer. Zwei Zimmer stellen Sie sich das vor! Mit einem Waschbecken mit fließend Wasser und mit einem Klo auf dem Gang. Vorher hatten sie zu viert in einer winzigen Papphütte gehaust! Ohne Strom, ohne sanitäre Anlagen. Da ist man natürlich dankbar und stellt keine kritischen Fragen. Das war auch nicht die Art meiner Mutter. Sie war eine bescheidene kleine Frau. Sie hat Arbeit hier in diesem Bistro bekommen«, er machte mit der Hand eine umfassende Bewegung, »als Putzfrau, als Küchenhilfe, als Mädchen für alles, aber immerhin. Ich bin hier aufgewachsen, war nach der Schule hier und habe schon ganz früh mitgeholfen, habe Tische abgeräumt und serviert und so. Mir hat das gefallen. Der Wirt war nett zu mir und nicht schlecht zu meiner Mutter. Sie hat aber auch viel gearbeitet. Jeden Tag.« Einen Moment sah er ins Leere, als erinnerte er sich. »Na, und viel später habe ich das Bistro sogar kaufen können. Nicht mehr von dem Hilfsgeld, aber doch infolge all dieser Umstände. Das Bistro ist mein Zuhause. Ich wohne auch immer noch hier.« Er zeigte nach oben und lächelte leicht. »Wissen Sie, es war damals noch nicht so leicht, als Zugewanderter etwas zu kaufen. Ich bin zwar hier geboren und zur Schule gegangen, man war freundlich zu uns, aber ich war doch lange Zeit ›der Sohn der Spanierin‹.« Er lächelte bitter.

»*Bonjour,* Paco«, grüßten zwei Männer, die sich auf der Terrasse an einen der gedeckten Tische setzten.

»*Bonjour,* Arnaud, *bonjour,* Momo«, rief der Wirt zurück. »Wie immer?«

»Wie immer!«

Das Bistro belebte sich. Der Wirt bediente andere Gäste, die sich für einen schnellen Pastis an den Tresen stellten, bevor sie sich ebenfalls an einem Tisch niederließen.

»Kann ich Ihnen noch etwas anbieten?«, fragte er Duval.

»Ich werde vielleicht auch hier essen«, entschied Duval. »Was haben Sie denn heute Schönes?«

»Wir haben die ersten Cantaloupe-Melonen aus Cavaillon, dazu serviere ich einen ausgezeichneten Schinken, einen spanischen Serrano, das bin ich meiner Herkunft schuldig«, er lächelte leicht. »Als Tagesmenü gibt es *Faux Filet* oder *Steak Tartare,* beides mit Fritten, oder ...«

*»Steak Tartare«,* entschied Duval, ohne weitere Vorschläge anzuhören. »Das habe ich schon lange nicht mehr gegessen.«

»Gute Wahl«, bestätigte der Wirt, »ich habe sehr gutes Fleisch vom Charolais-Rind, Sie werden es schmecken, es ist ein Genuss! Und als Vorspeise die Melone mit dem Schinken?«

Duval zögerte.

»Die Melone ist sehr gut, sehr intensiv im Geschmack. Und der Schinken ist Extraklasse!«

»Na gut, Melone und *Steak Tartare*. Kann ich mich einfach irgendwohin setzen, oder sind die Tische reserviert?«

»Wo Sie möchten.«

Duval genoss den Moment im Halbschatten unter der Platane und sah zu, wie sich die Terrasse füllte.

*»Bonjour«,* grüßte ein junges Mädchen mit Nasenpiercing und kunstvollen Tätowierungen am linken Arm, das ihm schwungvoll eine Karaffe Wasser und einen kleinen Brotkorb auf seinen Tisch stellte. »Möchten Sie vielleicht noch etwas anderes trinken? Einen Rosé vielleicht?«

Duval zögerte kurz. Trank er wirklich zu viel? »Aus dem Var?«, fragte er dann.

»Selbstverständlich aus dem Var. Wir haben einen feinen *Côtes de Provence* da, von einem Weinbauern aus Le Luc«, schlug sie vor.

»Dann gerne.«

»Ein Glas?«

Duval nickte. Ein Glas war vertretbar. Außerdem war er ja mehr oder weniger im Urlaub. Er blätterte in dem Bildband und las erneut das Grußwort des damaligen Bürgermeisters.

»Bitte schön!« Schon hatte ihm das Mädchen den Teller mit der Vorspeise serviert und stellte das Glas Rosé dazu. *»Bon appétit!«*

»Danke!«

Er löste die beiden Schnitze der orangegelben Melone von ihrer Schale, sie roch aromatisch und schmeckte süß, auch wenn sie vielleicht noch nicht hundertprozentig reif war. Dennoch passte sie ausgezeichnet zu dem sehr fein geschnittenen, beinahe fettfreien Schinken. Ein Genuss, genau wie der kühle Rosé, er hatte eine blasse Farbe, war aber leicht und frisch und sehr aromatisch. Duval war kein großer Weinkenner. Er sei Wein*trinker,* sagte er gerne kokett von sich, aber dennoch mochte er nicht alles. Dieser *Côtes de Provence* hier war allerdings eine Klasse besser als sein Supermarktschätzchen, das er sonst trank, und er bestellte ein weiteres Glas, als man ihm das Hauptgericht servierte. Er mixte die ordentliche Portion *Steak Tartare* mit den klein gehackten Zwiebeln, Cornichons und Kapern und den mitgelieferten Soßen, ergänzte Salz und Pfeffer, die er ebenso über die Fritten gab, und aß mit großem Genuss. Lange her, dass er ein *Steak Tartare* gegessen hatte.

»Na, Ihnen hat's aber geschmeckt«, grinste die junge Bedienung, als sie den leeren Teller abtrug. »Das sehen wir gerne. Noch ein kleines Dessert?«, schlug sie vor.

»Nein, danke«, lehnte Duval ab. »Sonst gerne, aber die Portion war zu üppig. Einen Kaffee hätte ich gerne. Und die Rechnung bitte.«

»Kommt sofort!«

Kurz darauf verabschiedete sich Duval vom Wirt des Bistros.

»Hat es Ihnen geschmeckt?«

»Ausgezeichnet!«

»Das freut mich!«

»Sagen Sie, Sie erwähnten vorhin den Staudammwärter, der über diese Sprengungen Anspielungen gemacht habe.«

Der Wirt nickte. »Jean Ferrero.«

»Der lebt nicht mehr, vermute ich.«

»Nein, er ist nicht sehr alt geworden, und er war zudem dement in seinen letzten Jahren. Aber sein Sohn lebt noch, Pierre. Keine Ahnung, was der weiß. Der war damals auch noch ein Kind, er ist nur ein paar Jahre älter als ich.«

»Kann ich den noch in Fréjus finden?«

»In Roquebrune-sur-Argens. Das ist nicht weit, auf der anderen Seite des Gewerbegebiets. Und dann ein bisschen verloren in der Pampa. Soll ich Ihnen seine Adresse geben?«

»Das wäre sehr nett. Sie kennen sich?«

»Wir alle, die wir mit der Katastrophe groß geworden sind, kennen uns.«

»Verstehe.«

»Wollen Sie direkt hinfahren?«

»Wenn er jetzt da ist, warum nicht.«

»Dann rufe ich ihn an. Er ist ein etwas eigenwilliger Typ, der lässt Sie sonst nicht rein.«

»Danke.«

»Keine Ursache.«

---

Knorrige Korkeichen und ausladende Pinien säumten die enge kurvige Straße, dahinter sah man weitläufige Weinfelder: niedrige stämmige Weinstöcke in langen Reihen, grünes Weinlaub auf roter Erde. Hier und da lümmelten sich riesige Feigenkakteen. Und über allem thronte der eindrucksvolle *Rocher,* der schroffe, rot-felsige Bergrücken, dem das Dorf Roquebrune seinen Namen verdankte. Die Landschaft erinnerte an eine Wildwest-Kulisse, und in der Tat waren nicht wenige europäische Western-Filme hier gedreht worden. Zu seinem Bedauern näherte Duval sich aber weder dem Dorf noch dem Bergrücken, sein Navigationsgerät führte ihn nun kilometerlang über verschlungene und mit Obstbäumen gesäumte Feldwege. Dahinter erstreckten sich weite Wiesen und Weiden. Keine Menschenseele war zu sehen, und kein anderes Auto fuhr auf diesem abgelegenen Weg ins Nirgendwo. Noch einmal ließ ihn das Navigationsgerät rechts abbiegen. Der Feldweg wurde noch schmaler und holpriger, Schilder wiesen streng darauf hin, dass man auf einem Privatweg fuhr. Er hoffte, irgendwo eine Stelle zum Wenden zu finden, als er plötzlich vor einem großen Tor stand. Vielleicht war es das? »Sie haben Ihr Ziel erreicht«, verkündete leidenschaftslos die Stimme des Navigationsgeräts. Auf dem Gelände stand ein lang gezogenes eingeschossiges Steinhaus. Er stieg aus und suchte eine Möglichkeit, sich anzukündigen, was aber schon von zwei großen Hunden übernommen wurde, die wütend bellend hinter dem Tor auf und ab sprangen.

Eine Tür öffnete sich, ein Mann erschien, blieb aber auf der Türschwelle stehen. »Rubis, Scout! Aus!«, rief er scharf. Die Hunde hatten aufgehört zu bellen, liefen aber nervös winselnd weiter hin und her. »Was wollen Sie?«, rief er.

»Monsieur Pierre Ferrero?«

»Ja.«

»Duval ist mein Name. Paco, der Wirt von der *Bar du Marché,* hat angerufen.«

»Ah, Sie sind das!«

Der Mann näherte sich dem Tor und besah Duval von oben bis unten, dann öffnete er mittels einer Fernbedienung das Tor, das langsam aufschwang. Die Hunde schlüpften durch die Lücke hinaus und sprangen laut bellend um Duval herum.

»Rubis! Scout! Aus! Hierher! HIERHER!« Die Hunde gehorchten widerstrebend. »Sie haben keine Angst vor Hunden, hoffe ich?«

»Nein.«

»Die sind noch jung«, erklärte der Mann und tätschelte die unruhigen Vierbeiner. »Sie können Ihr Auto hierhin stellen.« Er zeigte auf den Kiesplatz neben dem Haus.

Als Duval aus dem Auto stieg, drängten sich die Hunde wieder an ihn, beschnüffelten ihn, jaulten, bellten, sprangen hoch und waren völlig aus dem Häuschen. »Guuut.« Duval strich ihnen langsam und beruhigend über das Fell. »Guuuut, alles guuuut«, sagte er leise. Sie winselten und drängten sich schwanzwedelnd an ihn. »Unbemerkt kommt man hier nicht rein.«

»Das ist der Sinn«, nickte der Mann. »Aus! Scout! Rubis! Aus!«

Er scheuchte die Hunde davon, die über das weitläufige Gelände davonpreschten.

»Beeindruckend. So etwas habe ich nicht erwartet«, sagte Duval und blickte den Hunden nach, die bereits winzig klein in weiter Ferne bellten und herumsprangen. »Gehört der Pinienwald auch dazu?«

»Ja.«

»Da haben Sie aber ordentlich was zu tun«, vermutete Duval.

»Allerdings. Kann ich Ihnen etwas anbieten? Kaffee? Wasser? Pastis?«

»Ich komme gerade vom Essen. Aber einen Kaffee würde ich noch nehmen.«

Der Mann verschwand, und Duval hörte ihn im Innern des Hauses herumhantieren. Dann kam er mit einer gut gefüllten Tasse Kaffee wieder, stellte eine eckige Blechdose auf den Tisch und legte einen Löffel daneben. »Ich hab ihn aufgewärmt, er ist von heute früh, ich hoffe, das geht in Ordnung.«

Duval öffnete die Blechdose und entnahm ihm ein Stück Zucker. »Ich mache das genauso«, sagte er und rührte den Zucker in den Kaffee.

Pierre Ferrero hatte sich selbst auch einen Kaffee serviert.

»Sie wollen also etwas zu Malpasset wissen.«

»Richtig«, sagte Duval.

»Warum?«

Duval trank einen Schluck Kaffee und entschloss sich, in gewisser Weise die Karten auf den Tisch zu legen.

»Ein Kollege von mir, dem ich sehr nah war, ist vor Kurzem gestorben«, begann er. »Ich habe erst nach seinem Tod erfahren, dass er einen Teil seiner Familie bei der Katastrophe verloren hat. Kurz vor seinem Tod hat er angefangen,

Nachforschungen anzustellen, aber er kam nicht sehr weit. Es beschäftigt mich. Ich war mit meinen Kindern zum Wandern am Staudamm, und seither lässt es mich nicht los. Ich habe bei einem *Bouquinisten* diesen Bildband gefunden, wissen Sie, mit den Bildern von der Katastrophe.«

»Von Yvan?«

»Ja, Yvan Delmas. Heute Morgen habe ich mit ihm gesprochen. Und dann aß ich im Bistro in Fréjus und erfuhr zufällig, dass der Wirt in der Nacht des Unglücks geboren wurde. Und jetzt bin ich hier.«

»Aha.« Der Mann sah ihn an. »Sie sind *Flic?* Oder täusche ich mich?«

»Ja. Ich bin *Flic.* Aber ich bin privat hier.« Das war nicht gelogen. »Und das, was ich Ihnen erzählt habe, entspricht der Wahrheit.«

»Aha«, machte der Mann erneut und trank einen Schluck Kaffee.

Einen Moment schwiegen beide Männer.

»Und der Kollege, wie heißt der?«

»Sein Name wird Ihnen nichts sagen«, umging Duval diese Frage, »es geht auch um die Familie seiner Mutter. Es gab eine Verbindung zu einem Obstbauern in der Ebene.«

»Da gab es mehrere«, nickte der Mann. »Die sind alle umgekommen.«

»Die Familie hatte eine Pfirsichplantage und kleine Zwillinge, wenn ich mich recht erinnere«, reichte Duval noch etwas Information nach.

»Ja«, nickte der Mann, »ich erinnere mich vage, davon gehört zu haben. Die Familie Alliot, oder? Bernard Alliot?«

Duval zuckte mit den Schultern.

»Na gut«, Pierre Ferrero gab sich zufrieden. »Was wollen Sie wissen?«

»Ihr Vater war damals der Staudammwärter, nicht wahr?«

»Ja, aber ich war noch ein Kind, ich erinnere mich nicht daran. Ich weiß nur, was man später erzählt hat.«

»Ja, das sagten Sie bereits. Was hat Ihnen Ihr Vater denn erzählt?«

Pierre Ferrero trank noch einen Schluck Kaffee. »Mein Vater sagte immer wieder, dass es ihn nicht gewundert hat, dass der Staudamm gebrochen ist«, begann er dann. »Er hatte ein kleines Boot auf dem See, mit dem er Kontrollfahrten gemacht hat, jedes Mal, wenn sie für den Bau der Autobahn Sprengungen vorgenommen haben, spürte er die Erschütterung in seinem Boot und im See. Er hat das auch weitergegeben, sagte er, aber niemand habe reagiert. Von mir haben Sie das aber nicht gehört«, fügte er schnell hinzu.

»Aha.« Duval nahm es, ohne eine Miene zu verziehen, zur Kenntnis. »Wo haben Sie gewohnt damals?«, fragte er.

»In einem Häuschen, gleich neben dem Stausee. Es war unser Wohnhaus und der Arbeitsplatz meines Vaters. So ähnlich wie bei den Bahnwärtern«, er lächelte leicht.

»Und das Haus ist verschont geblieben?«

»Nein, natürlich nicht. Das war komplett zerstört. Wir haben alles verloren, konnten nur unser Leben retten.«

»Das war sicher sehr dramatisch«, vermutete Duval.

»Ich war noch klein, ich erinnere mich wirklich nicht. Mein Vater sagte, seitdem er dieses Knacken gehört habe, sei er in ständiger Alarmbereitschaft gewesen. An dem bewussten Abend hatte er ein ungutes Gefühl, hat uns ins Auto gepackt, und wir sind hierhergefahren. Hier war früher eine Schäferei, mein Großvater war Schäfer.«

»Ich verstehe«, sagte Duval, trank einen Schluck des schon kalten Kaffees und blickte erneut über das große Gelände. »Das hier war eine Schafsweide?«

»Richtig. Im Winterhalbjahr war mein Großvater hier, im Sommer zog er mit der Herde in die Berge.«

»Dieses Knacken«, sagte Duval, »das habe ich in mehreren Berichten gefunden. Ihr Vater hat es im Staudamm ›knacken‹ hören, und niemand hat das ernst genommen?«

»Vielleicht, vielleicht nicht. Ich kann es Ihnen nicht sagen.« Pierre Ferrero zuckte mit den Schultern. »Uns wurde immer wieder gesagt, es seien ganz viele Leute am Staudamm unterwegs gewesen, um die Sicherheit zu überprüfen. Der See war bis zur Oberkante vollgelaufen. Mein Vater hat dann auch am Vortag des Unglücks auf Anweisung dieses Überlaufventil geöffnet. Aber möglicherweise war es da schon zu spät.«

»Und am nächsten Abend ist er mit Ihnen hierhergefahren. Das heißt, letztlich traute Ihr Vater der Sicherheit des Staudamms nicht?«

Der Mann zuckte mit den Schultern. »So sieht's aus. ›Ich hab's gespürt‹, hat er immer wieder gesagt. ›Ich hab's gespürt.‹ Es hat ihn den Rest seines Lebens beschäftigt, das kann ich Ihnen sagen.« Pierre Ferrero schnaufte schwer. »Niemand von uns wollte es noch hören. Ich war ein Kind damals, als Jugendlicher wollte ich mich amüsieren, leben und nicht immer wieder an diese dunkle Geschichte erinnert werden. Aber er konnte nicht anders. Er kam nicht darüber hinweg. Dass er früh dement wurde, war vielleicht eine Gnade. Also für ihn. Für uns wurde es dadurch auf andere Weise schwer.«

---

»Kannst du dir das vorstellen?«, Duval war aufgewühlt. »Die Autobahn ist nur einen Steinwurf weit entfernt, ich bin extra noch einmal hingefahren, um es mir anzusehen. Ich konnte mich so genau nicht mehr erinnern, aber um zu dem ehemaligen Stauseegelände zu kommen, fährt man unter einer hohen Autobahnbrücke durch.«

»Du meinst, die Sprengarbeiten für die Autobahn haben den Boden erschüttert? Oder die der Minen?«

»Na, aber sicher! Dafür muss ich kein Sprengmeister sein, um das zu begreifen. Über die Minen weiß ich noch nichts. Aber ich finde das geradezu grotesk verantwortungslos, in unmittelbarer Nähe einer Talsperre ständig große Sprengarbeiten vorzunehmen.«

»Verrückt«, stimmte Annie zu. »Auch ökologisch eine Katastrophe.«

»An Ökologie hat damals noch niemand gedacht«, sagte Duval. »Aber«, setzte er an, »die Theorie eines Attentats ist jetzt auch wahrscheinlicher geworden!«

Annie schnaufte und sah ihn mit einem gequälten Gesichtsausdruck an. »Du kannst es nicht lassen, oder? Wieso also?«

»Man kann so einen fetten Staudamm ja nicht mit zwei Stangen Dynamit in die Luft jagen. Man braucht schon ein paar Tonnen Sprengstoff, das wird aber alles viel leichter, wenn es in unmittelbarer Nähe ein riesiges Sprengstofflager für ebendiesen Autobahnbau gibt.«

»Ich will das nicht glauben, Léon.«

»Ja, das will niemand glauben, scheint mir. Alle geben sich seit sechzig Jahren mit fadenscheinigen Erklärungen zufrieden.«

»Du bist ein bisschen besessen davon, findest du nicht? Alle haben ihren Frieden damit gemacht.«

»Nicht alle! Richter Dussolier stellte plötzlich Fragen, der hat seine Familie dort verloren, verstehst du! Niemand ist dort jemals zur Verantwortung gezogen worden. Niemand! 423 Tote!« Duval sprach eindringlich und betonte jedes Wort.

»Und der Richter ist auch tot.«

»Allerdings.«

»Na toll, Léon. Wenn es da einen Zusammenhang gibt, was ich ehrlich gesagt bezweifle, dann würde es bedeuten, dass du, wenn du weiterhin Fragen stellst, auch getötet werden kannst!«

»Möglich«, stimmte Duval zu.

»Willst du das?«

»Nein, natürlich nicht.«

»Dann lass es sein, Léon, bitte! Was hast du davon, wenn du etwas aufdeckst, was niemand wissen will?«

»Ausgerechnet du sagst mir das, Annie! Ich habe dich schon ganz anders erlebt, viel kämpferischer, als du dich für die Flüchtlinge eingesetzt hast, oder letztes Jahr, als du über das *Réseau Marcel* recherchiert hast! Was ist jetzt so anders?«

Sie antwortete nicht.

»Es ist unangenehm zu sehen, dass eine Bewegung, die man unterstützt hat, so monströse Verbrechen begangen hat, ist es das?«

»Ach was«, wehrte sie ab. »Irgendjemand muss jetzt Julie abholen«, wechselte sie abrupt das Thema. »Du oder ich?«

Duval schnaufte laut. »Ich gehe«, sagte er dann.

»Gut.« Annie klang versöhnt. »León, ich möchte auch, dass wir Julies Zimmer noch fertig kriegen.«

»Ja«, sagte Duval. »Mache ich morgen. Versprochen!«

»Er hat's gespürt, dass ich nicht lache. Der hat sich rechtzeitig aus dem Staub gemacht«, sagte René Bouleau verächtlich. »Der hat das Messer am Hals gespürt, sage ich Ihnen, der wusste, was passieren würde, vermutlich haben ihm die Araber gesagt, wenn du redest, bist du tot, deswegen hat er sich mit seiner Familie verpisst. Davon war damals eine Weile die Rede, wie es sein konnte, dass der Staudammwärter nicht vor Ort war, sondern sich irgendwo im Wald versteckt hatte. Der war tagelang nicht auffindbar, alle dachten, dass er mit seiner Familie in seinem Häuschen genauso abgesoffen ist wie alle anderen, und dann kam er wieder angekrochen, alle munter und gesund. Schon eigenartig, oder?«

»Ich habe einmal über Monate einen Mann beschattet«, setzte Duval an, »am Ende ›kannte‹ ich ihn so gut, dass ich wusste, was er als Nächstes machen würde, ohne dass ich es hätte begründen können. Ich habe es auch gespürt. Manche haben mich für verrückt erklärt deswegen. Aber ich kann verstehen, dass man manchmal ›etwas‹ spürt, einfach weil man sehr nah dran ist. Man kann es nicht immer logisch begründen.«

»Ach was«, René Bouleau war hörbar unzufrieden.

Duval hatte am Vorabend noch einmal René Bouleau kontaktiert und sich ein weiteres Mal mit ihm im Vereinsheim in Antibes verabredet. So früh am Morgen entkam er der *Anisette* und den höllenscharfen Oliven, stattdessen servierte René Bouleau ihm nun einen starken Espresso; er hatte eine Packung mit rosa schimmernden bepuderten Süßigkeiten auf den Tisch gestellt. »Bedienen Sie sich! Es sind die besten *Loukoums* in der Gegend. Ich kaufe sie bei einem Araber, der seine eigene Patisserie macht.« Duval nahm eine der weichen Süßigkeiten in Würfelform und biss hinein. Die Konsistenz war weich, es schmeckte nach Rosenwasser und war ihm viel zu süß. Der Puderzucker staubte, er hustete und steckte sich trotzdem den Rest in den Mund und versuchte nicht noch mehr Puderzucker dabei in die Luft zu blasen. Für einen Moment war ihm der Mund verklebt, er kaute mühsam und atmete vorsichtig. René Bouleau nutzte den Moment, um ihm einen Vortrag über die FLN zu halten.

»Die FLN hatte 1958 und 1959 jeden Tag eine Aktion in Frankreich, jeden Tag, daran erinnert sich heute keiner mehr, aber die wollten die FLN in Algerien moralisch unterstützen. Jeden Tag haben sie jemandem die Kehle durchgeschnitten, etwas in Brand gesteckt, eine Bombe explodieren lassen. Sie haben doch meine Liste gesehen! Das können Sie nachprüfen! Die wollten Angst und Terror verbreiten. Und die nahmen die Algerier in Frankreich in eine Art Geiselhaft. Entweder ihr seid für uns, oder ihr seid tot. Und wer hat denn damals die Autobahn direkt neben dem Staudamm gebaut? Algerische Gastarbeiter! Mit deren Unterstützung bekam die FLN Zugang zum Sprengstofflager, das für den Autobahnbau vorgesehen war, und das lag nur einen Steinwurf weit entfernt vom Staudamm. Noch Fragen?« Provokant sah er Duval an, der noch immer kaute. »Und reden kann von den Arbeitern heute keiner mehr, denn deren Barackensiedlung direkt neben der Baustelle ist als eine der ersten weggeschwemmt worden. Wenn sie sich nicht vielleicht vorher aus dem Staub gemacht haben, weil sie es auch ›gespürt‹ haben«, sagte er in ironischem Ton und verzog das Gesicht. »Aber dann reden sie auch nicht mehr davon, das können Sie mir glauben.«

Duval spülte den letzten klebrigen Rest des *Loukoum* mit einen Schluck Espresso hinunter. »Aber wie Sie selbst gesagt haben, waren die Attentate der FLN bis dahin eher kleine Aktionen. Meinen Sie wirklich, die FLN war zu so einem großen Attentat in der Lage?«

»Ganz ehrlich? Ja und nein! Wenn sich so eine Gelegenheit bietet und einem quasi alles auf dem Serviertablett angeboten wird, dann waren sie dazu in der Lage, ja, aber ich persönlich glaube, dass die tatsächlich keine Ahnung davon hatten, was sie lostreten würden. Die wollten vielleicht die Wasserversorgung sabotieren, aber nicht so eine Katastrophe auslösen. Deswegen haben sie sich auch nicht dazu bekannt. Damit hätten sie sich nämlich die Sympathien aller, die den Befreiungskampf unterstützt haben, verspielt.«

»Ja«, stimmte Duval zu. »Das ist sicher richtig.«

»Nehmen Sie noch ein *Loukoum*«, er schob die Packung zu Duval, der ablehnend den Kopf schüttelte. »Bisschen süß, was? Ah, diese orientalischen Süßigkeiten sind voller Honig, aber ich nehm noch eins.« Er steckte sich ein weiteres *Loukoum* in den Mund und nuschelte nur halb verständlich: »Wischen Schie, isch kann misch noch gut erinnern, isch war scheschzehn damals«, er kaute und schluckte und wischte sich den Puderzucker vom Mund, »ich war in Nizza im Internat, meine Eltern wollten, dass ich eine bessere Schulausbildung bekomme, als sie da drüben möglich gewesen wäre. Vielleicht wollten sie mich auch in Sicherheit wissen. Die waren hellsichtiger als die meisten. Sie wussten, dass es nicht mehr lange gut gehen würde in Algerien.«

Duval dachte an die Berichte von Folterungen, die man der französischen Armee zuschrieb, an die willkürlichen Vergeltungsmaßnahmen, die französische Soldaten in abgelegenen Bergdörfern exerzierten. Dass die Menschen in diesen Dörfern abwechselnd von der FLN und von der französischen Armee erpresst und in die Zange genommen worden sind, dass sie nicht wissen konnten, ob man sie am nächsten Tag als Verräter an der algerischen Sache einschätzen und sie mit durchgeschnittener Kehle enden würden oder als Verräter am französischen Staat und man ihnen daher eine Kugel in den Kopf jagen würde. Noch immer gab es keine Aufarbeitung dieser »Ereignisse«. Auch sechzig Jahre nach dem Ende von *Algérie française,* sechzig Jahre nach der Erlangung der Unabhängigkeit war es zu früh, um offen darüber zu sprechen. Noch lebten alle Beteiligten, waren die Wunden zu frisch, die Gräben zu tief.

»Glücklicherweise waren meine Eltern schon früh in Frankreich«, drang René Bouleaus Stimme wieder zu ihm vor. »Mitnehmen konnten sie trotzdem nicht viel, und das, was sie in einen Holzcontainer geschafft hatten, ein paar Möbel, Wäsche, das Geschirr, Erinnerungsstücke, das haben die Hafenarbeiter beim Ausladen so unsanft aus drei Meter Höhe ›abgesetzt‹«, er machte Anführungszeichen in der Luft, als er »abgesetzt« sagte, »dass alles zerbrochen und unbrauchbar geworden war.« Er sah Duval an. »Wissen Sie, was der Bürgermeister von Marseille damals öffentlich gesagt hat? Dass die *Pieds-Noirs* sich gefälligst nicht in Marseille, sondern anderswo wieder reintegrieren sollen. Marseille, diese offene Stadt, die immer sämtliche Gestrandeten aus aller Herren Länder aufgenommen hat, uns, die heimatlosen Brüder und Schwestern, wollte sie nicht! Herzlich willkommen in Frankreich«, sagte er in sarkastischem Ton. »So hat man uns empfangen. Es blieben ihnen nur ihre Koffer, ein paar Kleider, etwas Geld und Schmuck. Wir haben wieder ganz von vorne angefangen.

Und glauben Sie mir, das haben wir nur geschafft, weil wir dieses Pionierblut in unseren Adern fließen haben. Weil wir hart geworden sind und weil wir nie unsere Familie aufgegeben haben. Wir helfen uns gegenseitig, wir halten zusammen, da kann kommen, was will. Wir sind füreinander da.«

Genau das war es, wofür die *Pieds-Noirs* bekannt und ebenso häufig auch gering geschätzt wurden: diese großen und lauten Familienzusammenkünfte, bei denen sie wie sämtliche nordafrikanischen Familien ein *méchoui,* ein Lamm am Spieß, über einem Holzfeuer grillten.

»Sie müssen einmal dazukommen, wenn wir wieder ein *méchoui* machen«, sagte René Bouleau wie aufs Stichwort. »Oder kommen Sie am Samstag zu unserem Treffen. Ich werde meine Frau bitten, dass Sie uns ein *Couscous* macht. Sie macht das beste *Couscous* der Welt!«

»Das will ich gern glauben«, lächelte Duval.

»Dann ist es abgemacht, Sie kommen! Ah, wunderbar, möchten Sie nicht auch in unserem Verein Mitglied werden? Wir nehmen auch Nicht-*Pieds-Noirs* auf. Der Verein heißt ja nicht umsonst ›*Pieds-Noirs*-und-ihre-Freunde‹. Ich darf Sie doch als einen Freund ansehen, nach allem, was wir miteinander besprochen haben?!«

»Natürlich, aber ich muss das doch erst mit meiner Frau abstimmen«, wich Duval aus.

»Na, die bringen Sie mit! Kein Problem, es ist uns eine Freude!«

»Ich weiß nicht, was sie für Samstag geplant hat«, versuchte Duval sich aus der Affäre zu ziehen. »Ich glaube, es geht zu irgendeinem Kindergeburtstag«, log er. Annie würde ihm die Hölle heiß machen, wenn er sie zu einem Treffen eines *Pieds-Noirs*-Vereins mitschleppen würde.

»Aufgeschoben ist nicht aufgehoben«, antwortete René Bouleau. »Ich gebe Ihnen auf jeden Fall das Formular für die Mitgliedschaft mit. Für Paare ist der Beitrag ermäßigt.«

---

»Nie im Leben gehe ich da hin! Außerdem ist Julies Zimmer immer noch nicht fertig. Das hattest du mir versprochen! Das ist wichtiger als irgend so ein blödes *Couscous*-Essen, bei dem der ganz Tag draufgeht. Ich mag *Couscous* sowieso nicht«, schimpfte Annie.

»Ein traditionelles *Couscous* gekocht von jemandem, der es kann, ist bestimmt ganz anders und sehr lecker. Ich würde das gerne mal kosten«, machte Duval erneut einen Versuch.

»Hör auf, bitte. Ich kann nicht verstehen, dass du dich diesen reaktionären Typen so anbiederst.«

»Ich biedere mich nicht an, aber ich finde ihn nicht unsympathisch, und er hat eben seine Geschichte mit Algerien. Alle haben ihre eigene Geschichte, ihre eigene Sicht, ihre eigene Wahrheit, die Algerier, die *Pieds-Noirs*, die *Harki*. Ich maße mir nicht an, da alles zu verstehen und nur für eine Seite Partei zu ergreifen.«

»Nein, aber für Malpasset war die FLN verantwortlich«, sagte sie sarkastisch.

»Das halte ich für sehr wahrscheinlich, sagen wir es mal so. Das bedeutet nicht, dass ich für oder gegen die FLN bin, das bedeutet nur, dass ich ein terroristisches Verbrechen aufkläre, das 423 Tote gefordert hat. Und dass ich erwarte, dass die Täter dafür zur Rechenschaft gezogen werden, auch sechzig Jahre später. Und wenn es die FLN war, dann war es die FLN.«

»*Pfh*«, machte Annie. »Es sind so viele Menschen in diesem Krieg ums Leben gekommen. Auf beiden Seiten, Léon!«

»Okay«, winkte Duval resigniert ab. »Ich nehme jetzt Julies Zimmer in Angriff.«

# 8

»Léon!« Annies Stimme klang alarmiert.

Duval spannte sich an. »Ja?«

»Léon«, er hörte, wie sie sich zwang, ruhig zu bleiben, »Julie ist weg. In der Kinderkrippe sagen sie, zwei deiner Kollegen hätten sie in deinem Namen abgeholt. Was ist denn das für eine Geschichte? Wo ist Julie?«

Duval hatte das Gefühl, dass sein Herzschlag aussetzte. Er spürte, wie ihm die Angst den Nacken hochkroch. Julie. Dass sie das wagten.

»Léon, nun sag doch was!« Annie war ungeduldig. »Was ist das für eine komische Geschichte, Julie in Sicherheit zu bringen? Ist sie nicht sicher genug in der Kinderkrippe? Wo ist sie jetzt? Und warum? Ich verstehe gar nichts mehr!«

»Wo bist du?«, fragte er kurz angebunden.

»Na, in der Kinderkrippe. Ich wollte sie abholen. Aber deine Kollegen ...«

»Bleib da, ich komme«, unterbrach Duval.

Die junge Erzieherin heulte so sehr, dass sie Schluckauf hatte. »Sie hatten dieses offizielle Schreiben mit Ihrer Unterschrift und dem Briefkopf des Kommissariats«, wiederholte sie unter Schluchzen. »Es war IHRE Unterschrift, ich schwöre!«

»Ich weiß nicht, was ich sagen soll.« Die Leiterin der Kinderkrippe war aufgelöst und sah erschüttert von Annie zu Duval. »Jetzt reiß dich mal zusammen, Marine«, herrschte sie die Erzieherin an. »Wie konntest du denn so etwas allein entscheiden? Warum hast du mich nicht gerufen?«

»Aber du warst im Büro und sagtest, du wolltest nicht gestört werden, und sie waren so autoritär und entschieden«, verteidigte sich die junge Frau. »Sie haben mir doch neulich noch gesagt, dass es sein kann, dass Sie sie nicht abholen können und dass Sie bei der Polizei sind«, wandte sie sich an Duval.

Duval schnaufte.

»Außerdem kannten sie Julie«, fuhr sie fort. »Sie haben sie erkannt und freundlich mit ihr geredet«, sagte sie mit Nachdruck.

»Sind Sie sicher, dass es nicht doch Kollegen von Ihnen waren?«, fragte die Leiterin erneut nach.

»Doch, doch, es ist möglich, im weiteren Sinn natürlich«, stimmte Duval nun vage zu. Annie sah ihn befremdet an. »Haben Sie vielleicht eine Überwachungskamera? Dann könnten wir uns die Aufnahmen ansehen.«

»Aber natürlich, kommen Sie!« Erleichtert, etwas tun zu können, führte sie Duval und Annie in ihr Büro. »Warten Sie«, sagte sie, riss eine Schublade auf und nahm ein Döschen heraus, öffnete es, brach eine Tablette entzwei, die sie fast unbemerkt in den Mund steckte, und lief zurück zu der jungen Erzieherin. »Hier«, sagte sie, drückte ihr ebenso eine Tablette in die Hand. »Nimm das und trink ein Glas Wasser, Marine! Wasch dir das Gesicht und kümmere dich um die Kleinen! Kein Wort zu den Eltern, hörst du?«

Marine schluchzte auf.

»Jetzt reiß dich aber mal zusammen!«

»Ja«, wimmerte sie.

»Entschuldigen Sie«, wandte sie sich an Annie und Duval, warf das Döschen in die Schublade zurück und öffnete am PC das Programm der Überwachungskamera.

Annie vibrierte neben ihm. Er legte ihr den Arm um die Schulter.

»Da haben wir es.« Die Leiterin ließ den aufgezeichneten Film ablaufen.

»Da!«, rief Duval.

Sie hielt an, ließ den Film etwas zurückspulen und wieder vorwärtslaufen.

Zwei Männer standen vor dem Tor und mit dem Rücken zur Kamera. Einer trug eine Baseballkappe, der andere einen Kapuzenpulli. Selbst als einer sich zur Sprechanlage beugte, blieb er mit dem Rücken zur Kamera stehen.

Die wissen von der Kamera, und die wissen, wie sie sie umgehen können, dachte Duval bitter.

»Erkennen Sie jemanden?«

»Schwer zu sagen.« Duval zuckte die Schultern. »Gibt es keine Bilder von drinnen?«

»Nein, bedaure, das ist aus hunderterlei rechtlichen Gründen nicht möglich«, sie verdrehte die Augen. »Wir haben nur diese eine Einstellung.«

»Wenn sie rauskommen, sieht man vielleicht mehr«, schlug Annie vor.

Nur wenige Minuten später trug einer der Männer Julie wie eine große Puppe auf dem Arm. Er versteckte sich hinter ihr, hatte zusätzlich seine Kapuze über den Kopf gezogen und den Kopf gesenkt.

Annie erstarrte und schluchzte auf. »Julie«, schrie sie,

»mein Kind! Mein Baby! Sie haben mein Baby mitgenommen, einfach so!« Sie weinte haltlos und begann zu zittern. Duval drückte den Arm fester auf ihre Schultern.

»Tu doch was!« Sie starrte Duval an. »TU WAS!«

»Bitte«, sagte die Leiterin eindringlich, »bitte beruhigen Sie sich. Wir haben noch ein paar Kinder hier, die gleich abgeholt werden. Wir dürfen jetzt keine Panik erzeugen! Oder muss ich die Polizei rufen?«, fragte sie nervös.

»Ich bin die Polizei«, sagte Duval. »Ich bin sicher, das klärt sich auf.«

Die Leiterin atmete hörbar auf, Annie hingegen schnappte nach Luft.

»Vielleicht magst du auch ein Lexomil nehmen«, schlug er ihr vor, »wenn wir alle in Ruhe überlegen können, ist es besser.« Er drückte seinen Arm auf ihre Schulter und sah sie eindringlich an.

Die Leiterin nahm erneut das kleine Döschen aus der Schublade, öffnete es und hielt es Annie hin. »Bitte.«

Annie starrte befremdet auf die kleinen teilbaren Tabletten.

»Ein Viertel, nehmen Sie ein Viertel«, riet die Leiterin der Kinderkrippe. »Es wirkt schnell.«

Annie zögerte immer noch.

»Hier, bitte«, die Leiterin hatte entschlossen eine Tablette entnommen, ein Viertel abgebrochen und hielt es Annie mit einem Glas Wasser entgegen. »Sie können sie schlucken oder unter der Zunge zergehen lassen. Ich gebe Ihnen den Rest mit, oder, wissen Sie was, ich gebe Ihnen zwei. Wer weiß, wie lange es noch dauert, bis sich die Aufregung gelegt hat.« Sie steckte die Tabletten in ein winziges Pillendöschen. »Bitte. Sie können es sich von Ihrem Hausarzt verschreiben lassen.«

Annie schluckte das kleine Eckchen der Tablette und trank etwas Wasser.

»Kann ich irgendwo ungestört telefonieren?«, fragte Duval.

»Ja sicher, im Ruheraum, kommen Sie.« Die Leiterin führte Duval in einen hellblau gestrichenen Raum, in dem sieben kleine Matratzen auf dem Boden lagen. Alle jeweils mit einer kleinen Decke und einem kleinen Kissen versehen. In einer Ecke des Raums standen drei hölzerne Gitterbettchen. Dieser eigentümliche Geruch von Feuchttüchern und Babybrei, der auch bei ihm zu Hause vorherrschte, hing im Raum.

Duval konzentrierte sich und rief Villiers an.

»Ja?«, meldete der sich knapp.

»Villiers, Duval hier. Ich fürchte, man hat meine Tochter entführt.«

»Was?«, fragte Villiers entgeistert. Dann fing er sich. »Wo sind Sie?«

»In der Kinderkrippe. Hören Sie, ich will keinen Skandal, behalten Sie das für sich. Aber können Sie sich mit der *Police Municipale* kurzschließen, damit sie die Kamerabilder rund um die Rue Honoré Carras auswerten? Zwei Männer sind hier gegen 16.45 Uhr reingegangen. Kamen ein paar Minuten später mit meiner Tochter wieder raus. Zwei Männer, mittelgroß, unbestimmter Typ, nur von hinten zu sehen, kurze Haare, Jeansjacke und Baseballkappe der eine, Kapuzenpulli der andere. Mehr sieht man nicht. Sie vermeiden jedes Mal die Kamera.«

»Ich soll sie nicht zur Fahndung ausschreiben?«

Duval zögerte.

*»Commissaire?«*

»Nein! Erst mal nicht. Lassen Sie sich etwas einfallen, weshalb Sie die Bilder brauchen.«

»Und die geben Ihre Tochter einfach so an zwei hergelaufene Kerle? Was ist das denn für ein Laden?«

»Die haben sich als *Flics* ausgegeben, angeblich Kollegen. Mit einem offiziellen Schrieb und meiner Unterschrift.«

Villiers pfiff durch die Zähne. »Echte falsche Kollegen.«

Oder echte Kollegen, dachte Duval, aber das behielt er für sich.

»Und Ihre Tochter hat nicht gebrüllt?«

»Nein, anscheinend nicht. Vielleicht haben sie ihr sofort etwas zur Beruhigung gegeben, ich verstehe es nicht.«

»Zwei Typen mit einem Kind«, wiederholte Villiers neutral.

Duval schluckte. Ein Kind. »Sie ist erst vierzehn Monate alt«, sagte er mit bemüht ruhiger Stimme. »Sie ist blond und hat blaue Augen. Und trug irgendetwas Rosafarbenes.«

»Okay«, sagte Villiers. »Noch was?«

»Sie ist noch nicht trocken. Sie trägt noch Windeln.« Ich hoffe, diese Kerle können mit einem Kleinkind umgehen, dachte er.

»Okay, *Commissaire,* ich kümmere mich. Kann ich Léa und LeBlanc einweihen?«

»Ja, aber es bleibt in der Abteilung. Kein Wort nach außen, ist das klar?«

»Klar, Chef. Ich melde mich wieder.«

»Bis dann.«

»*Commissaire!*«, rief Villiers.

»Ja?«

»Es tut mir sehr leid.«

»Danke.«

»Sie haben ihr einen Lutscher in den Mund gesteckt«, sagte Annie, nachdem sie mehrfach das Video vorwärts und rückwärts angesehen hatte. »Hier.« Sie hielt das Video an. »Schau!« Tatsächlich sah man unscharf, dass Julie etwas im Mund hatte und es mit beiden Händen hielt. »Es ist nicht ihr Schnuller, der ist nämlich noch hier.« Sie hielt Duval anklagend den bunten Schnuller entgegen.

»Gut«, entschied Duval, »wir gehen nach Hause. Keine Sorge, es wird sich aufklären«, beruhigte er die Leiterin der Kinderkrippe.

»Das wünsche ich uns allen. Halten Sie mich auf dem Laufenden?«

»Sicher«, sagte Duval ohne Überzeugung und zog Annie zum Ausgang.

Dort hatte Marine einen kleinen Jungen zu seinen Eltern begleitet und plauderte am Eingang.

Als sie sich umdrehte und Annie sah, zuckte sie zusammen.

»Entschuldigung«, begann sie, »es tut mir so leid.«

Annie würdigte sie keines Blickes.

»Ich kann nicht glauben, dass ich mein Kind freiwillig diesem Mädchen anvertraut habe«, zischte sie, als sie die Krippe verlassen hatten. »Wenn ich Julie nicht gesund zurückbekomme, bringe ich sie eigenhändig um!«

---

Um zwei Uhr morgens lief Annie noch immer unruhig durch die Wohnung. Trank einen Schluck Wasser in der Küche, lief bis ins Bad, nur um dort mit leerem Blick in den Spiegel zu sehen. In Julies Zimmer roch sie am Kissen, das in ihrem Bettchen lag. Das Lexomil hatte sie tatsächlich beruhigt, aber sie schluchzte trotzdem immer wieder auf. Nun nahm sie das Kissen, drückte es an sich und lief zurück ins Wohnzimmer. Duval saß auf dem Sofa und hatte die Augen geschlossen.

»Schläfst du?«

Er öffnete langsam die Augen. »Nein.«

»Sagst du mir jetzt bitte endlich, in was für eine Geschichte du verwickelt bist, Léon? Sind das die Leute von Cosenza? Den Richter haben sie erschossen, und dich bestrafen sie, indem sie unser Kind entführen? Dieses kleine unschuldige Wesen.« Sie drückte das Kissen an sich. »Was werden sie ihr antun? Glaubst du«, setzte sie an, aber sie konnte das, was sie befürchtete, nicht aussprechen.

»Nein, das werden sie nicht«, behauptete er, obwohl er sich keinesfalls sicher war. »Es geht um mich«, sagte Duval, »Sie wollen mich damit treffen. Es sind nicht die Leute von Cosenza«, fügte er hinzu.

»Wer denn dann? Doch nicht etwa die FLN?«, versuchte sie zu scherzen, aber ihre Stimme klang schrill.

In Duvals Kopf ratterte es seit Stunden. Stéphane, der versucht hatte, ihn von der Beschäftigung mit Malpasset abzubringen. Es gab jemanden, der aufräumte und Akten verschwinden ließ. Jemand, der ausreichend Macht und Möglichkeiten hatte und der nicht wollte, dass die offizielle Geschichtsschreibung geändert wurde, weil sie nicht in den politischen Kurs passte. Jemand, der nicht einmal davor zurückschreckte, einen Richter zu ermorden, den Mord aber geschickt anderen in die Schuhe schob und dafür sogar einen Bandenkrieg in Kauf genommen hatte. Und wer hatte wirklich Cosenza und Driss Abidi auf dem Gewissen? Und jetzt hatten sie seine Tochter entführt. Es war eine Warnung. »Nein, nicht die FLN«, sagte Duval.

»Wann melden die sich denn? Das kann doch nicht noch Stunden so weitergehen?«

»Ich weiß es auch nicht, Annie. Leg dich ein bisschen hin und ruh dich aus.«

»Ich kann mich doch jetzt nicht hinlegen!«, empörte sie sich.

»Wer weiß, wie lange es dauert«, sagte Duval. »Nimm noch ein Lexomil und ruh dich aus, bitte.«

»Meinst du, die wollen Geld?«

»Nein, das glaube ich nicht. Wenn sie sich informiert haben, dann wissen sie, dass wir keines haben.«

»Das Haus? Du könntest das Haus verkaufen!«

»Annie, ich glaube nicht, dass das nötig sein wird. Bitte, leg dich einen Moment hin. Die Kollegen haben einen Beobachtungsposten in einem Wagen in der Rue du Lac. Und wenn irgendjemand anrufen sollte, hörst du es auf jeden Fall.«

Schließlich setzte sie sich angezogen auf das Bett, schmiegte sich an Julies Kissen und schaltete das Nachttischlämpchen an. Irgendwann setzte sich Duval neben sie und nahm sie in den Arm. Sie legte den Kopf auf seine Schulter und weinte leise.

---

Er erwachte durch ein schrilles Trillern. Im Vorgarten veranstalteten die Vögel ein virtuoses Konzert. Ein unschuldiges, aber intensives Gezwitscher in einer beeindruckenden Lautstärke und all das noch vor Sonnenaufgang. Julie, dachte er. Julie. Julie. Er versuchte, sich nicht zu bewegen, um Annie nicht zu wecken, die neben ihm zusammengekrümmt schlief, das Kissen immer noch an sich gedrückt.

Ihr Mund war leicht geöffnet, die langen blonden Locken ergossen sich auf das Kissen. Sie wirkte so verletzlich.

Sie schien zu spüren, dass er sie betrachtete, denn sie erwachte, blickte ihn an und begann sofort wieder leise zu weinen.

Er umschloss sie fest mit beiden Armen, und einen Moment lagen sie so da. Hörten auf ihren Atem und die tirilierenden Vögel.

»Ich habe solche Angst«, flüsterte sie.

Er drückte sie noch fester an sich.

»Hast du geschlafen?«

»Ich glaube, hin und wieder, ein bisschen zumindest. Ich wollte eigentlich nicht schlafen.« Schon wieder liefen ihr die Tränen über die Wangen. »Wie laut diese Vögel sind! Ich habe das noch nie so gehört. Ist das jeden Morgen so?«

Duval zuckte mit den Schultern. »Keine Ahnung.«

»Es ist«, sie stockte und lauschte dem trillernden Gesang eines Vogels direkt vor dem Fenster, »es ist geradezu unverschämt laut! Findest du nicht?«

Er verkniff sich ein Lächeln.

Es wurde langsam hell. Jetzt gurrte das Turteltaubenpärchen, und die ersten Sonnenstrahlen warfen wie jeden Morgen das gelblich-weiß gestreifte Muster der nur halb geschlossenen Fensterläden an die Wand. Es versprach, ein sonniger Frühsommertag zu werden.

Und Julie war verschwunden.

»Mir tut alles weh«, klagte Annie leise. Duval küsste sie zärtlich und erhob sich.

»Hab ich was verpasst? Gibt es irgendetwas Neues?«

»Nein.«

Mechanisch griff sie nach ihrem Smartphone, klickte

herum, aber es gab nur banale Neuigkeiten, und sie schob es unter ihr Kissen.

Der Kater strich maunzend um seine Beine, während Duval Kaffee kochte.

»Na, du Kater«, sagte er, »du verstehst auch nicht, was los ist, hm.« Er gab eine große Portion Futter in das Schüsselchen, um wenigstens den Kater zu verwöhnen, wechselte mechanisch das Wasser im anderen Schälchen aus und strich dem zufrieden schnurrenden und hastig fressenden Kater über das Fell. Dann dehnte er seinen schmerzenden Körper. Beschissene Schlafhaltung, dachte er. Er brachte Annie eine Tasse Kaffee ans Bett, öffnete das Fenster, stieß die Fensterläden weit auf und warf einen prüfenden Blick auf die umliegenden Häuser und die Dächer. Er scannte die Fenster, eines nach dem anderen, hinter den zumeist noch geschlossenen Fensterläden. Nichts Auffälliges. Alles schien wie immer. Die ersten Autos fuhren vorbei. Die Vögel zwitscherten noch immer hier und da. Der üppig blühende Jasminstrauch im Nachbargarten roch süßlich betörend. Auf dem Weg im Vorgarten lag wie jeden Morgen die Zeitung, die der Zeitungsbote im Vorüberfahren über den Zaun warf.

»Ich bringe den Kollegen Kaffee und schicke sie nach Hause«, sagte Duval.

»Und wenn sie anrufen?«

»Dann gehst du dran.«

»Was soll ich denn sagen?« Sie klang weinerlich.

»Ich denke, die werden dir etwas sagen. Du hörst zu und schreibst es auf. Ich bin in zwei Minuten zurück!«

»Und wenn es jemand anders ist?«

»Annie, bitte! Verhalte dich normal, wenn es deine Mutter ist, sagst du, du kannst nicht lang sprechen, weil du Kopfweh hast oder was auch immer. Sag, du rufst zurück. Aber kein Wort von Julie!«

Duval klopfte kurz an die hintere Tür des Kastenwagens und schlüpfte dann hinein.

»Morgen, Kollegen«, sagte er und reichte die Thermosflasche mit Kaffee nach vorne.

Villiers und LeBlanc in ihrem Peugeot Kastenwagen sahen übernächtigt aus, ihre Gesichter waren unrasiert und zerknautscht. LeBlanc streckte sich und gähnte. »Ich bin zu alt für solche Nächte«, stöhnte er.

»Morgen, *Commissaire.*«

Villiers goss Kaffee in zwei Plastikbecher und reichte einen an LeBlanc.

»Und?«, fragte er zu Duval gewandt.

»Nichts.«

»Bei uns auch nichts. Alles ruhig. Abgesehen von Spaziergängern mit kackenden Hunden. Die lassen ihre Köter zwischen den parkenden Autos scheißen, echt! Einem haben wir Angst eingejagt«, lachte er. »Ich habe an die Windschutzscheibe geklopft und gebrüllt, er solle die Hundescheiße gefälligst aufsammeln. Den hättest du mal sehen sollen, der bekam den Schreck seines Lebens«, Villiers amüsierte sich.

Duval verzog das Gesicht. Das war nicht das, was er unter einem unauffälligen Beobachtungsposten verstand.

»Ist doch wahr«, verteidigte sich Villiers, »diese Tüten hängen an jeder Straßenecke, und kein Mensch nutzt sie!«

»Ich gehe wieder«, sagte Duval. »Sie müssen sich ja irgendwann melden. Fahren Sie nach Hause, schlafen

Sie etwas. Ich halte Sie auf dem Laufenden.« Er kroch aus dem Kastenwagen. »Und danke«, sagte er, bevor er die Tür schloss.

»Keine Ursache. Danke für den Kaffee«, hörte er noch.

---

»Und?«, fragte Duval.

»Nichts.« Annie streichelte nervös den Kater, der sich auf ihren Knien breitgemacht hatte.

»Was machen wir jetzt?«, fragte sie.

»Was willst du machen?« Duval zuckte mit den Schultern. »Nichts, wir warten.«

»Nichts, wir warten«, äffte sie ihn nach. »Denkst du auch manchmal an uns? An unsere Familie? Was wir aushalten, während du die Welt rettest?« Unvermittelt brach sich ihre Wut Bahn.

»Annie, bitte!«

»Bitte! Bitte! Echt, León. Es geht um Malpasset, oder? Der Richter, der sich dafür interessiert hat, ist tot, dieser Geheimdienstmann ist tot. Und Julie ...« Sie brach in Tränen aus. »Was willst du beweisen? Dass es sich vor sechzig Jahren anders zugetragen hat?«

»Verstehst du nicht, dass nie jemand für über 400 Tote zur Rechenschaft gezogen wurde?«

»Das will kein Mensch mehr wissen! Die, die betroffen sind, sind tot. Die werden davon auch nicht mehr lebendig.«

»Würdest du das auch sagen, wenn es deine Familie betrifft? Wenn du deine Eltern und Großeltern verloren hättest und dein Hab und Gut? Deine Tochter?«

»Meine Tochter!« Annie schrie und schluchzte gleichzeitig. »Ja, meine Tochter! Ich bin dabei, meine Tochter zu verlieren, weil du in irgendwelchen verrotteten Abgründen für irgendwelche Toten herumsuchst. Die sind tot! Die werden nicht mehr lebendig! Aber was erlebt Julie gerade? Was tun sie ihr an? Sie wird für den Rest ihres Lebens traumatisiert sein, wenn ...« Sie schluchzte.

Das Telefon klingelte. Beide starrten das Telefon an. Es klingelte wieder.

»Nimm ab«, zischte Annie aggressiv.

»Ja«, meldete sich Duval.

»Duval?«, fragte eine Stimme.

»Ja«, bestätigte Duval knapp.

»Hören Sie auf, Ihre Nase in alte Angelegenheiten zu stecken. Vorbei ist vorbei. Verstehen wir uns?«

»Wo ist meine Tochter?«

»Was sind Sie für ein Vater, der seine eigene Tochter in Gefahr bringt!«, sagte die Stimme verächtlich.

»Wie geht es meiner Tochter? Wo ist sie?«, wiederholte Duval mühsam beherrscht.

»Reizendes Kind«, sagte die Stimme. »Sie schläft tief und fest. Wir haben gut auf sie aufgepasst. Das sollten Sie auch tun. Bringen Sie sie und Ihre Familie nicht unnötig in Gefahr, wenn Sie verstehen, was ich meine.«

»Wo ist sie?«, schrie Annie und riss Duval den Hörer aus der Hand. »Was wollen Sie? Wo ist meine Tochter? Ich will mein Kind zurück! Geben Sie mir mein Kind zurück!«

»Es geht ihr gut. Schauen Sie in den Vorgarten.« Mit einem Klick war die Verbindung unterbrochen.

»Im Vorgarten!«, schrie Annie, riss die Haustür auf und rannte barfuß die Stufen hinunter.

Duval folgte ihr, zwei Stufen auf einmal nehmend.

Julie lag schlafend in einem unbekannten Kinderwagen.

Annie stürzte sich auf sie, riss sie aus dem Kinderwagen, bedeckte sie mit Küssen und drückte sie an sich. »*Mon bébé, mon bébé*«, rief sie immer und immer wieder und schnupperte an ihr. Sie roch wie immer, sie sah rosig und gesund aus, aber sie schlief wie ein Murmeltier.

Duval riss das Gartentor auf und unterzog die Straße, die wenigen Passanten und die vorbeifahrenden Autos einer kritischen Kontrolle. Wieder und wieder blickte er prüfend die mit Fensterläden geschlossenen Fenster der Nachbarhäuser an. Er wusste nicht einmal, wer hier lebte, abgesehen von einem älteren Herrn, der ihn einmal um Hilfe gebeten hatte, als er sich ausgesperrt hatte. Duval wusste nun, dass der ältere Herr sich um seine betagte Mutter kümmerte, und seitdem grüßten sie sich, aber mehr hatten sie in all den Jahren nicht ausgetauscht.

Julie schmatzte etwas im Schlaf und gab kleine Laute von sich. »Was hast du erlebt, mein kleiner Schatz?«, flüsterte Annie in Julies Ohr und wiegte sie hin und her. »Du bist wieder zu Hause. *Maman* ist da. Alles ist gut. Du kannst aufwachen.« Sie summte die kleine Melodie der Spieluhr, die Julie so liebte.

»Ich vermute, die haben ihr ein Beruhigungsmittel verabreicht«, sagte Duval und näherte sich Annie und Julie. Er machte eine Geste, um seine Tochter in den Arm zu nehmen, Annie gab sie ihm nur zögernd.

Das warme, schwere Kind im Arm zu halten, rührte ihn zu Tränen. Er küsste sie zärtlich auf den Kopf. *Je l'aime à mourir, je l'aime à mourir,* sang Francis Cabrel in seinem Kopf.

»Es ist deine Schuld!«, sagte Annie. »Und wenn sie etwas davon zurückbehält, ist das auch deine Schuld!«

Duval schnaufte. »Ich habe sie nicht entführen lassen«, sagte er. »Es ist die Schuld dieser Leute, nicht meine!«

»Gib sie mir!« Annie wand ihm Julie aus dem Arm, drehte sich weg und wiegte sie in ihren Armen.

»Ich rufe die Leiterin der Kinderkrippe an, um sie zu beruhigen«, sagte Duval.

»Da bringe ich sie jetzt so bald nicht mehr hin, das kannst du ihr sagen.«

»Was willst du also tun?«

»Im Moment bleibt sie bei mir.«

»In Ordnung, ich sage ihr, dass wir uns wieder melden.«

---

Am fremden Kinderwagen waren wie erwartet keine Fingerabdrücke, die Kissen und der neue Schnuller, an dem Julie genuckelt hatte, stammten von einem großen Supermarkt. Auch die Windel, denn tatsächlich hatte man ihr die Windel gewechselt, war ein Standardprodukt, das es ebenso in jedem Supermarkt zu kaufen gab.

»Vielleicht geben die Staubpartikel an den kleinen Reifen noch etwas her«, meinte der Kollege der PTS, der *police technique et scientifique*. »Um welche Ermittlung handelt es sich eigentlich?«

»Keine Ermittlung«, sagte Duval. »Eine private Sache. Wenn Sie noch etwas finden, sagen Sie mir Bescheid?«

»Sicher.«

»Danke!«

---

*»Coucou«,* rief er, als er abends mit einem Paket vom *Traiteur* nach Hause kam. Ein kleines Festessen zum guten Ausgang und um den Schreck zu verdauen.

»*Coucou,* jemand zu Hause?«

Er erhielt keine Antwort.

»Annie?«, fragte er besorgt und öffnete vorsichtig die Tür zum Kinderzimmer, aber dort war niemand.

»Annie?«, rief er etwas lauter. Er öffnete jede Tür. Betrübt blickte er in das kahle, halb fertige Kinderzimmer mit den Zeitungen auf dem Fußboden, der Leiter und dem Farbeimer in der Mitte.

Annie war nicht da und Julie ebenso wenig.

Die Wohnung war nicht aufgeräumt, ungebügelte Wäsche stapelte sich auf der Sofalehne, auf dem Küchentisch stand eine halb volle Tasse Kaffee, der Geschirrspüler war ebenso halb voll mit schmutzigem Geschirr. Der Schreibtisch voller Bücher und Papier.

Sein Herz begann bis zum Hals zu klopfen.

Er wählte Annies Nummer, landete aber nur auf der Mailbox. Ganz ruhig, sagte er sich selbst, ganz ruhig. Sie sind vielleicht noch auf dem Spielplatz im Park. Er sah auf die Uhr. Nicht unbedingt die Zeit für den Spielplatz, dachte er, eilte aber dennoch zum benachbarten Park und durchschritt ihn zügig. Eine Frau führte ihren Hund aus, obwohl hundertundein Schild darauf hinwiesen, dass Hundeausführen dort untersagt war. Eine junge Frau schleppte sich mit zwei Einkaufstüten ab; am anderen Ende des Parks lag ein Wohnblock, und die Bewohner nutzten den Weg durch den Park als Abkürzung. Auf einer Bank mit Blick auf den Springbrunnen saß, neben einem alten Fahrrad, behängt mit vielerlei Plastiktüten und umgeben von einem beißenden Geruch von Urin, ein unrasierter Mann und öffnete gerade eine Dose Bier. Er lächelte Duval zahnlos an und prostete ihm zu. Vom kleinen nahe gelegenen Bouleplatz hörte er Stimmen und das Klackern der Kugeln. Aber Kinder spielten um diese Zeit nicht mehr im kleinen Sandkasten, und es rutschte auch keines mehr die grüne Rutschbahn hinunter.

Wieder zu Hause überlegte er fieberhaft. Kinderarzt? Eine Freundin? Welche? War sie zu ihrer Mutter gefahren? Er starrte auf den Schreibtisch. Das Notebook, sie hat das Notebook mitgenommen. Oder jemand hat das Notebook mitgenommen.

Erneut wählte er ihre Nummer, und dieses Mal antwortete sie.

»Wo bist du, Herrschaftszeiten?«, fuhr er sie an.

»Hallo erst mal«, antwortete sie empört.

»Hallo, entschuldige, ich habe mir solche Sorgen gemacht. Wo bist du? Geht es dir gut? Ist Julie bei dir?«

»In den Bergen und zweimal ja.«

»Bitte?«

»Ich bin in den Bergen, und ja, es geht mir gut, und ja, Julie ist bei mir.«

»Konntest du mir nicht mal einen Zettel schreiben?«

Annie schwieg.

»Wo genau bist du? In Valberg?«

»Bei Freunden«, sagte sie ausweichend.

»Du sagst mir nicht, wo du bist?«

»Bei Anne und Dominique auf dem Hof.«

»Aha.«

»Ich fühle mich hier sicherer als in der Stadt.«

»Und Julie?«

»Julie ist bei mir, und es geht ihr gut. Sie ist sehr anhänglich. Ich war vorhin noch bei der Kinderärztin, da hat sie geschrien wie am Spieß, als die Ärztin sie anfassen wollte. Ich wollte nicht sagen, was passiert war, blieb etwas vage, sagte etwas von Albträumen. Sie gab mir ein paar homöopathische Kügelchen für sie. Vielleicht hilft's, jetzt ist sie auf jeden Fall ruhig.«

»Und deine Arbeit?«

»Es gibt hier ein erstaunlich schnelles Internet. Über Satellit.«

»Wie lange willst du bleiben?«

Sie räusperte sich. »Ich bleibe so lange hier, bis du wieder zu Sinnen gekommen bist. Bist du dir bewusst, in welche Gefahr du uns gebracht hast? Während du glaubst, Gerechtigkeit für die Welt zu schaffen? Was muss denn noch passieren?«

Er stöhnte auf.

»Ja, stöhn du nur. Wenn du nicht aufhörst, dann, dann ... ich will so etwas nicht noch mal erleben, Léon!«

»...«

»Hast du gehört, was ich gesagt habe?«

»Ja.«

»Und?«

»Und was?«

»Was willst du tun?«

»Ich muss überlegen, Annie.«

»Dann überleg, Léon.«

---

Er suchte die CD von Francis Cabrel, legte sie in den CD-Spieler und suchte *»Je l'aime à mourir«*. Seit Julie verschwunden war, hatte er es ständig im Kopf.

Francis Cabrel hatte mit diesem Lied eine Liebeserklärung für seine kleine Tochter geschrieben. Duval hatte es schon oft gehört, bislang hatte es ihn wenig beeindruckt, er fand Cabrel oft fad, monoton und leidenschaftslos, jetzt schien ihm, als wäre jedes Wort nur für ihn geschrieben worden.

*Moi je n'étais rien, mais voilà qu'aujourd'hui, je suis le gardien du sommeil de ses nuits, je l'aime à mourir … elle a bâti des ponts entre nous et le ciel et nous les traversons à chaque fois qu'elle ne veut pas dormir, je l'aime à mourir …*

Wie sehr wünschte er sich jetzt, Julies Schlaf bewachen zu dürfen, sie friedlich schlafen zu sehen, ihr kleines Mündchen, die rosigen Wangen, ihre langen Wimpern, die Löckchen, die sie von Annie geerbt hatte und die sich auf ihrem Köpfchen ringelten. Was für ein Kampf es war, bis, und wie friedlich, wenn sie dann endlich schlief. Der Gedanke daran schmerzte ihn. Sie hatte tatsächlich Brücken zwischen ihm und dem Himmel gebaut, so kam es ihm vor. *»Je l'aime à mourir, je l'aime à mourir«* murmelte er zusammen mit Francis Cabrel. Der Kater sprang neben ihn auf das Sofa, drehte sich mehrfach, um sich dann eng an ihn geschmiegt zusammenzurollen. »Ach, du Kater«, seufzte er tief und streichelte ihn langsam. »Jetzt sind wir allein, was?« Der Kater schnurrte, streckte sich und gähnte und legte dann seinen Kopf und eine Pfote auf Duvals Oberschenkel. Die Fürsorge des Katers rührte ihn. *Je l'aime à mourir, je l'aime à mourir,* sang Cabrel noch einmal, und Duval spürte, wie ihm eine Träne über die Wange lief.

---

Am nächsten Tag fuhr er in die Berge. Er hatte kaum geschlafen, dennoch fühlte er sich hellwach, erleichtert und froh, und gleichzeitig war er aufgeregt und abenteuerlustig wie ein kleiner Junge. So viele Emotionen hatte er schon lange nicht mehr gespürt. Er merkte erst jetzt, wie sehr ihn dieser Job gefangen genommen hatte. Wie angespannt er jeden Tag gewesen war. Wie sehr er sich kontrolliert hatte. Wie wenig er wirklich fühlte und lebte. Es war, als wäre er aus einem Schraubstock entkommen. Er summte vor sich hin und trommelte auf das Lenkrad, während sich die kurvige Strecke immer weiter hinaufwand. Er ließ das Fenster heruntergleiten, um den Fahrtwind zu spüren, und sang ein ziemlich jämmerliches *Born to be wi-hi-hi-ld,* aber er sang es laut und fühlte sich großartig. Plötzlich waren diese Motorradfahrer hinter ihm. Er hatte sie nicht kommen sehen. Jetzt waren sie da, und sie fuhren dicht auf. Sein Herz schlug bis zum Hals. Das war's jetzt also, dachte er. Im Rückspiegel sah er die schwarzen Helme, die getönten Schilde. Die Motorräder röhrten in jeder Kurve auf. Kamen näher, ließen sich wieder zurückfallen. Wie viele waren es? Instinktiv beschleunigte er und blickte wieder und wieder in den Rückspiegel. Sie fuhren noch immer dicht hinter ihm. Ließen sich zurückfallen, nur um wieder heranzupreschen. Schwarz, vollkommen schwarz. Die Motorräder, die Lederkombi, die Helme. Es erinnerte ihn an die Schwarzen Reiter aus einem mehrteiligen Fantasyfilm, den er zusammen mit Matteo gesehen hatte. Matteo hatte sich sehr gefürchtet, wollte es aber nicht zeigen. So ähnlich fühlte er sich auch, als er in die nächste Rechtskurve schlingerte, die Reifen quietschten und die Motorradfahrer im gleichen Tempo mithielten und noch immer an seiner Stoßstange klebten. Die kurvige Straße war nur von einer einfachen Leitplanke begrenzt, dahinter kam der Abgrund. Es ging dort bestimmt hundert Meter senkrecht nach unten, die Straße schlängelte sich am äußersten Rand der schroffen rostroten Schluchten entlang, durch die sich der Fluss Var im Laufe der Jahrhunderte sein Bett gegraben hatte und sich nun tief unten im Tal in grauschwarzen und schäumenden Stromschnellen überschlug. Jetzt scherte einer der Motorradfahrer aus und beschleunigte, die anderen folgten, sie waren jetzt gleichzeitig neben und hinter ihm, einer setzte sich sogar vor ihn. Der Fahrer des Motorrads, der noch immer neben ihm fuhr, wandte den behelmten Kopf zu ihm und hob die Hand. Duval erstarrte, während er das Lenkrad umklammert hielt und verkrampft geradeaus starrte. Aus den Augenwinkeln sah er, wie der Motorradfahrer den behelmten Kopf bewegte, die behandschuhte Hand winkte, dann gab er Gas und rauschte davon. Die anderen folgten ihm, ein laut röhrender schwarzer Schwarm, schon hatten sie sich, einer nach dem anderen, in abenteuerlicher Schräglage durch die nächste Kurve gleiten lassen, eine weitere Kurve, dann waren sie außer Sicht. Deutsche Touristen. Er hatte die quadratischen weißen Nummernschilder gerade noch wahrgenommen. Sein Herz raste.

Auf dem nächsten kleinen Panoramaparkplatz hielt er an und stieg aus. Seine Beine zitterten, seine Hände waren feucht, und er atmete schwer. Er lief ein paar Schritte hin und her und versuchte seine Atmung zu kontrollieren. »AAARGH«, brüllte er aus voller Kehle in diese bizarre stille Landschaft, die ihn umgab. Ein unartikuliertes Brüllen, wild und wütend und wund zugleich. Noch einmal und noch einmal setzte er an und brüllte, brüllte sich all seine erstarrten Gefühle, seine Angst und seine Wut, seine Verzweiflung und seine Traurigkeit aus dem Körper, so lange, bis sein Hals rau wurde und nur noch ein Schluchzen hervorkam. Später setzte er sich auf die Holzbegrenzung, schaute und lauschte. Er hörte das Rauschen des Var weit unter ihm. Ansonsten war Stille.

Annie saß zusammen mit Anne und Dominique auf der Veranda hinter dem Haus in der Sonne. Sie schaukelte in einem Schaukelstuhl leicht hin und her und hielt Julie im Arm. Die Luft war frisch und klar hier oben, in der Sonne aber war es warm.

»Du kommst gerade richtig zum Apéro«, begrüßte ihn Dominique, erhob sich, verschwand in der Küche und kam mit ein paar Flaschen und Gläsern zurück, die er auf den schweren Holztisch stellte. Dann begrüßte er Duval mit einem Händedruck und einem Klopfen auf die Schulter. Anne lächelte ihn an, erhob sich und drückte ihm zwei Küsschen auf die Wangen.

»Schön, dass du da bist, Léon«, sagte sie.

»Ja, das finde ich auch«, gab Duval mit rauer Stimme zurück. Er beugte sich zu Annie und küsste sie auf die Haare und streichelte vorsichtig über den Kopf von Julie. *Je l'aime à mourir, je l'aime à mourir.*

»Na, ihr zwei«, krächzte er und räusperte sich.

»Was ist mit deiner Stimme passiert?«, fragte Annie.

»Weg«, krächzte er und verzog hilflos das Gesicht.

»Wie das?«

»Keine Ahnung«, gab er vor. »Einfach weg.«

»Vielleicht hast du dich erkältet«, vermutete Anne, »hier trink mal was.« Sie reichte ihm ein Glas Pastis. »Das ist noch immer die beste Medizin!«

Er nickte dankbar und nahm das Glas entgegen.

Kurz darauf prosteten sie sich alle zu. *»Tchin«*, sagte Annie und erhob von ihrem Schaukelstuhl aus ihr Glas Orangenwein. *»Santé«*, wünschte Anne. »Das können wir alle brauchen, nicht wahr?«

*»Santé! Tchin!«* Duval stieß mit Annie an und sah ihr dabei tief in die Augen.

Sie lächelte leicht und senkte den Blick.

»Geht es euch gut, euch beiden?«, fragte er leise.

»Ja.« Annie nickte. »Julie schläft mit mir in meinem Bett, aber sie schläft. Und hier oben ist sie irgendwie schneller müde, wie du siehst«, sie zeigte mit dem Kinn auf das friedlich atmende Kind in ihrem Armen.

»Das ist die Höhenluft«, sagte Anne.

Sie plauderten einen Moment gemeinsam über dies und das, über das Wetter, über den Garten und die Kühe. Und wie immer sprachen sie auch über den Wolf, der auch schon hier auf dem Gelände gesehen worden war. Bislang hatten sie noch keine Verluste zu beklagen, aber bei dem Schäfer ein paar Kilometer weiter hatte er schon mehrfach Schafe gerissen.

»Gehen wir mal ein Stück zusammen«, bat Duval und sah Annie an.

Sie erhob sich vorsichtig, legte Julie in den Schaukelstuhl und sah Anne dabei fragend an.

»Keine Sorge, ich bin da, ich schaue nach ihr«, versicherte Anne, »geht ihr nur.«

Annie und Duval schlenderten einen baumbestandenen Feldweg entlang; das Laub der Bäume war hier oben noch frühlingshaft hellgrün und warf einen leichten, von Sonnenflecken durchbrochenen Schatten auf den Weg, der von kniehohen üppig grünen Wiesen voller Blumen gesäumt war. Weiße Margeriten, rosafarbenes Wiesenschaumkraut, gelbe Butterblumen, blauer Wiesensalbei. Zartgelbe und braune Schmetterlinge gaukelten von Blüte zu Blüte. Es war so still, dass man die Insekten summen hörte. Duval riss hier und da einen Halm aus, kaute darauf herum.

»Ich will nicht ohne euch sein«, begann er mit kratziger Stimme. Er räusperte sich. »Nicht ohne dich und nicht ohne Julie. Ich hatte das Gefühl ... mir brach das Herz, als ihr nicht mehr zu Hause wart. Ich will, dass ihr nach Hause kommt«, sagte er. »Bitte.« Er blieb stehen und sah Annie ernst an. Noch bevor sie antworten konnte, sprach er schon weiter. »Es tut mir leid, was passiert ist, Annie. Es tut mir so leid.«

»Hm«, murmelte sie.

»Es ist aus. Ich höre auf.«

»Mit diesem Fall?«, fragte sie.

»Ja, mit diesem Fall, den lasse ich andere weiter enträtseln, wenn sie es wollen, aber auch mit diesem Job. Ich kann es nicht mehr, und ich will es auch nicht mehr. Diese Verlogenheit, diese Art, wie wir manipuliert, benutzt und verheizt werden. Sogar mein bester Freund lügt mich an! Kannst du dir das vorstellen? Ich weiß nicht, inwieweit Stéphane in die Entführung von Julie verstrickt war, aber ich bin sicher, dass er damit etwas zu tun gehabt hat! Weißt du, solange es nur um mich geht, nehme ich das hin, aber dass die sich nicht schämen, sich an meiner Familie, an meiner kleinen Tochter zu vergreifen, das geht mir zu weit. Das kann ich nicht dulden. Es reicht. Es ist vorbei. Endgültig.«

»Was meinst du mit ›endgültig‹?«

»Ich werde kündigen.«

»Echt?« Sie starrte ihn an. »Kündigen? Bist du sicher?«

»Ja.«

»*Puh!*«, machte sie und forschte in seinem Gesicht. »Ich fasse es nicht.«

»Es ist gut«, beruhigte er sie. »Ich fühle mich wie befreit, seit ich die Entscheidung getroffen habe.«

»Das sehe ich.« Sie lächelte anerkennend. »Und was willst du stattdessen tun?«

»Das wird sich finden. Erst mal mache ich Urlaub. Machen *wir* Urlaub. Wenn du willst. Hier oben. Ich kann mich irgendwo einmieten, oder wir mieten etwas zusammen. Und irgendwann können wir dann gemeinsam überlegen, wie es weitergehen soll. Was meinst du?«

»Du kannst sicher auch ein paar Tage mit uns bei Anne und Dominique bleiben«, schlug Annie vor. »Dominique will das Dach vom Stall neu machen. Da kannst du ihm vielleicht helfen. Das wäre eine gute Gegenleistung. Ich helfe Anne im Garten. Es ist gerade im Frühsommer so viel zu tun. Seitdem ihre Kinder in Nizza ins Internat gehen, kommen sie nur noch gelegentlich am Wochenende und in den Ferien, und Anne ist die meiste Zeit allein mit allem. Das Unkraut wächst einem über den Kopf, wenn man einmal nicht hinsieht«, sie verdrehte die Augen.

»Wäre das in Ordnung, wenn ich hierbliebe? Du willst nicht noch ein paar Tage allein bleiben und nachdenken?«

»Hör schon auf«, sagte sie und grinste ihn an.

Er beugte sich zu ihr nach unten, nahm ihr Gesicht in seine Hände, hob es an und küsste sie lange und langsam. Sie küsste ihn zurück. »Ich bin so froh«, flüsterte er in ihre Locken. »Ich bin so froh. Ich liebe dich, Annie, weißt du das? Ich liebe dich. *Je t'aime à mourir, je t'aime à mourir*«, krächzte er die Melodie, die ihm nicht mehr aus dem Kopf ging. »Ich könnte es auch als Sänger versuchen, was meinst du?«

»Genau, melde dich bei *The Voice*«, spottete sie, »ich wollte schon immer Florent Pagny kennenlernen. Und wenn du groß rauskommst, gehen wir alle zusammen auf Tournee.« Sie lachte ihn frech an.

»Hast du gehört, was ich gesagt habe, Annie?«

»Ja.« Ihr Blick und ihre Stimme wurden weich und ernst.

»Ich liebe dich auch, Léon. Du hast mir gefehlt, weißt du. Ich habe es erst so richtig gemerkt, als ich weggefahren bin und dachte, vielleicht ist es das Ende. Ich war so wahnsinnig traurig. Und so erleichtert, dass du gekommen bist! Und deine Entscheidung ... Respekt! Wirklich!«

Unvermittelt hob er sie an und wirbelte sie herum. »JA«, rief er, »JA, JA, JA, ich liebe dich! Annie!« Abrupt setzte er sie ab und räusperte sich: »Annie, heirate mich! Bitte!«, sagte er leise und eindringlich. »Werde meine Frau, willst du? Willst du Madame Duval werden? Annie? Sag Ja, bitte!«

»Na, du bist ja stürmisch«, lachte Annie.

»Sag Ja, ich kann dich nicht noch mal fragen, ich habe gleich gar keine Stimme mehr.«

»Ja, ich will«, sagte sie dann ernst.

Er wirbelte sie wieder herum, bis sie beide lachend und schwindlig in die Wiese stolperten und hangabwärts kugelten. Kichernd, prustend und schwer atmend blieben sie inmitten des hohen Grases liegen. Duval köpfte ein paar Margeriten und steckte sie Annie in die Locken. Dann rupfte er einen langen Grashalm aus und drehte ihn ihr mit einem rosafarbenen Wiesenklee mehrfach um den Finger und verknotete alles, sodass die rundliche rosafarbene Blüte nach oben zeigte. »*Voilà,* Madame Duval«, sagte er und küsste sie erneut. »Vielleicht finden wir auch noch einen anderen Ring«, meinte er dann etwas verlegen.

»Ich finde den sehr schön.« Sie betrachtete ihre ausgestreckte Hand und lächelte ihn an. »So kenne ich dich gar nicht, Léon, so übermütig und so ...«

»Ich bin so froh, Annie. So, so froh. Wenn du wüsstest, was für eine Last von mir abgefallen ist. Ich hätte das schon längst tun sollen.«

»Grasringe flechten und mit mir in der Wiese herumliegen?«

»Das auch!«

# Nachwort und Dank

Am 2. Dezember 1959 brach der Staudamm von Malpasset im Département Var, im Süden Frankreichs. Er war einer der modernsten seiner Zeit und noch keine fünf Jahre alt, als sich die Katastrophe ereignete: Eine vierzig Meter hohe Flutwelle ergoss sich über das Tal, begrub das Städtchen Fréjus, spülte Bäume und Häuser davon. Mehr als 400 Menschen starben.

In nur einer knappen Minute einer arte-Dokumentation vom 22. Januar 2013, die sich eigentlich um die schwierige deutsch-französische Annäherung drehte, wurde, quasi in einem Nebensatz, eine ungeheuerliche These verbreitet: Demnach sei die Ursache des Staudammbruchs keine Naturkatastrophe, wie es jahrzehntelang hieß, sondern ein Anschlag algerischer Terroristen. Akteure der Nationalen Befreiungsfront FLN hätten den Damm gesprengt. Frankreich und Algerien waren zu jener Zeit in einen Krieg um die Unabhängigkeit Algeriens verwickelt.

Der Bundesnachrichtendienst BND habe nicht nur Kontakt zu den algerischen Terroristen, sondern auch Kenntnis von den Anschlagsplänen gehabt, heißt es in dem Film. Und er habe den französischen Geheimdienst nicht informiert.

Monatelang brodelte es in der französischen Presse, Aufklärung und Beweise wurden gefordert. In Deutschland aber blieb es dazu still. Und dann ebbte auch in der französischen Presselandschaft die Welle der Empörung wieder ab. Aber bis heute gibt diese Geschichte, die mich zu diesem Roman inspiriert hat, Rätsel auf.

Ein großer Dank gebührt Dr. Felicitas Meyer für ihr profundes Wissen um die Geschichte des Algerienkriegs und für ihren kritischen Blick, mit dem sie mein Manuskript im Hinblick darauf durchgesehen hat. Die Historikerin, ursprünglich aus Berlin, lebt heute mit ihrer Familie in Nizza und ist für ihren Blog https://berlinerininfrankreich.de bekannt.

»Christine Cazon ist die Krimi-Queen der Côte d'Azur.« *Hilke Maunder, meinfrankreich.com*

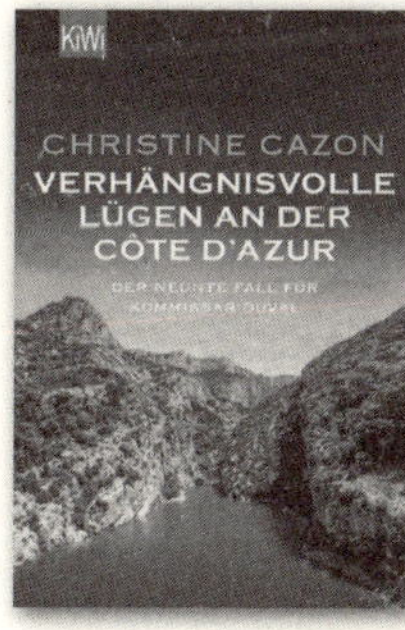


KiWi

Leseproben und mehr unter www.kiwi-verlag.de

# Eine wunderbare Aussteigergeschichte mit Happy End

Wie oft küsst man sich in Frankreich eigentlich zur Begrüßung? Zweimal? Dreimal? Sind die Franzosen wirklich so spontan und die Deutschen so organisiert, wie das Klischee es will? Wie lebt es sich als Deutsche in einem kleinen Dorf in Südfrankreich? Mit einem feinen Gespür für alles Atmosphärische und mit einem herzerfrischenden Augenzwinkern erzählt die Autorin, wie sie in Frankreich eine neue Heimat gefunden hat.

Leseproben und mehr unter www.kiwi-verlag.de

Von einer, die auszog, das Glück zu suchen und sich selbst fand

Mit viel Humor und Selbstironie, aber auch voller Wärme und Sympathie für ihre Mitmenschen erzählt Christine Cazon, Erfinderin des Kommissars Léon Duval, über ihr Leben in Frankreich und liefert dabei erstaunliche Einblicke in ihre ganz persönliche Glückssuche.

Leseproben und mehr unter www.kiwi-verlag.de KiWi